CIDADE DOS SONHOS

CIDADE
DOS
SONHOS

DON WINSLOW

CDADE DOS SONHOS

Tradução
Marina Della Valle

HarperCollins

Rio de Janeiro, 2024

Copyright © 2023 por Samburu, Inc. Todos os direitos reservados.
Copyright da tradução © 2024 por Casa dos Livros Editora LTDA. Todos os direitos reservados.
Título original: *City of Dreams*

Todos os direitos desta publicação são reservados à Casa dos Livros Editora LTDA. Nenhuma parte desta obra pode ser apropriada e estocada em sistema de banco de dados ou processo similar, em qualquer forma ou meio, seja eletrônico, de fotocópia, gravação etc., sem a permissão do detentor do copyright.

Publisher: *Samuel Coto*
Editora-executiva: *Alice Mello*
Assistentes editoriais: *Camila Gonçalves e Lui Navarro*
Estagiária editorial: *Lívia Senatori*
Copidesque: *Bárbara Waida*
Revisão: *Letícia Nakamura e Alanne Maria*
Adaptação de capa: *Beatriz Cardeal*
Diagramação: *Abreu's System*

Dados Internacionais de Catalogação na Publicação (CIP)
(Câmara Brasileira do Livro, SP, Brasil)

Winslow, Don
  Cidade dos sonhos / Don Winslow ; tradução Marina Della Valle. – Rio de Janeiro, RJ: HarperCollins Brasil, 2024.

  Título original: City of dreams.
  ISBN 978-65-6005-117-1

  1. Ficção norte-americana I. Título.

23-177643   CDD-813

Índice para catálogo sistemático:
1. Ficção: Literatura norte-americana   813
Tábata Alves da Silva - Bibliotecária - CRB-8/9253

Os pontos de vista desta obra são de responsabilidade de seu autor, não refletindo necessariamente a posição da HarperCollins Brasil, da HarperCollins Publishers ou de sua equipe editorial.

HarperCollins Brasil é uma marca licenciada à Casa dos Livros Editora LTDA.
Todos os direitos reservados à Casa dos Livros Editora LTDA.
Rua da Quitanda, 86, sala 601A – Centro
Rio de Janeiro, RJ – CEP 20091-005
Tel.: (21) 3175-1030
www.harpercollins.com.br

Aos professores.
Sem vocês estes livros jamais seriam escritos.
Ou lidos.

"As armas canto e o varão que, fugindo das plagas de Troia por injunções do Destino..."
— Virgílio, *Eneida*, Livro I

AMANHECER

DESERTO DE ANZA-BORREGO, CALIFÓRNIA
ABRIL DE 1991

"Mal despontara no oriente a manhã com a luz nova do dia…"
VIRGÍLIO, *ENEIDA*, LIVRO III

Danny deveria ter matado todos eles.

Ele sabe disso agora.

Deveria ter percebido na época — se você arranca quarenta milhões em dinheiro de pessoas num assalto à mão armada, não deveria deixá-las vivas para irem atrás de você.

Você deveria tomar o dinheiro *e* a vida delas.

Mas Danny Ryan não é assim.

Esse sempre foi o problema dele — ele ainda acredita em Deus. Céu e inferno e toda aquela besteira feliz. Ele tinha apagado uns caras, mas era sempre uma situação de eles-ou-eu.

O assalto não era. Danny estivera com todos amarrados, deitados no chão, desamparados, e seus caras queriam enfiar balas na nuca deles.

Ao estilo execução, como dizem.

— Eles fariam isso com a gente — disse Kevin Coombs a ele.

É, eles fariam, pensou Danny.

Popeye Abbarca era conhecido por matar não apenas as pessoas que o roubavam, mas a família inteira delas também. O braço direito do Popeye até dissera isso a Danny. Levantou os olhos do chão, sorriu e disse:

— Vocês e toda a sua famílias. *Muerte*. E também não vai ser rápido.

Viemos pelo dinheiro, não por um massacre, pensou Danny. Dezenas de milhões de dólares em dinheiro para começarem vidas novas, não para continuar revivendo as velhas.

As mortes precisavam parar.

Então ele pegou o dinheiro deles e deixou a vida.

Agora sabe que foi um engano.

Ele está de joelhos com uma arma apontada para a cabeça. Os outros estão amarrados, punhos e tornozelos presos, esticados em mastros, olhando para ele com olhos suplicantes, aterrorizados.

O ar do deserto é frio no amanhecer, e Danny treme ajoelhado na areia com o sol nascendo e a lua como uma memória que desbota. Um sonho. *Talvez a vida seja isso*, pensa Danny, *um sonho*.

Ou um pesadelo.

Porque até nos sonhos, Danny pensa, *você paga por seus pecados*.

Um cheiro acre corta o ar frio e limpo.

Gasolina.

Então Danny escuta:

— Você assiste enquanto nós os queimamos vivos. Depois você.

Então é assim que morro, ele pensa.

O sonho desaparece.

A longa noite acabou.

O dia está nascendo.

PARTE UM

EM ALGUMA TERRA ABANDONADA
RHODE ISLAND
DEZEMBRO DE 1988

"...nos vimos lançados no exílio,
para buscar novas terras..."

VIRGÍLIO, *ENEIDA*, LIVRO III

PART ONE

UM

Eles partem um pouco depois do amanhecer.

Um vento nordeste frio — *há algum outro tipo?*, pensa Danny — sopra do oceano como se os expulsasse. Ele e a família — ou o que sobrou dela —, com a equipe em carros atrás deles, espalhados para não parecerem o comboio de refugiados que são.

O velho de Danny, Marty, está cantando.

Farewell to Prince's landing stage,
River Mersey fare thee well
I'm bound for California...

Danny Ryan não sabe para onde estão indo, só que precisam cair fora de Rhode Island.

It's not the leaving of Liverpool that grieves me...

Não é Liverpool que estão deixando, é a merda de Providence. Precisam colocar muitos quilômetros entre eles e a família criminosa Moretti, os policiais da cidade, os policiais do estado, os agentes federais... basicamente todo mundo.

É o que acontece quando você perde uma guerra.

Danny também não está sofrendo.

Embora sua esposa, Terri, tenha morrido apenas horas antes — o câncer a tomou como uma tempestade lenta, mas implacável —, Danny não tem tempo para sofrimento, não com uma criança de dezoito meses dormindo no banco de trás.

But my darlin', when I think of thee...

Vai ter uma missa, pensa Danny, *vai ter um funeral e um velório, mas não vou estar lá para nada disso. Se os policiais ou os agentes federais não me pegassem, os Moretti pegariam, e então Ian ficaria órfão.*

O menino dorme mesmo com os guinchos do avô. *Não sei,* pensa Danny, *talvez a velha música irlandesa seja uma canção de ninar.*

Danny não tem pressa para que ele acorde.

Como vou contar para ele que não vai ver mais a mãe, que "ela está com Deus"?

Se você acredita nessas coisas.

Danny não tem certeza de que ainda acredita.

Se há um Deus, ele pensa, *ele é um babaca cruel e vingativo que fez minha mulher e meu menininho pagarem pelas coisas que eu fiz. Achei que Jesus tinha morrido por meus pecados, pelo menos foi o que as freiras disseram.*

Talvez meus pecados tenham simplesmente estourado o cartão de crédito de Cristo.

Você roubou, pensa Danny, *espancou pessoas. Você matou três homens. Deixou o último morto em uma praia congelada faz mais ou menos uma hora. Mas ele tentou te matar antes.*

É, diga isso para si mesmo. O cara ainda está morto. Você ainda o matou. Você precisa responder por muita coisa.

Você é um traficante, ia colocar dez quilos de heroína na rua.

Danny deseja que jamais tivesse tocado naquela merda.

Você sabia dos problemas, ele pensa enquanto dirige. *Pode dar as desculpas que quiser para si mesmo — você estava fazendo isso para sobreviver, por seu filho, por uma vida melhor, você compensaria isso de algum jeito mais adiante —, mas a verdade é que ainda fez aquilo.*

Danny sabia que era muito errado, que ele estaria colocando maldade e sofrimento em um mundo que já tinha muito de ambos. Fazia isso mesmo enquanto assistia à mulher morrer de câncer, com um tubo da mesma merda entrando no braço.

O dinheiro que ele teria ganhado era dinheiro de sangue.

Então, minutos antes de matar o policial corrupto, Danny Ryan jogou dois milhões de dólares em heroína no oceano.

A guerra tinha começado por causa de uma mulher.
Ao menos é o jeito que a maioria das pessoas conta: a culpa é de Pam.
Danny estava lá quando ela saiu da água na praia como uma deusa. Ninguém sabia que aquela donzela de gelo, branca e protestante, era a namorada de Paulie Moretti; ninguém sabia que ele realmente a amava.
Se Liam Murphy sabia, não dava importância.
Mas até aí, Liam não dava importância para nada além de si mesmo. O que ele pensou foi que ela era uma mulher bonita e ele era um homem bonito e então eles deviam ficar juntos. Ele a pegou como um troféu que tivesse acabado de ganhar apenas por ser ele mesmo.
E Pam?
Danny nunca entendeu o que ela via em Liam, ou por que tinha ficado com ele por tanto tempo. Sempre tinha gostado de Pam; ela era inteligente, engraçada, parecia se importar com as outras pessoas.
Paulie não conseguia superar aquilo — perder Pam, ser chifrado por um galãzinho irlandês.
A questão é que os irlandeses e os italianos tinham sido amigos antes daquilo. Aliados por gerações. O pai do próprio Danny, Marty — que agora felizmente cochilava, roncando em vez de cantar —, fora um dos homens que fizeram isso acontecer. Os irlandeses ficavam com as docas, os italianos ficavam com a jogatina, e eles dividiam os sindicatos. Comandavam a Nova Inglaterra juntos. Estavam todos na mesma festa na praia quando Liam deu uma cantada em Pam.
Quarenta anos de amizade se desfizeram em uma noite.
Os italianos quase mataram Liam de pancada.
Pam foi ao hospital e saiu de lá com Liam.
A guerra havia começado.
Claro, a maioria das pessoas botava a culpa em Pam, pensa Danny, *mas Peter Moretti queria avançar sobre as docas havia anos, e usou a vergonha do irmão como desculpa.*
Agora não importa, pensa Danny.
Seja o que for que começou a guerra, ela tinha acabado.
Perdemos.

As perdas eram mais que as docas e os sindicatos.

Eram pessoais também.

Danny não era um Murphy; ele entrou na família que comandava a máfia irlandesa por causa de um casamento. Mesmo assim, era basicamente um soldado. John Murphy e seus dois filhos, Pat e Liam, gerenciavam as coisas.

Mas agora John está em uma prisão federal à espera de acusações por heroína que vão colocá-lo na cadeia pelo resto da vida.

Liam está morto, alvejado pelo mesmo policial que Danny matara.

E Pat, o melhor amigo de Danny — cunhado, mas mais como um irmão —, tinha sido morto. Atropelado por um carro, o corpo arrastado pelas ruas, esfolado até ficar quase irreconhecível.

Aquilo partiu o coração de Danny.

E Terri...

Ela não foi morta na guerra, pensa Danny. Não diretamente, de todo modo, mas o câncer começou depois que Pat, o irmão amado dela, fora morto, e às vezes Danny se pergunta se foi onde tudo aquilo começou. Como se o luto tivesse crescido a partir do coração dela e se espalhado pelo peito.

Deus, Danny a amava.

Num mundo em que a maioria dos caras trepava por aí, tinha amantes ou *gumars*, Danny nunca traía. Era fiel como um golden retriever, e Terri até o provocava sobre isso, embora não esperasse nada menos do que isso.

Ela e Danny estavam lá no dia em que Pam apareceu; estavam deitados juntos na praia quando Pam saiu da água, a pele brilhando de sol e de sal. Terri o vira olhar, lhe dera uma cotovelada, então tinham voltado para casa e feito amor frenético.

O sexo entre eles — atrasado por tanto tempo porque eram católicos irlandeses e ela era irmã de Pat — sempre era bom. Danny nunca precisou procurar aventuras fora do casamento, nem mesmo quando Terri estava doente.

Principalmente não quando ela estava doente.

As últimas palavras de Terri para ele, antes de entrar no coma terminal induzido pela morfina:

"Cuide do nosso filho."

"Eu vou cuidar."
"*Prometa.*"
"Eu prometo", ele dissera, "eu juro".

Atravessando New Haven pela Rota 95, Danny nota que os prédios estão decorados com guirlandas gigantes. As luzes nas janelas são vermelhas e verdes. Uma árvore de Natal gigante aparece sobre um condomínio corporativo.

Natal, pensa Danny.

Feliz porcaria de Natal.

Ele tinha se esquecido de tudo daquilo, se esquecido da piada estúpida e doente de Liam sobre heroína, sobre sonhar com um Natal nevado. *É em uma semana ou por aí, certo?*, pensa Danny. *Que diabos de diferença isso faz? Ian é muito jovem para saber ou se importar. Talvez ano que vem... se houver ano que vem.*

Então faça agora, ele pensa.

Não há motivo para adiar, não vai ficar melhor com o tempo.

Ele sai da rodovia em Bridgeport, segue uma rua para o leste até chegar ao oceano. Ou pelo menos ao estreito de Long Island. Ele para o carro num estacionamento de terra ao lado de uma pequena praia.

Dentro de alguns minutos, os outros estacionam atrás dele.

Danny sai do carro. Ele puxa o colarinho do casaco de lã em torno do pescoço, mas a sensação do ar frio de inverno é boa.

Jimmy Mac desce a janela. Amigo de Danny desde que estavam na droga do jardim de infância, Jimmy fica um pouco mais rechonchudo a cada ano, tem o corpo como um saco de roupa suja, mas é o melhor motorista na área. Ele pergunta:

— O que foi? Por que parou?

Acabe logo com isso, pensa Danny. *Apenas fale, curto e grosso.*

— Eu joguei fora a heroína, Jimmy.

O choque de Jimmy é nítido em seu rosto comum e amigável.

— Que *porra* é essa, Danny? Aquilo era a nossa chance! Nós arriscamos a vida por aquela droga!

E não deveríamos ter arriscado, pensa Danny.

Porque era uma armação.

Desde o começo.

Um capitão dos Moretti chamado Frankie Vecchio tinha vindo até eles com a oferta proverbial e irrecusável. Estava no comando de um carregamento de quarenta quilos de heroína que Peter Moretti havia comprado dos mexicanos e que estava prestes a chegar. Frankie achou que os Moretti iam mandar apagá-lo, então veio pedir a Danny para tomar o carregamento.

Danny viu aquilo como uma chance de ferir os Moretti e acabar com a guerra.

Então fui adiante, pensa Danny agora.

Tomaram os quarenta quilos, aquilo foi fácil.

Fácil *demais* da conta, esse era o problema.

Um agente federal chamado Phillip Jardine estava de conchavo com os italianos. O plano inteiro era fazer os Murphy roubarem o carregamento, e então pegá-los em flagrante. A maior parte da heroína encontraria seu caminho de volta aos Moretti.

Era tudo uma armadilha para acabar com os irlandeses.

E tinha funcionado.

Nós caímos nisso, pensa Danny, *caímos feito patinhos.*

Os Murphy foram pegos e os Moretti ficaram com a droga.

Exceto pelos dez quilos que Danny tinha escondido em outro lugar.

Era a rede de segurança deles, o dinheiro de fuga, os fundos que permitiriam que ficassem fora do radar até que as coisas esfriassem.

Exceto que agora Danny os deu ao oceano, ao deus do mar.

Jimmy apenas o encara.

Ned Egan se aproxima. Guarda-costas de Marty há muito tempo, ele está na faixa dos quarenta agora. O corpo tem o formato de um hidrante, mas muito mais forte. Ninguém fode com Ned Egan, ninguém nem brinca sobre foder com ele, porque Ned Egan tinha matado mais caras que o colesterol.

Marty fica dentro do carro porque não vai sair no frio. Nos velhos tempos, era só mencionar o nome Marty Ryan e marmanjos mijavam nas calças, mas isso fora muito tempo atrás. Agora ele é um velho, mais bêbado que sóbrio, meio cego por causa da catarata.

Dois outros caras se aproximam.

Sean South não pareceria mais irlandês nem se botassem um cachimbo na boca dele e o enfiassem em uma roupa verde de *leprechaun*.

Com cabelo bem ruivo, sardas e bem-apessoado, Sean parece tão perigoso quanto um filhote de gato, mas lhe dê um único motivo e ele vai atirar na sua cara e então sair para comer um hambúrguer e tomar uma cerveja.

Kevin Coombs estava com a mão enfiada na jaqueta de couro preta que usava desde que Danny o encontrara pela primeira vez. Com o cabelo castanho despenteado até os ombros e três dias de barba por fazer, Kevin parece o estereótipo do marginal da Costa Leste. Junte a bebedeira dele a isso e você tem todo o combo irlandês católico-alcoólatra. Mas se precisa que algum trabalho sério seja feito, Kevin é o homem certo.

Sean e Kevin são conhecidos coletivamente como os Coroinhas. Gostam de sair por aí dizendo que servem o "Último Sacramento".

— O que estamos fazendo, chefe? — pergunta Sean.

— Eu joguei fora a heroína — diz Danny.

Kevin pisca. Não consegue acreditar naquilo. Então o rosto dele se torce em um rosnado raivoso.

— Você está zoando com a porra da minha cara?

— Cuidado com a boca — alerta Ned. — Você está falando com o chefe.

— Aquilo valia milhões de dólares — diz Kevin.

Danny sente o cheiro de bebida no hálito dele.

— Se a gente conseguisse distribuir — argumenta Danny. — Eu nem sabia quem deveria procurar.

— Liam sabia — fala Kevin.

— Liam está morto — diz Danny. — Aquela merda não nos trouxe nada além de coisa ruim. Provavelmente temos denúncias nas nossas costas, sem falar nos Moretti.

— É por isso que a gente precisava do dinheiro, Danny — comenta Sean.

Jimmy diz:

— Vão vir todos atrás de nós: os italianos, a polícia federal...

— Eu sei — aquiesce Danny. *Mas não Jardine*, ele pensa. *Talvez outros agentes federais, mas não aquele.* Ele não revela isso aos outros, não há motivo para passar o conhecimento da culpa, tanto para a própria proteção quanto a dos outros. — Mas a heroína era prova. Eu me livrei dela.

— Não acredito que você aprontou com a gente desse jeito — acusa Kevin.

Danny vê o pulso de Kevin se mexer um pouco dentro do bolso da jaqueta e sabe que a arma está na mão dele.

Se Kevin acha que pode fazer isso, ele vai.

Sean também.

São um par, os Coroinhas.

Mas Danny não pega a própria arma. Não precisa. Ned Egan já sacou a dele.

Apontada para a cabeça de Kevin.

— Kevin — diz Danny —, não me faça jogar você no oceano com a droga. Porque eu farei isso.

Está bem no limite.

Pode acontecer de um jeito ou de outro.

Então Kevin ri. Joga a cabeça para cima e gargalha.

— Jogando dois milhões no oceano?! A polícia federal atrás de nós?! Os italianos?! A porra do mundo inteiro?! Aquilo foi do caralho! Eu *amo*! Estou com você, cara! Sou da equipe de Danny Ryan! Do berço até a porra da cova!

Ned baixa a arma.

Um pouco.

Danny relaxa. Um pouco. A coisa boa dos Coroinhas é que eles são loucos. A coisa ruim dos Coroinhas é que eles são loucos.

— Certo, não precisamos de um desfile aqui — fala Danny. — Espalhem-se. Vamos ficar em contato por meio de Bernie.

Bernie Hughes, o velho contador da organização, está escondido em New Hampshire, a salvo — pelo menos por enquanto — da polícia federal e dos Moretti.

— Certo, chefe — concorda Sean.

Kevin assente com a cabeça.

Todos voltam para seus carros e saem.

Somos refugiados, pensa Danny enquanto dirige.

Malditos refugiados.

Fugitivos.

Exilados.

DOIS

Peter Moretti está tendo a porra de um ataque.
Esperando Chris Palumbo.
Sentado no escritório da American Vending Machine, na avenida Atwells em Providence, Peter está batendo o pé direito como um coelho louco de metanfetamina. O escritório está todo decorado porque o irmão dele, Paulie, fica maluco na época das festas e porque aquele deveria ser um Natal muito bom, com o dinheiro da heroína entrando e os irlandeses caindo fora. Guirlandas e merdas assim cobrem as paredes, e uma grande árvore artificial prateada está no canto, com presentes embrulhados embaixo, prontos para a festa anual.

Talvez eu devesse pegar alguns dos presentes de volta, pensa Peter, *porque se Palumbo não aparecer, vamos todos falir*. A última coisa que ouviu de seu *consigliere*, Chris, é que ele estava indo para a costa a fim de pegar os dez quilos de heroína que Danny Ryan tinha deixado em um esconderijo. Isso fora três horas antes e não há nenhum lugar em Rhode Island que leve três horas para ir e voltar.

Mas Chris *não* voltou, não ligou.
Então dez quilos de heroína sumiram com ele.
Depois que se pisa nela assim como o Godzilla pisa no Bambi, dez quilos de heroína têm um valor de rua de mais de dois milhões.
Peter precisa daquele dinheiro.
Porque ele deve aquele dinheiro.
Mais ou menos.
Peter tinha comprado quarenta quilos de heroína dos mexicanos por cem mil o quilo porque estava desesperado para entrar no negócio

das drogas. Caras como Gotti, em Nova York, estavam ganhando dinheiro a rodo com droga, e Peter queria fazer parte do lucro inesperado.

Mas Peter não tinha quatro milhões em grana de jeito nenhum, então ele e o irmão procuraram metade dos mafiosos da Nova Inglaterra, generosamente deixando-os participar da oportunidade de investimento. Alguns caras entraram porque gostaram do potencial, outros porque tinham medo de dizer não ao chefe, mas, fosse qual fosse o motivo, muita gente tinha parte no carregamento.

Tudo teria ido bem, mas então Peter deixou que Chris Palumbo o convencesse a fazer uma coisa muito arriscada.

"Mandamos Frankie V até os irlandeses", dissera Chris, "e o deixamos fingir que está nos traindo. Ele dá a dica do carregamento de heroína e faz Danny Ryan roubá-lo".

"Que porra é essa, Chris?", Peter perguntou, pois que tipo de ideia de merda era fazer a própria droga ser roubada, especialmente por um grupo com quem você está em guerra? Cristo, Chris estava chapado?

Chris explicou que tinha um policial federal, Phillip Jardine, no esquema. Os irlandeses pegam a heroína, e Jardine os prende, efetivamente terminando a longa guerra entre a família Moretti e os irlandeses.

"Quatro milhões é um preço muito alto", disse Peter.

"Essa é a parte bonita", falou Chris.

Ele explicou que Jardine ficaria com parte da heroína para fazer parecer legítimo, mas a maior parte voltaria diretamente para eles. Eles precisariam dar uma bela parte para Jardine, mas, quando terminassem de malhar a droga, haveria mais que o suficiente em valor de rua para compensar a perda.

"Só ganhamos", afirmou Chris.

Peter abraçou a ideia.

Sim, e tudo correu de acordo com o plano.

Oficialmente, Jardine apreendeu doze quilos dos irlandeses em uma batida que recebeu muita publicidade. John Murphy, o chefe irlandês, pegaria de trinta anos até perpétua em acusações federais.

Ótimo.

Liam, filho dele, foi morto.

Ainda melhor.

Certo, vinte e oito quilos são a porra de uma fortuna e todo mundo recebe.

Exceto...

Chris Palumbo e Jardine deveriam ir prender Danny e pegar os dez quilos dele.

Tudo bem.

Mas...

Ninguém ouviu de nenhum deles desde então. E Jardine supostamente está com os outros dezoito quilos.

Peter faz mais contas.

Eram quarenta quilos de droga.

Jardine oficialmente apreendeu doze.

Liam tinha três quilos com ele quando Jardine o pegou.

Danny Ryan tinha outros dez.

Frankie Vecchio pegou cinco.

Sobram dez quilos.

Peter não está muito preocupado com isso. Jardine tomou doze para satisfazer o governo e não registrou os outros dez. Provavelmente deu um gostinho para alguns policiais da batida e vai aparecer com o restante.

Se é que vai aparecer.

Ryan também sumiu. Saiu do hospital onde a mulher dele estava morrendo, de algum jeito despistou os caras de Peter, e ninguém o viu também.

Billy Battaglia entra pela porta.

Ele parece abalado.

— Que foi? — pergunta Peter.

— Eu e uns outros caras fomos com Chris pegar aquele bagulho com Ryan — conta Billy. — Chris entra, sai dez minutos depois, sem o bagulho, e diz para a gente ir para casa.

— Que porra é essa? — Peter tem a sensação de que o coração vai pular para fora do peito.

— Ryan tinha atiradores do lado de fora da casa de Chris — continua Billy. — Disse que ia mandar matar a família de Chris inteira se ele não recuasse.

— Por que não é Chris me contando isso?

— Chris não veio?

— Acha que ia precisar me contar isso se Chris já tivesse vindo? — pergunta Peter. — Onde ele está agora?

— Não sei. Ele só foi embora.

O telefone toca e Peter pula.

É Paulie.

— Acabei de receber um telefonema de um policial de Gilead. Acharam um corpo na praia.

Peter sente que poderia vomitar. É Ryan? Chris?

— É o Jardine — diz Paulie. — Um no peito. Estava com a arma na mão.

— E Chris?

— Nada.

Peter desliga.

A notícia sobre Jardine é devastadora. O policial federal deveria entregar o restante da heroína para eles. E por que Chris tinha ido embora? Merda, será que ele e Ryan tinham combinado algo? O carcamano ruivo Chris teria traído todo mundo três vezes? Seria a cara dele.

Feliz porra de Natal, pensa Peter.

Ganhamos a guerra, mas perdemos nosso dinheiro.

Tudo — os anos de brigas, as mortes, os funerais —, tudo para quê?

Nada.

A não ser que a gente encontre Danny Ryan.

Danny não está planejando ser encontrado.

Ele dirige à noite, a noite toda. De manhã, para em um hotel de beira de estrada e dorme a maior parte do dia, ou o tanto que Ian permite. A cada dia ou algo assim, ele e Jimmy roubam um par de carros e placas, trocam e passam lama nas placas. Dirigem os carros por algumas centenas de quilômetros e os abandonam.

Enxágue e repita.

É estressante para diabo, sempre olhando o espelho retrovisor, segurando a respiração toda vez que passa por um policial na rodovia, rezando para não ver a viatura sair e vir atrás dele. Tenso, também, nos postos de gasolina — ele vê alguma coisa nos olhos do atendente do caixa, um pequeno olhar extra, um lampejo de medo?

Ele escolhe hotéis na periferia das cidades, aqueles lugares em que as pessoas não fazem muitas perguntas, onde não veem nada e se lembram de menos ainda.

O engraçado é que essa é uma viagem que Danny sempre quis fazer. Como nunca saiu da Nova Inglaterra, sonhava em atravessar o país dirigindo com Terri e Ian, vendo cenas novas, experimentando coisas novas.

Mas durante o dia, como uma pessoa normal.

Não correndo à noite, como um animal.

No entanto, o romance da estrada está lá.

Danny se empolga ao ver as placas de saída da rodovia com novos nomes — Baltimore, Washington D.C., Lynchburg, Bristol — conforme a estrada rola sob os pneus, as estações de rádio mudam, a distância aumenta.

É a porra do sonho americano, Danny pensa enquanto dirige. A viagem por terra, a migração para o oeste. Aquela caravana de carroças deles, espalhada por quilômetros, parando em cabines telefônicas para confirmar com Bernie a fim de se coordenar. Encontrando-se a cada dois dias em algum hotel barato, a segurança nos números para o caso de os apaches italianos aparecerem.

Não é fácil, com as necessidades de um bebê e a bexiga de um velho. Muitas paradas, cada uma delas um risco. Às vezes Marty viaja com Jimmy Mac, mas na maior parte do tempo está com Danny, bebendo de uma garrafa, cantando ou apenas tagarelando, contando a Danny velhas histórias de guerra sobre seus tempos de liberdade em San Diego — "Daygo", como ele diz —, os bares, as mulheres, as brigas.

Danny saiu de Rhode Island tão rápido que não pensou de verdade para onde ia, mas, agora que está na estrada, tem horas vazias para considerar isso. Sempre quis ver a Califórnia, costumava falar com Terri sobre se mudar para lá, mas ela sempre desconsiderava a ideia, tratando-a como um sonho impossível.

Agora parece uma boa ideia. Seria difícil colocar mais distância entre ele e Rhode Island do que San Diego, e deixaria Marty mais feliz que pinto no lixo, então, por que não?

Mas primeiro preciso chegar lá, pensa Danny.

Era um longo caminho.

* * *

Danny encontra um hotel perto da rodovia e vai para o telefone.

Antes da guerra com os Moretti, o relacionamento de Danny com Pasco Ferri sempre fora bom. Ele e o velho chefe da Nova Inglaterra costumavam sair para caçar caranguejos juntos; Danny e Terri se deitavam na praia em frente à casa de Pasco no verão.

E Pasco e Marty se conhecem há *muito* tempo.

— Pasco, é Danny Ryan.

— Soube da Terri — Pasco diz. — Sinto muito por sua perda.

— Obrigado.

Depois de um longo silêncio, diz:

— O que eu posso fazer por você, Danny?

Danny nota que Pasco não pergunta onde ele está.

— Preciso saber se você tem um problema comigo, Pasco.

— Peter Moretti acha que eu deveria ter.

Danny sente que não consegue nem respirar.

— E?

— Não estou feliz com Peter — responde Pasco. — Ele se meteu com drogas, o que eu sempre disse para não fazer, e agora está com problemas. Ele perdeu um monte de gente e um monte de dinheiro, e não há nada que eu possa dizer a eles.

O que significa, pensa Danny, *que Peter está sob uma tonelada de pressão, não há nada que Pasco possa fazer para aliviar o peso, e ele não quer isso particularmente.*

— Então estou de boa com você? — Danny pergunta. — Porque quero que você saiba que estou fora dessa coisa. Só quero achar um lugar para me assentar.

— Você está fora dessa coisa? — indaga Pasco. — Como você pode estar "fora dessa coisa" com dez quilos de *banania* no porta-malas do carro? É um pecado, uma *infamia*.

— Não estou com o bagulho.

— Não me insulte.

— É a verdade, Pasco — insiste Danny.

Silêncio.

— Os Moretti ganharam a guerra — continua Danny. — Entendo isso, aceito isso, só preciso encontrar um jeito de viver. Mas, se você estiver atrás de mim, Pasco, sei que sou um homem morto.

— Pare de reclamar — fala Pasco. — Não é coisa de homem. Seus problemas com Peter são seus problemas com Peter. Até onde eu sei, Chris Palumbo está com aquela heroína.

— Obrigado, Pasco.

— É por causa do seu pai — avisa Pasco. — Não por você.

— Entendo.

— Você tem sua vida — prossegue Pasco. — Pode começar de novo. Construir alguma coisa para o seu filho. É o que um homem faz.

Ele desliga.

Danny resume a conversa para Marty.

— Isso é bom — diz Marty. — Se não precisamos nos preocupar com Pasco, vamos ficar bem.

É, talvez, pensa Danny.

Mas Peter Moretti não vai baixar a bola, ele vai tentar nos achar, e ainda não sabemos das acusações.

Danny deixa Ian assistir à televisão por meia hora antes de colocá-lo na cama e ler uma história para ele; alguma coisa sobre um fazendeiro que Danny sabe recitar de memória de tantas vezes que leu.

Esta noite Ian dorme rapidamente.

TRÊS

Uma imagem granulada aparece em uma tela numa sala de reuniões do escritório do FBI em Boston.

Brent Harris não está feliz por estar naquela reunião, tendo precisado tomar um voo noturno para a gelada Nova Inglaterra vindo da ensolarada San Diego. Ele nem é do FBI, é do DEA, um agente da Força-Tarefa da Área de Alta Intensidade de Tráfico de Drogas do Sudoeste. Mas seus chefes disseram para ele ser bacana com o FBI, então Harris está sendo bacana.

Ele olha para a foto de vigilância de Danny Ryan, o propósito ostensivo desse desastre interagencial. Ryan é um homem sólido de mais de um metro e oitenta, com os ombros que se esperaria de um ex-trabalhador das docas, cabelo castanho despenteado, olhos castanhos que parecem ter visto algumas coisas que desejavam não ter visto. A foto tinha sido tirada no inverno — Ryan usa um velho casaco de lã de marinheiro com o colarinho virado para cima.

Uma flechinha eletrônica branca está pousada sob o queixo de Ryan enquanto Reggie Moneta, recentemente promovida a subdiretora nacional do FBI encarregada do crime organizado, declara:

— Quero que Ryan seja *encontrado*. Quero que seja encontrado e trazido para cá.

Moneta é um desses tipos sicilianos pequenos e intensos, pensa Harris. Talvez tenha um metro e sessenta e cinco, cabelo curto preto com só um traço de prata, olhos castanho-escuros, com uma reputação muito merecida de megera. Ela trabalhava em Boston até pouco tempo, então tinha um investimento pessoal naquela merda.

Bill Callahan, o agente especial encarregado da Nova Inglaterra, é um clássico irlandês de Boston — rosto pálido, cabelo ruivo ficando cor de ferrugem, vasinhos no nariz, grande e sarado, com cara de quem jamais tinha encontrado um uísque ou bife de que não gostasse.

— Danny Ryan? Ele era um burro, um animal de carga. Por que estamos falando dele?

Moneta diz:

— Acho que ele matou Phil Jardine.

Callahan responde:

— Não temos nada ligando Ryan ao assassinato do agente Jardine.

Moneta se vira para Harris:

— Brent?

Harris esconde a irritação por ter voado a noite toda (e na classe econômica) para fazer um resumo do que eles já sabiam.

— A organização Abbarca, que opera em Tijuana, mandou um carregamento grande de heroína para Peter Moretti em Providence. Domingo Abbarca, conhecido como "Popeye" por ter perdido um olho num tiroteio com um traficante rival, é um cara problemático, um psicopata sádico que manda toneladas de maconha, cocaína e heroína para os Estados Unidos.

"O agente Jardine tinha um informante chamado Francis Vecchio, que o avisou sobre o carregamento. Mas parece que Vecchio entrou em uma conspiração com Danny Ryan e Liam Murphy para roubar o carregamento.

"Como sabem, doze quilos de heroína foram apreendidos numa busca que Jardine coordenou no bar dos Murphy, o Glocca Morra. Dizem que Ryan tinha dez quilos quando fugiu. O corpo do agente Jardine foi encontrado em uma praia perto da casa do pai de Ryan, e em um lugar que Ryan costumava frequentar."

Moneta diz:

— Podemos postular que Jardine estava lá para prender Ryan e foi morto no processo.

— É uma conclusão precipitada, Reggie — responde Callahan.

— É o suficiente para trazer Ryan para ser interrogado — retruca Moneta.

— Mesmo se conseguirmos encontrar o cara, tem certeza de que queremos isso? — pergunta Callahan. Ele se inclina: — Vamos falar o que ninguém está falando: Jardine era corrupto.

— Não sabemos disso — diz Moneta.

— Não sabemos? — indaga Callahan. — Acharam três quilos de heroína no porta-malas do carro dele.

Moneta fala:

— Ele poderia estar indo registrá-los quando recebeu a informação do paradeiro de Ryan.

— E foi sozinho? — pergunta Callahan. — Que é isso. Harris, quantos quilos Abbarca vendeu para os Moretti?

— Quarenta, segundo uma fonte.

— Quarenta — repete Callahan. — Menos os doze que Jardine registrou, sobram vinte e oito. Tirando os três no porta-malas de Jardine, são vinte e cinco. Vecchio entregou os cinco dele quando entrou no programa. Vamos supor que Ryan levou os dez. Onde estão os outros dez?

— Está afirmando que Jardine ficou com eles? — pergunta Moneta.

— Ele entrou no clube dos Murphy com uma força-tarefa: FBI, DEA, polícia local e estadual. Havia testemunhas em toda parte.

— E seria a primeira vez na História — responde Callahan — que um grupo de policiais desviou um pouco de droga antes de ela chegar ao armário de evidências. Estou só perguntando, realmente quer cavoucar isso tudo para o consumo público? Se a coisa não está fedendo, acho melhor deixá-la quieta.

— Um agente do FBI foi assassinado — diz Moneta. — Nós *não deixamos isso quieto*. O enterro da mulher de Ryan é amanhã. Quero cobertura.

— Acha que Ryan vai aparecer? — pergunta Callahan.

— Não — responde Moneta —, mas, se ele aparecer, vamos estar lá. E quero que entrevistem a família para saber do paradeiro dele.

— Está pedindo para a gente atormentar essas pessoas, enquanto eles enterram a filha — diz Callahan.

— Estou dizendo para fazer seu trabalho — fala Moneta.

Ela tinha saído pela porta havia uns cinco segundos quando Callahan começa o esculacho.

— Não sei vocês, mas meu departamento já tem muita merda para resolver sem parar tudo para procurar um irlandês fracassado. Vou dar um show, fazer por fazer. Mas não vou estourar meu orçamento nem colocar nada de molho para perseguir o sonho erótico de Reggie Moneta.

Harris pergunta:

— Por que acha que Moneta tem tanto tesão no Ryan?

— Ela estava dormindo com Phil Jardine.

— Mentira — diz Harris.

— Um daqueles casos da Rota 95 — continua Callahan. — Ela estava em Boston, ele estava em Providence. Quando ela foi promovida para Washington, eles pegavam o trem e se encontravam em Wilmington.

— Wilmington?

— O amor é uma coisa poderosa.

— Acha que Ryan apagou Jardine? — pergunta Harris.

— Quem se importa? — diz Callahan. — Um agente corrupto? Ele estava pedindo.

— Mas leva à pergunta...

— E se Moneta estava no roubo da droga com o amante? — completa Callahan. — Acho que não, porque, se ela estivesse, não estaria atrás de Ryan. Eu praticamente dei um passe livre para que ela o deixasse escapar. Conheço Reggie Moneta desde que era guarda rodoviária. Ela é ambiciosa, mas é correta.

Harris deixa a reunião com uma missão em mente.

Encontrar Danny Ryan antes de Reggie Moneta.

Um motel nas redondezas de Little Rock.

Kevin e Sean tinham achado umas mulheres. Ou as mulheres os acharam, tanto faz. Os Coroinhas tinham dormido por umas horas, então foram para o bar do outro lado da rua procurando cerveja e buceta, e encontraram as duas coisas.

Linda, Kelli e Jo Anne eram freguesas do bar, os rapazes viram imediatamente, e também perceberam que elas estavam felizes por encontrar caras novos em vez dos "babacas locais e caminhoneiros" de costume. Não levou 58 segundos para que elas se juntassem aos rapazes para jogar um pouco de sinuca, e depois foram numa mesa para uns drinques, e foi Linda quem levantou a ideia de uma "festa".

— Vocês têm um quarto no motel? — perguntou ela. Talvez na casa dos trinta, cabelo ruivo-escuro, belas tetas debaixo de uma blusa de seda roxa.

— Cada um de nós tem um quarto — respondeu Kevin.

— Vamos fazer uma festa — disse Linda.

— Temos um pequeno problema numérico, não? — indagou Sean. — Três de vocês, dois de nós.

Linda balançou a cabeça.

— Kelli e eu somos uma equipe.

Kelli era uma loirinha gostosa, parecia ter uns vinte anos.

Sean ficou vermelho.

— Sou um simples menino irlandês católico...

Linda se virou para Kevin. Passou a mão pela coxa dele e apertou o pau.

— *Você* não é um menininho irlandês católico, é? Você gosta da ideia, consigo perceber.

É, Kevin gostava afinal.

Ele saiu com as duas colegas de equipe, e Sean levou Jo Anne para seu quarto. Ela era baixinha, de cabelo preto e um pouco cheinha, mas Sean gostou dos peitos grandes, dos lábios grossos e da expressão de filhotinho espancado dela, então estava feliz.

Kevin, ele fez uma festa.

Que terminou abruptamente quando ele enfiou a mão nas calças de Linda e sentiu um pau.

— Que porra é essa?

— Qual o problema? — perguntou Linda.

— *Você* é a porra do problema — disse Kevin. — Você é a porra de um *cara*!

— Só no meu corpo — disse Linda. — Não no coração.

— É, bom, é com seu corpo que estou preocupado — falou Kevin. — Cai fora daqui.

— Não antes de você nos pagar.

— Quem disse qualquer coisa sobre pagar vocês?

— Achou que era de graça? — indagou Linda.

— Nós nem fizemos nada!
— Nosso tempo tem valor.
— Cai fora daqui antes que eu sente a mão em vocês! — ameaçou Kevin.
— Passa o dinheiro, cuzão!
Agora Sean sai do quarto ao lado, tendo feito uma descoberta similar.
— Kev, são caras!
— Não me diga!
— *Quero meu dinheiro*!
Dentro de seu quarto, Danny escuta a gritaria. A última maldita coisa de que precisavam — barulho. Saindo para o patamar da escada, ele vê Kevin na porta do quarto, o peito nu, os jeans abertos em torno da cintura, puxando uma mulher pelo pulso. Ela está gritando e arranhando o rosto dele, enquanto uma loira mais baixa chuta as canelas de Kevin.
Danny desce correndo a escadaria de concreto, atravessa o pátio e sobe as escadas até a porta de Kevin.
— O que está acontecendo? — pergunta Danny.
— Esse filho da puta não quer me pagar — responde Linda.
— Ela é ele — fala Kevin.
— Pague a mulher — ordena Danny a Kevin.
Alguma coisa nos olhos de Danny, no tom dele, diz a Kevin para fazer sem discussão o que ele manda. Ele tira algumas notas da carteira e as joga em Linda.
— Só pegue o dinheiro e caia fora — diz Danny.
Linda pega o dinheiro.
Kevin não consegue deixar passar.
— Aberração.
A faca sai da bolsa dela. Ela dá um golpe mirando no pescoço de Kevin. Ele desvia e acrescenta:
— Traveco. Bicha.
— Cala a boca — vocifera Danny.
Linda começa a berrar e Kelli se junta a ela.
Jimmy olha para cima do pátio.
— Pegue o velho e Ian e saia — Danny ordena. — Vou com esses dois palhaços.

— É, caiam fora daqui — Linda sibila. — E leva seu menino boca-suja aqui com você. Babaca mão de vaca. Vai comer em prato de papel com garfo de plástico a vida inteira, fracassado.

Danny levanta a mão.

— Estamos indo embora. Por que não vão embora também, antes que a polícia chegue?

Linda pega Kelli pela mão e a leva pelas escadas. Jo Anne beija Sean no rosto e segue as duas. Kevin entra no quarto.

Danny e Sean vão atrás dele.

— Jesus Cristo — diz Kevin —, aquela aberração me deixou de cabelo em pé.

Danny o pega pelos ombros e o joga na parede.

— Eu já tenho uma criança para criar, não preciso de outra. Você podia ter atraído a polícia até nós.

— Desculpe, Danny.

— Estou tentando tomar conta da minha família — continua Danny —, e com isso você não fode. Eu te amo, Kevin, mas se você colocar a minha família em risco de novo, vou enfiar duas balas na sua cabeça. Entendeu?

— Entendi, Danny.

Danny o larga e olha para os dois Coroinhas.

— Vocês precisam usar a cabeça. Ficar longe de problemas.

— Nós vamos — diz Sean. — Vou me certificar disso.

— Peguem suas coisas.

Danny vai à recepção do motel. O atendente noturno olha para ele, puto. Danny tira uma nota de cem do bolso — uma nota de cem da qual *precisa*, porra — e a desliza sobre o balcão.

— Desculpe pelo problema. Estamos bem?

O atendente pega a nota.

— Estamos bem.

— Preciso saber a verdade, amigo. Você chamou a polícia?

— Não.

— Tenha uma boa noite.

Dez minutos depois, como tantos antes dele, Danny pega o que restou de sua família e vai para o oeste.

Oklahoma, Amarillo, Tucumcari...
Albuquerque, Grants, Gallup...
Winslow, Flagstaff, Phoenix...
A estrada americana.

QUATRO

De pé ao lado do túmulo da irmã, Cassandra Murphy treme sob o casaco. Flocos de neve caem e derretem no cabelo âmbar que voa sobre o colarinho virado para cima.

Dois funerais em dois dias, ela pensa. *Excepcional até para a família Murphy.*

No dia anterior tinham enterrado Liam, o irmão dela. O belo, imperfeito e egoísta Liam, a causa de todo o problema. A polícia disse que foi suicídio, uma bala na cabeça, mas Cassandra não acredita nisso — Liam era muito apaixonado por si mesmo para causar qualquer dano à pessoa que mais amava.

A determinação do suicídio tinha sido um problema, porém, porque a porra da igreja não queria enterrar Liam em solo santo. Cassie tinha precisado ir até o padre, explicar-lhe quanto dinheiro a família Murphy dava à paróquia e quanto dinheiro não iam dar se Liam não fosse enterrado com o padre murmurando as palavras sagradas e jogando água-benta ao redor.

Cassie fora, é claro, criada como católica, mas tinha caído fora daquilo. Agora se considera budista — uma má budista —, parte de sua busca por algum poder superior, dado que está de volta ao programa.

Ela está injetando heroína de novo.

Tinha ficado longe daquela merda por quase três anos, mas então, em horas, o pai fora levado para a prisão, a irmã tinha morrido e o irmão Liam fora assassinado em um suicídio assistido por outra pessoa.

Cassie voltou para a agulha.

Ela ficou chapada naquela manhã, só para aguentar o funeral de Terri, e provavelmente vai usar um pouco à tarde, mas depois planeja largar. Sem voltar para a clínica de reabilitação — tinha acabado com aquilo —, mas voltar às reuniões, de qualquer modo, porque aquilo ia matá-la e os pais dela não aguentariam outra perda.

Cassie é a única filha que sobreviveu.

Patrick — seu amado Pat, o irmão mais velho, protetor e confidente — tinha ido primeiro. Era o melhor deles — corajoso, honesto, devoto, leal; e nada disso o salvou de ser morto. Ela tinha conseguido ficar limpa depois que ele morrera, principalmente em honra a ele.

Cassie olha para a viúva dele, Sheila, ali de pé com as mãos nos ombros do filho dela, o cabelo grosso tão preto quanto o casaco. Sheila sempre tinha sido a pessoa sólida, prática, a líder das mulheres naquela tribo próxima. Agora é uma figura solitária. Cassie tinha tentado fazer com que ela voltasse a namorar, mas Sheila nem considerava a ideia. Era como se tivesse colocado o marido falecido num pedestal — a casa é praticamente um santuário a ele —, e ela usa a solidão como um manto de honra diligente.

O enterro de Liam tinha sido um pesadelo.

A mãe, Catherine, gritava feito uma *banshee,* inconsolável. Liam sempre tinha sido o favorito dela, seu bebê, e precisaram arrancá-la de cima do caixão antes de enterrá-lo.

O pai tinha apenas ficado ali, o casaco enrolado com discrição sobre as mãos algemadas. Um juiz — felizmente um cara local, irlandês — tinha dado permissão de saída temporária para John, concedendo-lhe várias horas para ir aos funerais do filho e da filha. Dois delegados da polícia federal ficavam ao lado dele o tempo todo.

Cassie olha para ele agora.

O mesmo velho pai, ela pensa — estoico, orgulhoso demais para mostrar suas emoções. Mas ele parece velho, frágil, um homem alquebrado. O negócio dele destruído, três dos quatro filhos mortos, e Cassie não pode deixar de imaginar o que o machuca mais.

E a pobre Terri, ela pensa.

Tudo o que ela queria da vida era uma casa e uma família. Conseguiu as duas coisas. Mas por um tempo muito curto. Ela se casou com o doce e leal Danny, teve um menininho lindo, e apenas meses depois recebeu o diagnóstico.

Então deixe que o padre murmure sobre um deus de amor.

É bobagem.

O funeral é bem frequentado, como o de Liam.

Todos os irlandeses estavam ali. Antigamente os italianos também estariam, mas isso parece outra vida. Terri tinha sido amiga de todos eles, dos irmãos Moretti, de Chris Palumbo — *todos* eles.

Eles não estão no funeral e estão certos de não vir.

Teria sido uma ofensa.

Em vez disso, Cassie vê um par de carros patrulhando a avenida ao longo do cemitério, e sabe que é o pessoal de Peter Moretti atrás de Danny.

Os policiais também apareceram.

Polícia de Providence, policiais estaduais à paisana e agentes federais no limite do cemitério como chacais, esperando Danny aparecer, ela pensa.

Cassie espera que ele não apareça. Se Danny escapou, ela espera que ele fique longe, que ele e Ian tenham ido embora há tempos e nunca voltem para aquele lugar amaldiçoado ou para aquela família amaldiçoada.

A mãe dele está ali, prestando sua homenagem à nora.

Madeleine, a deusa do sexo, pensa Cassie ao fitar a mãe de Danny parada ali como uma estátua. A ex-dançarina que usou a beleza para se tornar rica e poderosa tinha vindo de sua mansão em Las Vegas.

Mesmo na infância, Cassie sabia que a mãe de Danny o tinha abandonado quando ele era bebê, entregando-o para o pai bêbado e desaparecendo. Danny tinha praticamente sido criado na casa dos Murphy, era basicamente um irmão para Pat.

Madeleine só havia reaparecido há uns anos, dando um rasante como uma mãe pássaro quando Danny foi alvejado, certificando-se de que ele tivesse o melhor cuidado médico, que as contas dele fossem pagas. O filho tinha ficado chateado com aquilo, mas Terri tinha começado a gostar da sogra, estava sempre pressionando Danny para se reconciliar com ela.

Agora ela deve estar morrendo de preocupação com o filho e o neto desaparecidos.

Cassie sente outro calafrio.

Seus ombros tremem e ela não sabe se é pelo frio ou se está na fissura.

O evento fúnebre finalmente chega ao fim.

Madeleine McKay anda de volta para a limusine à espera. Ela é alta, majestosa, altiva, o cabelo ruivo e vistoso preso severamente, a maquiagem perfeita, sutil.

O funeral foi terrivelmente triste, ela pensa. Terri fora uma boa esposa para o filho e uma boa mãe para o neto.

Ela não sabia de Danny desde que lhe telefonara no hospital horas antes da morte de Terri, implorando para ele fugir das possíveis acusações criminais e da máfia italiana assassina. Aparentemente ele tinha feito isso, levando o filho e o pai consigo, porque nenhum deles tinha sido visto desde então.

E, graças a Deus, nenhum corpo tinha sido encontrado.

A não ser o de Jardine.

Madeleine espera que Danny entre em contato com ela, mesmo que seja só para avisar que ele e Ian estão bem.

Mas duvida que ele vá fazer isso.

Meu filho, ela pensa, *ainda está com raiva de mim*.

Ela está na metade do caminho até o carro quando um homem de sobretudo e terno se aproxima dela.

— Sra. McKay?

— Pois não?

— Agente Monroe, do FBI.

— Não tenho nada a dizer a você.

Olhando em torno, ela vê que os agentes federais se reúnem em torno da família Murphy e dos amigos deles, como gaivotas caindo sobre um lixão.

— Sabe onde está Danny? — pergunta Monroe. — Ele telefonou para a senhora?

— Se tem perguntas — diz Madeleine, continuando a andar —, ligue para os meus advogados. Se me perguntar mais alguma coisa, *eles* vão ligar para *você*.

— A senhora sabe...

— Ou talvez eu devesse ligar pessoalmente para o seu diretor — interrompe Madeleine. — Tenho o número pessoal dele na minha agenda.

Isso dá um fim à coisa.

Monroe se afasta.

O motorista abre a porta. Ele tinha deixado o motor ligado, então o carro estava gostoso e quente. Então há uma rajada de vento frio, conforme a porta do outro lado de abre e Bill Callahan entra.

Ele esfrega as mãos enluvadas.

— Madeleine, isso não foi ideia minha.

— Espero que não — fala Madeleine —, pois é de muito mau gosto. Foi ideia de quem?

Callahan conta a ela sobre a obsessão de Reggie Moneta com Danny.

— Não preciso disso — diz Callahan. — Vou cair fora logo, tenho um belo emprego corporativo esperando por mim.

Madeleine avisa:

— Se meu filho for prejudicado de qualquer forma, vou destruir todo mundo envolvido nisso. Incluindo você, Bill.

— Somos velhos amigos, Madeleine.

— Espero que continue assim — ela diz.

Callahan reconhece uma dispensa quando escuta uma e sai.

— Aeroporto! — ordena Madeleine.

Ela não tem nenhum motivo para permanecer em Providence.

Ali não há ninguém que ela queira ver.

Danny levanta Ian no pequeno escorregador de plástico e então o solta, mas mantém as mãos por perto enquanto o menino desce o brinquedo rindo.

O parquinho fica ao lado da praia, e Danny olha para a água azul. Sempre tinha gostado do oceano. Em outra existência — nos seus vinte anos —, havia trabalhado nos barcos de pesca em Gilead, lá em Rhode Island, e tinha sido, de várias maneiras, a melhor época de sua vida.

Ian aponta para o topo do escorregador — ele quer ir de novo.

Danny o levanta de volta para o escorregador pela milésima vez, esperando cansar a criança para que ela tire uma soneca. Tinha acabado de dar o almoço para ele, um sanduíche de geleia e manteiga de amendoim, uvas e fatias de maçã; então, com a comida, o ar fresco e o exercício, ele dormiria por volta de uma hora.

Não mais que isso, porém, porque Danny não quer que ele fique acordado até muito tarde com a babá à noite. Mas o menino precisa de um cochilo, e também Danny, que trabalha à noite e depois acorda cedo com Ian, então ele tira o atraso de sono quando pode.

Ian aponta de novo.

— Última vez — diz Danny.

Ian desliza para baixo, rindo.

Danny o pega na parte de baixo do escorregador e o levanta sobre os ombros porque está na hora de pegar o ônibus. Ele sabe os horários do ônibus de cabeça porque essa é a rotina deles. O ônibus os pega do outro lado da rua do parque e os deixa a um quarteirão do apartamentinho em uma vizinhança comum do centro de San Diego.

Quando chegaram à Califórnia, Danny aceitava qualquer emprego de baixo nível, fora do radar, que pudesse encontrar. Atendente noturno de hotel em troca de um quarto, zelador em um estacionamento de trailers em vez de pagar aluguel, fritador em uma lanchonete, motorista de táxi sem licença.

Mas, depois de três meses disso, decidiu que precisava parar de mover Ian por todo lado, então encontrou um emprego sem registro como atendente de um bar irlandês em Gaslamp, servindo velhos irlandeses que tinham se aposentado na ensolarada Califórnia, mas ainda queriam um gostinho da vida alcoólatra do nordeste.

No começo, a quantidade de policiais aposentados que frequentava o lugar deixara Danny apavorado, mas logo ele viu que estavam muito mais interessados em suas cervejas e bebidas do que nele.

Usando o nome John Doyle, ele cortou o cabelo e deixou crescer um bigode cafona, e ninguém liga desde que ele não coloque água na bebida e dê um drinque por conta da casa de vez em quando para os clientes frequentes, mesmo que nenhum deles pareça capaz de tirar uma gorjeta do bolso.

Danny fica na dele, serve a bebida, carrega as canecas e o gelo, passa o esfregão no chão, limpa os banheiros, vai para casa e paga a babá.

Noites curtas, e então acordar cedo com Ian. Fazer o café da manhã do filho, deixar que assista a alguns desenhos animados, então sair para a praia ou para o parque para encontrar outras crianças e deixá-lo brincar. Há algumas oportunidades no parque com algumas das mamães divorciadas que dão pistas de que não se importariam, mas Danny não cai nessa.

Uma coisa Marty ensinou a ele — se estiver fugindo, deixe as mulheres em paz. Se não acredita nele, pergunte a Dillinger, pergunte a qualquer um deles. Danny acredita nele, mas também não está perto de superar Terri, e parece errado ir para a cama com outra mulher, mesmo para uma transa sem importância.

De qualquer jeito, Danny está ocupado demais com seu lance de pai.

Jesus, quem diria?

Como um menino pequeno poderia dar tanto trabalho.

Como esse trabalho é constante.

Entre preparar as refeições, convencer Ian a comer, então mantê-lo ocupado e distraído, brincar com ele, dar banho... E então tem as fraldas, e Danny fica feliz por Ian estar na fase de treinar no penico agora, em Huggies e "calças de menino grande". Danny não tinha a menor ideia de como fazer isso, então um dia entrou na biblioteca e procurou livros sobre o assunto.

E isso quase o deixou louco, pois todos traziam conselhos contraditórios. Faça isso ou vai foder com seu filho para sempre. Não, faça o oposto ou vai foder com seu filho para sempre.

Marty não podia oferecer ajuda, pois, para começar, era um péssimo pai e, para completar, mal consegue se lembrar da semana anterior, imagine trinta anos antes.

Graças a Deus pelas mulheres no parquinho, que ficaram com pena de um pai solteiro e lhe ensinaram o que fazer.

Também disseram a ele para relaxar.

— É claro que vai foder com seu filho — uma disse. — Seus pais não foderam com você?

Ah, inferno, sim, pensou Danny.

— As crianças não quebram com facilidade — explicou a mulher. — Só dê amor a ele, é só isso.

Danny espera que seja suficiente.

Espera que ele tenha a oportunidade.

Ainda há a possibilidade de acusações federais sobre tráfico de drogas — só Deus sabe que tribunais do júri estão por aí. Então há as possíveis acusações em Rhode Island por assalto, armas, homicídio, uma mistura que poderia lhe render mais tempo em cana que prisão perpétua.

Naquela manhã ele telefonou para o advogado, Dennehy, em Providence.

— Nada de novo é uma boa notícia — disse Dennehy. — Nenhuma acusação de tráfico.

— E a outra coisa?

Jardine.

— Você já lidou com uma agente federal chamada Reggie Moneta? — perguntou Dennehy. — Na sua época estava em Boston, agora está em Washington?

— Não. Por quê?

— Aparentemente ela está empurrando para você o homicídio do Jardine — falou Dennehy. — A procuradoria de Rhode Island refutou, disse que eles não têm nada ligando você ao crime. Mas ela está tentando colocar um código dezoito em você.

— O que é isso?

— Código Penal dos Estados Unidos, título dezoito, seção cento e catorze — diz Dennehy. — Morte de um policial federal. Leva pena de morte.

— Estou tão feliz por ter telefonado.

— Ela não tem nada. Não consegue interessar os promotores federais.

— Qual é o problema dela comigo? — perguntou Danny.

— Dizem que ela andava transando com Jardine — respondeu Dennehy. — De qualquer modo, é melhor ainda ficar fora do radar por um tempo.

Danny desligou, sem se sentir muito melhor a respeito das coisas.

Agora ele toma o ônibus com Ian, cujos olhos já começam a ficar pesados. Danny espera que o menino tire uma soneca, porque as sonecas dele são as de Danny, e sua oportunidade de tomar banho.

Ian adormece antes que o ônibus pare, e Danny o pega, o leva para o apartamento e o coloca na cama. Danny dorme por uns quinze minutos, toma banho, então enfia roupa suja em uma fronha.

Ele pede para a babá chegar mais cedo, assim pode ir à lavanderia, porque estão quase sem roupas limpas.

— Tem macarrão com queijo na geladeira — ele diz a Chauncey quando ela chega. É uma menina da vizinhança que faz faculdade comunitária, e Ian gosta dela.

— Legal.

— Deixe-o assistir a uns desenhos e aquele VHS da coisa do fazendeiro de que ele gosta — fala Danny.

— Entendi.

— Vou voltar com a roupa lavada e dar um beijo nele antes de ir para o trabalho.

Danny vai até a lavanderia e enfia notas de dólar na máquina de troco para pegar moedas. Ele separa as roupas escuras das brancas — de novo, obrigado, Senhor, pelas mulheres no parque — e encontra duas máquinas disponíveis.

Jimmy Mac chega meia hora depois e senta-se ao lado dele.

Jimmy mora em um apartamento em cima da garagem de uma senhora. Ela fica feliz com o aluguel em dinheiro e não faz perguntas, e ele conseguiu um emprego sem registro em uma oficina mecânica.

Ele e Danny se reúnem, mas não com muita frequência, e nunca na casa um do outro.

Jimmy vai direto ao assunto.

— Estou pensando em trazer Angie e as crianças.

— É muito cedo.

— Preciso fazer alguma coisa — diz Jimmy. — Angie está empacotando compras no Almacs, pelo amor de Deus. Não sei, talvez eu devesse voltar.

— Também não pode fazer isso.

— Não há acusações contra mim.

— Diga isso a Peter Moretti — fala Danny. — Tenho certeza de que ele vai te dar passe livre.

— Não vou deixar a minha família para sempre, Danny.

Danny ouve a reprimenda não dita. Você está com o seu filho. E isso é responsabilidade sua — você jogou fora as drogas que nos teriam dado uma vida diferente.

A lavadora para de bater. Danny se levanta e coloca as roupas na secadora.

Jimmy se levanta e o ajuda.

— Preciso ganhar dinheiro. Dinheiro de verdade.

— Eu sei.

— E então?

— Então precisa dar um pouco mais de tempo, Jimmy.

Danny fecha a porta da secadora.

— Até quando? — Jimmy pergunta. — O que acontece que muda as coisas?

Danny não sabe.

Essa mulher, Moneta, desistir?

Peter morrer?

Nenhuma dessas coisas deve acontecer.

— No que está pensando? — pergunta Danny.

Jimmy baixa a voz.

— Carros. Você pode roubar carros aqui, levar até o México e conseguir um preço melhor que o da tabela.

— E se te pegarem?

— Eu nunca entregaria você, Danny.

— Sei disso — afirma Danny. — Mas a polícia federal, os Moretti... Apenas deixe passar mais um pouco de tempo, Jimmy.

Danny não vai fazer nenhum trabalho, e também não vai deixar Jimmy fazer nenhum. É tudo de que precisam, um deles vai preso e estão ambos em uma van de extradição de volta para Rhode Island. E o que Ian vai fazer, com a mãe morta e o pai na cadeia? E mesmo se fizerem alguma coisa e não forem presos, a notícia se espalha.

Até os piores lugares.

É como uma lei.

Mas Jimmy vai fazer o que ele pede, porque Jimmy sempre faz isso. Ele é leal.

Danny se preocupa mais com os Coroinhas.

Ele não sabe muita coisa de South e Coombs, mas eles dão notícias. A cada duas semanas ligam para Bernie Hughes, para dizer onde estão — pela região da baía por um tempo, então em Anaheim, indo para a Disneylândia todos os dias.

Bernie ainda está escondido em New Hampshire, um pouco perto demais de Providence para o gosto de Danny, mas não corre perigo real, porque nunca matou ninguém.

Mas Jimmy está certo, pensa ele. *Quando fui embora de Providence, apenas fui embora. Não tinha um plano de verdade e ainda não tenho. E as coisas não podem seguir assim por muito mais tempo.*

Quando Danny leva as roupas de volta para casa, Ian está acordado e brincando com grandes peças de Lego no chão com Chauncey.

— Papai!

Danny o levanta e o beija no rosto.

— Amo você.

— Amo *você*.

Ele coloca o menino de volta no chão.

— Vou estar de volta quando você acordar.

— Tá bom. — Ian está ansioso para voltar a brincar.

Danny caminha até o bar.

É uma época difícil.

Sofrendo pela perda de Terri, tomando conta de Ian, lidando com o velho pai, ganhando uma merreca, preocupado com as acusações, preocupado com ser reconhecido, preocupado com que diabos vai fazer da vida, como vai cuidar de Ian conforme ele for ficando mais velho, como vai cuidar de Ian *agora*, com seu pequeno salário mal capaz de cobrir aluguel, leite, cereais...

E, além disso, ele está sempre vigilante, está sempre paranoico. Aquele cara que o encarou por um segundo a mais era um olheiro dos Moretti? O cara novo que tinha entrado no bar era um agente federal?

Aquilo deixa Danny exausto.

Danny não ama sua vida, mas é a vida, e quem disse que você ia gostar dela um dia, de qualquer modo? Ele não está numa cela ou num túmulo, não está matando ninguém ou sendo morto, e talvez isso seja tudo o que se pode pedir deste mundo.

Se consegue isso, talvez mantenha a cabeça baixa e a boca fechada, mostre um pouco de gratidão, um pouco de humildade.

Ele está criando o filho dele, é o que está fazendo.

Sendo um pai.

CINCO

Muita gente está descontente com Peter Moretti.
Ninguém foi pago, os investidores perderam seus investimentos.

Ele tenta ser durão. "Ei, você sabia que era um risco. Foi roubado, o que posso dizer?" Sim, e Peter é o chefe, então ninguém vai colocar a culpa nele, mas Peter é inteligente o suficiente para saber esta verdade: um chefe permanece chefe desde que faça dinheiro para os outros. Quando ele começa a *custar* dinheiro aos outros, eles começam a procurar um novo chefe.

Peter ouviu os protestos. Estão abafados, mas estão lá fora. Agora ele está sentado no escritório com o novo *consigliere*, Vinnie Calfo.

— Algum sinal de Ryan?
— O arrombado está fora do radar — responde Vinnie.

Vinnie acabou de sair de um período de três anos puxando ferro na Instituição Correcional de Adultos. Ele gosta de usar camisetas apertadas para exibir os bíceps e tríceps, e é um italiano bonito. Mas Vinnie não é nenhum pateta, uma porra de um cara inteligente dono de uma série de clubes de striptease, lava-jatos e empresas de asfalto. Peter não gosta tanto assim de Vinnie, mas não tinha muita escolha.

Sal Antonucci está morto.

Tony Romano está morto.

Chris está sumido.

E o irmão dele, Paulie, não é nenhuma ajuda. Ele só pegou aquela *buciac* da mulher dele, Pam, e se mudou para a Flórida. Não quer saber de nada dessa merda, não levanta um dedo, muito menos dá uma mão.

Os Moretti tinham vencido a guerra, mas ela os deixara desfalcados, e Peter encarregou Vinnie de encontrar alguns caras novos para as fileiras. Seja o que for que se queira dizer dele, Vinnie era um ganhador de dinheiro, algo de que Peter precisa desesperadamente, agora que perdeu seu investimento em drogas. Sem gente suficiente nas ruas, não tinha muito dinheiro entrando.

Então Peter está trabalhando feito um filho da puta, dando golpes dos quais não teria chegado perto há um ano. Besteiras como roubar asfalto de propriedade da prefeitura e vendê-lo para construtores, trocar peças em oficinas mecânicas por mercadoria mais barata e vender as peças reais para negociantes, esse tipo de merda de trabalho que paga centavos.

Exceto que não há centavos o suficiente.

— Podem ter sido Chris *e* Ryan — sugere Vinnie. — Eles poderiam estar em, como se diz, em conchavo.

Peter o encara.

— Conchavo?

Vinnie dá de ombros.

— E Jimmy MacNeese? — pergunta Peter. — Ele ainda tem família aqui, certo?

— Tem...

— Então vá falar com a mulher dele — fala Peter. — Aposto que ela sabe onde o marido está.

Vinnie parece duvidoso.

— O que foi? — indaga Peter.

— Não fazemos esse tipo de coisa, fazemos? — pergunta Vinnie. — Quer dizer, temos regras. As famílias são proibidas.

— Está dizendo que não vai fazer isso?

— Estou dizendo que é uma má ideia — diz Vinnie. — Os caras não vão gostar.

— Então deixe "os caras" aparecerem com o dinheiro — retruca Peter, percebendo enquanto fala que é uma coisa ruim de se dizer. Os caras, incluindo o Vinnie ali, já apareciam com o dinheiro.

— E a mulher de Chris? — pergunta Vinnie, já que estão falando de esposas.

— Cathy? O que tem ela?

— Talvez ela saiba onde está o marido *dela* — comenta Vinnie.
— Vou falar com ela.
Mas Peter não acha realmente que Chris está com a droga.
É a porra do Danny Ryan. Se aquele babaca irlandês estiver em algum lugar bancando o Jimmy Buffett com a minha grana, pensa Peter, *vou fazê-lo sofrer antes de matá-lo.*

Vinnie toca a campainha dos MacNeese.
Angie MacNeese atende a porta. Ela parece acabada, rosto pálido, olhos inchados como se tivesse chorado.
— Pois não?
— Desculpe por incomodá-la — pede Vinnie. — Sou um velho amigo de Jimmy.
— Não, não é — fala Angie. — Eu conheço todos os velhos amigos de Jimmy. Você é policial, o Peter te mandou ou as duas coisas?
— Não sou policial — responde Vinnie. — Posso entrar?
— Não.
Vinnie sorri.
— Vai me deixar aqui fora no frio?
— O que você quer?
— Onde está Jimmy?
— Não sei — diz Angie. — E, se soubesse, não contaria a você.
— Ele não telefonou para você nem nada? — pergunta Vinnie.
Angie não responde. Ela tenta fechar a porta, mas Vinnie enfia o pé no vão.
— Angie... É Angie, certo? Seria muito melhor para você... e seus filhos... se você me contasse onde Jimmy está.
Ele se sente um merda por dizer aquilo. Não é certo, e ele dissera isso a Peter, os caras não vão gostar porque vão pensar que, se Peter caiu em cima da família MacNeese, faria o mesmo com a deles.
Os olhos de Angie ficam marejados.
— Não sei onde o meu marido está.
Vinnie move o pé.
Angie fecha a porta.

★ ★ ★

Peter está sentado na cozinha de Chris Palumbo.

Ele esteve ali mil vezes, mas sempre com Chris, nunca apenas sentado ali no balcão da cozinha só com a mulher do cara. Peter conhece Cathy Palumbo há muito tempo, desde o ensino médio; ele fora padrinho de Chris no casamento.

Ela é uma gata, Cathy Palumbo, pensa Peter. Sempre tinha sido — cabelo loiro comprido, olhos azuis. Sem tetas, mas não se pode ter tudo. Chris costumava brincar: "Se eu quiser olhar para tetas, viro dono de um clube de striptease".

Peter diz:

— Isso não parece com algo que ele faria, simplesmente ir embora. Estou preocupado com ele.

Cathy sorri.

— Está preocupado com *você*, Peter.

— Isso também.

— Não sei onde Chris está — diz Cathy. — Talvez com a *gumar* dele?

— Não sabia que ele tinha uma *gumar* — responde Peter.

— Mentira.

— Certo, mentira — admite Peter. Ele já tinha falado com a amante de Chris, que não sabia onde ele estava. — Eu realmente preciso encontrá-lo, Cath.

— Acha que vou ajudar você a matar meu marido?

— Só quero falar com ele.

— Vá se foder, Peter.

— Seria melhor para você...

— Está me ameaçando? — pergunta Cath. — O que é *isso*? Quer dizer, existiam regras para essas coisas. Eu aceitei essas regras. Meu marido tem *gumars*... certo, ele tem *gumars*. Aceitei isso. Ele não fala sobre o negócio dele, certo, ele não fala sobre o negócio dele, aceitei isso. Ele pode não voltar para casa uma noite. Aceitei isso. Mas agora você entra na minha casa e me ameaça? Isso eu não aceito.

— Me diga onde ele está...

— Saia da minha casa, Peter.

Ele se levanta e vai embora.

★ ★ ★

Peter tomou a porra de dois drinques antes de ir embora da cidade — duas vodcas... certo, três — e agora está no carro, que foi parado na Rota 4, esperando o policial rodoviário se aproximar.

Quando ele chega, Peter baixa o vidro da janela.

— Habilitação e documento do carro.

Peter passa as duas coisas para ele e sabe que isso basta. Assim que um policial vê seu nome, é "Desculpe, sr. Moretti. Mas seja um pouco mais cuidadoso na próxima vez". Então ele fica surpreso quando o guarda diz:

— Saia do carro, por favor.

— Quê?

— Saia do carro, por favor.

— Por quê?

— Porque eu pedi.

Peter olha a identificação do guarda — O'Leary.

Entende.

— Você sabe quem eu sou? — pergunta Peter.

— Por favor, saia do carro — diz O'Leary. — Não vou pedir mais uma vez.

Peter sai.

O trânsito passa por eles. É humilhante.

— Sabe por que eu parei você?

— Eu estava correndo — responde Peter.

— Você bebeu hoje, senhor? — indaga O'Leary.

— Não.

— Seu hálito tem cheiro de álcool.

— Enxaguante bucal — diz Peter.

— Acho que não.

— Talvez eu tenha tomado uma bebida.

— *Uma* bebida?

Peter não responde. Foda-se aquela merda. Você teria de beber uma ou duas também, vira-lata, se estivesse devendo dois milhões, os próprios caras estivessem te olhando de um jeito estranho e você estivesse voltando para casa, para uma mulher que só vai lhe dar mais dor de cabeça.

O'Leary faz o teste do bafômetro.

Peter sopra até 1,1.

— O limite legal em Rhode Island é zero vírgula oito, senhor — diz O'Leary. — O senhor vai ser preso por dirigir alcoolizado. Vire e coloque as mãos atrás das costas, por favor.

— Você está nesse emprego faz tempo? — pergunta Peter. — Porque não vai ficar muito tempo depois que eu telefonar para o seu chefe.

— Vire, por favor.

O'Leary quebra um galho para ele, no entanto, e não manda guinchar o carro. Deixa Paulie vir pegar.

Peter sai sob fiança em uma hora.

Vinnie vai buscá-lo e o leva para a grande casa na praia de Narragansett, a "Riviera Italiana", da qual a mulher dele insistira que precisavam. Para sob o arco de pedra da entrada.

Uma porra de uma mansão, é o que é, Peter pensa ao sair do carro, mas Celia precisava tê-la.

"Você é o chefe da Nova Inglaterra agora", ela tinha dito. "Não pode viver como algum *paisan* velho, causa má impressão."

Eles tinham uma casa perfeitamente agradável em Cranston — moderna, quatro quartos, dois banheiros e um lavabo —, mas aquilo não era bom o suficiente para Celia.

Não, ela precisava ter a casa de frente para o oceano, um arco de pedra na entrada, cinco quartos, três banheiros, uma acomodação de hóspedes, uma quadra de tênis e uma piscina. Uma piscina, bem ao lado da porra do Atlântico, você pensaria que era água suficiente para ela, e nenhum dos dois joga tênis, embora Celia tenha começado a fazer aulas.

O dinheiro que aquele lugar custou, sem falar na manutenção, ele está milhões no vermelho, e Celia fazendo festas lá como naquele filme... Qual era?... com o Robert Redford e alguém.

Peter respira fundo antes de entrar, porque sabe que, no segundo que passar pela porta, Celia vai abordá-lo com um problema.

Poderia ser o aquecedor de água que não está esquentando a água rápido o suficiente, ou o decorador que não entende a "visão" dela, ou a vodca barata que ele comprou que não serve para os convidados dela, mas nesses dias o problema é normalmente Gina.

Os Moretti têm três filhos — um menino e duas meninas.

Peter queria mais, mas Celia, ela não queria ser como uma daquelas mães italianas antigas, parindo um *bambino* atrás do outro. Ela queria que Peter fizesse vasectomia, o que ele se recusou absolutamente a fazer.

"Você entra na faca ou não entra em mim", Celia dissera a ele.

"Tome pílula."

"Tem efeitos colaterais."

"Cortar as minhas bolas não tem?"

"O que importa para você, afinal?", perguntou Celia. "Você sempre pode foder sua *gumar*."

Isso era verdade, pensa Peter. Ainda assim, um homem tem o direito de transar com a esposa, especialmente uma que custa tanto quanto Celia, com festas, reformas e closets cheios de roupas.

Ela começou a tomar pílula, mas eles só transam ocasionalmente, na maioria das vezes quando ela tomava algumas em uma das festas e está se sentindo bem depois que os convidados vão embora. Quando Celia quer, ela realmente quer, e é uma fera na cama. E linda, isso ninguém pode negar. Independentemente do dinheiro que ela gaste cuidando de si mesma, vale a pena.

De qualquer modo, eles tiveram Heather, depois Peter Jr., então Gina, e pararam aí.

Heather tem vinte anos, Peter está com dezoito, e Gina, dezesseis, perfeitamente espaçados no ideal de dois anos de diferença.

Heather saiu de casa para a Universidade de Rhode Island, uma menina inteligente estudando administração. Ela e Peter são próximos, grudados, e ele sente falta dela porque muitas vezes ela não volta aos fins de semana; gosta de festa, mas que diabos, é isso que a molecada de universidade faz, não é?

Peter Jr. é tudo que um pai poderia querer. Bonito, atlético — uma estrela no beisebol e no basquete —, respeitoso, bom com as meninas, líder entre os rapazes. Peter o adora.

E eles já tiveram "a" conversa.

Não a conversa de sexo, a conversa de ter o pai na máfia.

Peter Jr. agora sabe o que o pai faz para colocar comida na mesa — não é idiota — e, quando tinha dezesseis, Peter o sentara e dissera: "Isso sou eu, não é você. Você pode se sair melhor — um médico, um advogado...".

Exceto que Peter Jr. também não queria aquilo.

Ainda não.

Primeiro, ele queria ir para as Forças Armadas.

Os fuzileiros navais.

"Por quê?", Peter perguntou ao filho. "Por que não faculdade?"

"É meu dever", respondeu Peter Jr. "Primeiro as Forças Armadas, depois vou para a faculdade. Além disso, desse jeito, eles vão pagar."

"Dinheiro não é seu problema na vida", disse Peter.

Isso era verdade.

Então.

Peter questionou a decisão do filho sobre isso, e Celia foi totalmente contra, como a maioria das mães seria, mas em segredo ele estava orgulhoso do menino. Então Peter Jr. se alistou nas forças armadas.

Ele não é o problema.

O problema é Gina.

Peter nunca conseguiu entender.

A menina é bonita como a mãe, talvez até mais, mas nunca parece estar feliz.

Gina é depressiva.

Gina era anoréxica, então bulímica. Gina chora o tempo todo, o tempo todo em que não está dando chiliques, gritando com Celia ou Peter, ou só deitada na cama olhando para o teto.

Ela é uma estudante "dotada" que não consegue tirar notas boas, uma líder de torcida que abandonou a equipe, uma ginasta que desistira disso também. Sob protestos de Peter, Celia levou a menina a um psiquiatra, então a outro quando não deu certo, então outro, que receitou um coquetel de remédios que só pareceu piorar as coisas.

Agora, conforme Peter entra pela porta, Celia está esperando, martíni na mão, não para ele, para ela.

O que ela tem para ele é mais dor de cabeça.

— Ela está no quarto — diz Celia.

— Claro que está.

— Ela está se cortando.

— Que porra é essa?

— Está se cortando — repete Celia. — Ela pega uma faquinha e corta as pernas. Não fundo, mas o suficiente para sangrar. Acho que é moda.

— "Moda"?

— Rosa viu o sangue quando estava trocando os lençóis — continua Celia. — Foi vergonhoso. Confrontei Gina sobre a questão.

— E?

— E ela admitiu.

— Ela falou o motivo? — pergunta Peter.

— Diz que faz com que ela sinta que está viva.

— Se cortar faz... — diz Peter.

— É o que ela disse.

Peter vai até o bar e se serve de uma vodca. Jesus Cristo, a filha pegando uma faca para se cortar.

— Liguei para o dr. Schneider — diz Celia.

— E aquele charlatão disse o quê?

— Tem um lugar — responde Celia. — Em Vermont.

— Um "lugar".

— Para meninas como Gina.

— Que porra você quer dizer — indaga Peter, começando a ficar nervoso — com "meninas como Gina"?

— Meninas que se cortam.

— Não vou mandar minha filha para um hospício.

— Não é um hospício — fala Celia. — É mais como um internato, ou um resort, mas com médicos.

— *Eu* gostaria de ir para um resort — diz Peter. — Posso?

— O dr. Schneider diz que ela precisa ser internada.

— O que você quer apostar que ele tem parte nesse lance? Você sabe quanto custam esses lugares? — *Provavelmente não*, pensa Peter, porque Celia não olha para a etiqueta de nada. — Ou quanto tempo ela vai ficar lá?

— Eles não sabem — responde Celia —, até verem como o tratamento está indo.

— Não, é claro que não — fala Peter. — Vou dizer quanto tempo: enquanto continuarmos pagando a conta. No segundo que não pagarmos, ela está curada. "É um milagre."

— Estamos falando da nossa filha aqui — rebate Celia. — Custa o que custa.

— Não temos o dinheiro.

— O que quer dizer?

— O que quero dizer? — pergunta Peter. Ele dá um gole na vodca. — Que parte do que eu disse não está claro? Nós... não... temos... o... dinheiro. *Non abbiamo la escarole. Capisci?*

Ele esfrega o polegar e o dedo indicador.

— Desde quando? — indaga Celia.

— Os negócios estão indo mal agora.

Ela o encara. Celia clássica, em sua blusa de seda dourada, desabotoada o suficiente para mostrar um pouco de decote, e as calças apertadas para mostrar a bunda pela qual ele pagou em mensalidade de academia e personal trainer. Ela levanta para ele a sobrancelha feita e o encara.

— Mas você tem dinheiro suficiente para colocar diamantes no pescoço da sua *gumar*, aposto.

Ele bate o copo no bar.

— Você quer mandá-la para essa escola, hospital mental, spa, a porra que for, então vamos vender esta casa e teremos o dinheiro. Venda essa pedra no seu dedo, teremos o dinheiro. Vá lá em cima, esvazie seu armário de sapatos, puta merda, provavelmente teremos o dinheiro lá.

— Peter, nós vamos fazer isso.

— Não, Celia, não vamos — diz Peter. — Ela só quer atenção.

— Porque você nunca dá nenhuma para ela — retruca Celia. — Você sempre está ocupado demais trabalhando.

É, estou ocupado colocando roupas nela, um teto sobre a cabeça dela, comida na boca dela, que ela vomita, de qualquer jeito, pensa Peter.

— A menina precisa endurecer a casca. Ela se arranha e você quer enviá-la para umas férias como recompensa. *Basta*. Deu.

Celia olha para ele. O *malocchio* completo.

— Eu te odeio.

— Entre na fila.

Peter termina a bebida e sobe para a suíte com sua vista aberta do oceano. Tira a roupa, entra no chuveiro e fica debaixo da água. Sai, coloca um roupão e liga para o advogado sobre ter sido pego dirigindo bêbado.

— O melhor que posso fazer por você — diz o advogado —, é uma multa de mil dólares. Mas sem tempo de cadeia.

— Que porra está acontecendo nesse estado? — pergunta Peter.

— E você precisa ir às reuniões.

— Está falando daquela merda dos doze passos? — indaga Peter. — Esquece. Não sou um alcóolatra.

— Quer manter a habilitação, Peter? — questiona o advogado. — Qual é o problema? Você escuta algumas histórias tristes, eles assinam sua papelada, acabou.

Peter desliga.

Preciso ir a porra dessas reuniões, ele pensa.
Minha filha é maluca.
Minha mulher me odeia.
Estou indo à merda da falência.
Meus caras estão ao ponto de um motim.
Se isso é ganhar uma guerra, odiaria ver como é perder.
Preciso encontrar Danny Ryan.

SEIS

Uma das coisas mais arriscadas que Danny faz é dar uma olhada em seu velho.

Marty e Ned estão escondidos em um hotel residencial barato no deteriorado Gaslamp District, usando nomes falsos, mas todo mundo que procura Danny sabe que ele foi embora com o filho e o pai, então as visitas são uma exposição em potencial.

Ao menos Marty combina com o Golden Lion, que está cheio de alcoólatras velhos e decadentes.

Danny traz as mercadorias de costume, mas desta vez o cara na mesa da recepção o para.

— Preciso falar com você.

— O que aconteceu?

— É seu tio — diz o cara. — Ele não pode mais ficar aqui.

— Por que não?

— Ele não consegue cuidar de si mesmo — responde o cara. — Ele não sabe onde está na metade do tempo.

Danny olha ao redor no saguão, onde meia dúzia de velhos estão sentados olhando para Deus sabe onde e uns outros dois cambaleiam conversando com fantasmas.

— E esses outros caras são o quê, Einstein?

— Ele caga na cama — fala o cara. — Nós recebemos reclamações. O cheiro.

Danny sabia que Marty estava ficando pior, mas não sabia que era tão ruim assim. E Ned jamais deduraria Marty numa coisa dessas. Danny tinha visto os lapsos de memória dele, as pernas ficando cada vez mais trêmulas, ele perguntara como Terri andava umas duas vezes, mas cagar na cama?

— O dono diz que ele precisa ir embora. Posso dar uma semana.

— Certo. Obrigado.

E agora?, pensa Danny.

Ele obriga Marty a ir a uma clínica com ele, para fazer exames. Marty o xinga de todos os palavrões que sabe, mas vai.

O médico sai da sala de exames para falar com Danny. Ele é jovem, mas pragmático.

— Olha, eu poderia fazer uma bateria de testes, mas está aparente que seu tio tem demência, exacerbada por alcoolismo crônico em estágio avançado. O fígado dele está estourado, ele está perdendo o controle das funções corporais, a acuidade mental está se deteriorando rapidamente. Ele vai mostrar vislumbres de seu antigo eu, mas vai precisar de cuidado residencial o tempo todo.

Danny tinha pensado que o velho resistiria mais a ir para uma casa de repouso, mas ele não resiste.

— Vou ter meu próprio quarto? — pergunta Marty.

— Vai ter seu próprio quarto.

— E as enfermeiras vão me bater punheta?

— Isso você vai ter que negociar em pessoa — diz Danny.

— Vai ver se não vou.

Dinheiro é outro problema. Danny não sabe como vai pagar por isso, mas Marty diz:

— Eu tenho plano. "Cuidados de longo prazo."

— Você tem?

— Sua mulher me obrigou a fazer — responde Marty.

Faz sentido, pensa Danny. Terri sempre fora a mais cautelosa, a que pensava adiante.

É arriscado, porém, pois Marty vai precisar usar o próprio nome para ter acesso ao plano. Não há acusações ou denúncia contra ele, mas ainda é uma conexão com Danny.

Mas preciso correr esse risco, pensa Danny.

Não tenho escolha.

Ele encontra um lugar em North Park que tem uma vaga.

Marty fica com os olhos um pouco marejados quando é hora de se despedir, talvez a primeira vez que Danny o viu demonstrar qualquer sentimento humano real.

Ned é estoico, como de costume, mas Danny percebe que é duro para ele. Diz a Ned que ele pode tomar um ônibus e visitá-lo todos os dias, se quiser.

— E eu vou vir umas duas vezes por semana — diz Danny.

— Certo, John — fala Marty para Danny.

— Pai, é o Danny.

— Estou te zoando, besta — retruca Marty. — Tenha cuidado, tá? Não quero que nada aconteça com você. Quem vai trazer minha Hormel?

Naquela noite, Danny tem um sonho.

Um sonho bem esquisito.

Ele está em um cemitério, Swan Point, andando, procurando o túmulo de Terri, mas não consegue encontrar. Então ele vê Sheila Murphy de pé ao lado da lápide de Pat. Ela segura uma garrafa de Narragansett na mão, e está derramando cerveja no túmulo dele.

Ela o vê.

— Danny? — ela pergunta. — É você?

— Sheila? O que…

— Eu venho aqui todo dia. — Ela o encara, como se não acreditasse que ele é real. — Achei que você estivesse morto.

— Não.

— Ian? Ele está vivo?

— Sim. Ele está bem.

— Mas Terri não está. Ela está aqui com Patrick.

— Não consigo encontrá-la — diz Danny.

Sheila fala:

— Eu me casei de novo.

— Casou? — pergunta Danny.

— Com o irmão do Patrick.

— Liam? — Danny está chocado.

— Não — ela responde —, Liam está morto. Com o outro irmão do Patrick, Tommy.

Danny está confuso. Só existem dois irmãos Murphy, Patrick e Liam. Mas então um homem se aproxima, ele se parece bastante com Pat, só é mais velho e mais pesado, satisfeito e contente.

— Bom ver você, Danny — diz Tommy. — Mas você não pertence a este lugar. Quer dizer, você acha que é o seu lugar, mas não é.

— Onde é, então?

— Não sei — fala Tommy. Ele passa o braço em volta dos ombros de Sheila. As mãos dele são grandes. — Mas Pasco me contou.

— Quando encontrou Pasco?

— Eu o encontro sempre.

Sheila está tricotando. Ela passa um suéter verde para Danny.

— Para Ian. Assim ele vai se lembrar de onde vem.

Então Danny acorda. Ele leva um minuto para se lembrar de onde está e mesmo assim sente-se um pouco abalado. Danny não acredita muito em sonhos, que significam alguma coisa, mas aquilo era perturbador pra caralho. Pat nunca teve outro irmão; Sheila jamais se casaria de novo.

E o que ele quis dizer, esse lugar não é para mim? E o que Pasco tem a ver com isso?

E por que eu não conseguia encontrar o túmulo de Terri?

Talvez porque você sabe que nunca vai poder ir até lá e visitá-la.

Ele escuta Ian balbuciando e vai pegá-lo e fazer o café da manhã dele.

Aveia, talvez, ou um ovo mexido, se conseguir fazê-lo comer.

SETE

Chris Palumbo tem um problema sério.

Ele fez um acordo com o pessoal de Abbarca em troca de quarenta quilos de heroína, convenceu Peter Moretti e metade dos mafiosos da Nova Inglaterra a colocarem dinheiro nisso, e então mandou Danny Ryan e sua equipe de irlandeses roubarem o carregamento.

Era o clássico Chris Palumbo: encontrar um jeito de foder com todo mundo.

Ele ia foder com Ryan fazendo todos os irlandeses serem presos com a droga. Então ele e o agente federal Jardine iam foder com Peter caindo fora com a droga, deixando-o levar a culpa por perder o dinheiro de todo mundo.

Era o jeito de Chris empurrar Peter para fora do trono e tomá-lo para si mesmo.

Porque Chris estava de saco cheio de consertar todos os erros de Peter, de saco cheio de fazer pagamentos para o cara, de saco cheio de limpar as merdas do irmão idiota dele, Paulie.

Mas deu tudo errado.

Chris deveria pegar os dez quilos que Danny Ryan tinha escondido. Mas Danny de algum jeito criou colhões e enfrentou Chris, ameaçando matar a família dele inteira. Certo, eles podiam ter perdido os dez quilos — não era ótimo, mas não era fatal —, mas aí Jardine terminou morto.

Babaca sem consideração.

Então nenhuma parte da heroína que deveria vir para Chris chegou até ali. O acordo de imunidade para indiscrições passadas estava tão morto quanto Jardine. E Peter Moretti sem dúvida desconfiava que ele tivesse ficado com a heroína e sem dúvida também estava atrás da cabeça dele.

Assim, Chris Palumbo, que amava maquinações complicadas, optou pela solução mais fácil.

Ele fugiu.

Só porque Peter emitiu uma sentença de morte, pensou Chris, *não significa que eu deva me apresentar para a execução.*

Podem fazê-la sem minha presença.

Chris havia perdido a oportunidade de ficar com o cargo mais importante, mas a verdade é que ele não estava assim tão descontente por ir embora. Estava cansado daquela coisa de membro da máfia, cansado da cena consanguínea, sufocante, todo-mundo-enfiado-no-traseiro-de--todo-mundo de Rhode Island. Os almoços de família no domingo, os casamentos, os batizados, todos os eventos obrigatórios que começaram a deixá-lo totalmente entediado.

Claro, ele tinha uma família, mas os filhos já estavam adultos, e a esposa, bem, Cathy sempre fora bem capaz de cuidar de si mesma.

Ele mandaria algum dinheiro quando tivesse.

E tinha toda intenção de voltar, realmente tinha, assim que as coisas esfriassem. Talvez quando as pessoas enfim ficassem cansadas das merdas de Peter e decidissem fazer alguma coisa a respeito.

Enquanto isso, ele tinha certeza de que sua família preferiria ter um marido e pai desaparecido do que um morto. Então Chris pegou os cem mil de reserva que tinha guardado no desvão da casa de sua *gumar*, deu um beijo no rosto dela e foi embora.

Cogitou a Flórida, mas então pensou melhor. Todo mafioso do nordeste vai para Miami ou Boca nos fins de semana e férias. Sua próxima escolha teria sido Vegas, mas era a mesma coisa.

Ele queria um lugar quente, no entanto, um lugar com a porra de um pouco de sol.

Então agora ele está sentado em Scottsdale, no Arizona, bebendo cerveja na mesa com Frankie Vecchio.

A porra do Frankie V, aquele de grandes orelhas e boca maior ainda. Ouve tudo, conta tudo o que ouviu e mais alguma coisa.

Fora Frankie quem Chris manipulara a convencer Ryan e os irlandeses a entrar no roubo da heroína, fora Frankie quem tinha prometido testemunhar contra eles em troca de imunidade e uma vida nova no Programa de Proteção à Testemunha.

Frankie é tão burro que entregou todos os seus cinco quilos de heroína para o governo quando entrou para a proteção, ficando falido, e então tão mais burro que ficou de saco cheio de vender revestimento de alumínio ou seja lá que porra e saiu do programa.

Então Frankie também está fugido.

A maior utilidade de Frankie é ser usado, pensa Chris.

Nisso ele nunca falha.

Frankie odeia o Arizona, ou ao menos é o que diz para Chris. "*Marone*, o calor. Acho que minha cabeça vai explodir."

Chris não se sente assim. Uma coisa que o surpreendeu foi o quanto gosta do deserto. O sol, o calor... como nunca é preciso pensar em usar casaco, botas, luvas. Ele usa bermuda e camisa polo a maior parte do tempo. Sandálias. Se não gosta do calor, tem ar-condicionado. Você sai, joga uma rodada de manhãzinha, talvez de novo no entardecer.

Ele gostaria de ter vindo para Scottsdale anos atrás.

Talvez Cathy gostasse dali, se aguentasse ficar longe das irmãs, brigando com elas o tempo inteiro.

Frankie também está preocupado com a composição étnica.

— Um monte de mexicanos aqui. Percebeu?

— Costumava ser o México.

— Ainda é, até onde estou percebendo.

Isso não incomoda Chris nem um pouco. Ele tomou gosto pela comida mexicana, embora pudesse passar sem as bandas de mariachi.

Não, ele gosta do Arizona.

Ele encontrou uma mulher, a gerente de imobiliária que achou sua bela casa de um quarto em um condomínio, não fez muitas perguntas inconvenientes no formulário e então o ajudou a testar a cama.

Na verdade, Chris tentou sentir falta de casa, mais por culpa, tentou sentir saudade de Cathy e das crianças, mas o fato é que ele simplesmente não sente. Não ainda, pelo menos. É uma vida boa, mansa, e ele está feliz ali.

O único problema é o dinheiro.

Está indo embora feito água.

Cem mil parece muito dinheiro, e ele está bem por enquanto, mas isso não vai durar para sempre. Ele vai precisar de dinheiro. O que ele realmente queria fazer era abrir uma concessionária de carros, mas não pode fazer nada legítimo ou abertamente. *Essa é a questão dessa nossa vida*, pensa Chris, *você cruza uma certa ponte, nunca mais pode voltar para o outro lado.*

— Então, o que você quer fazer? — pergunta Frankie. Porque ele nunca teve uma ideia original na vida.

— Estou pensando em entrar em contato com o pessoal do Abbarca de novo — responde Chris.

— Porque deu tudo tão certo da última vez, né?

— Ei, os mexicanos pegaram o dinheiro deles — diz Chris. — Eles não têm nenhum problema com a gente. Mas estou pensando em cocaína em vez de heroína. Uma classe melhor de consumidor.

— O quê? Putas craqueiras?

— Não, caras brancos ricos — explica Chris. — Médicos, advogados, um bando de encostados. Aqueles filhos da puta no campo de golfe, eles estão sempre atrás de branca.

— Você tem dinheiro para isso?

— Tenho crédito.

— Acha que tem?

Sim, acho, pensa Chris. *É por isso que falei.*

No dia seguinte, ele e Frankie entram no Caddy de Chris e vão para Ruidoso, em Novo México, onde um dos comandantes de Popeye Abbarca tem uma fazenda de cavalos.

Vinnie sabe trepar.

O homem é incansável.

Celia sai da cama e começa a se vestir. Pensou consigo se tomava banho no hotel ou esperava até chegar em casa, mas se decidiu pela última opção porque Peter não estaria lá, de qualquer jeito, e quanto menos tempo o carro dela ficasse na frente do Holiday Inn, melhor, mesmo tendo estacionado na parte de trás.

Vinnie está deitado na cama com aquela expressão presunçosa no rosto.

É, eu sei, pensa Celia, *você me fez gozar. Mas eu também fiz você gozar. Cristo, parecia um hidrante estourado jorrando dentro de mim.*

— Então, quarta-feira? — pergunta Vinnie.

— Aqui?

— A gente deveria alternar — ele sugere.

Comendo a mulher do chefe, todo cuidado é pouco.

Peter vai às reuniões. Eles são chatos pra caralho, mas as histórias que bêbados contam podem ser meio engraçadas e eles servem café com biscoitos. Depois de algumas reuniões, ele quase chega a gostar delas. Há alguma coisa no silêncio, na quietude, na emoção daquilo.

Na sexta reunião, ele vê uma moça de cabelo ruivo comprido e uma expressão triste.

Ele não a via há anos.

Cassie Murphy.

Ela o reconhece.

Em outra vida, tinham sido quase amigos, costumavam ir juntos à praia e às caldeiradas de Pasco Ferri. Isso quando ela estava sóbria e limpa, indo bem, sem beber, sem usar heroína.

Antes de toda aquela merda acontecer e os Murphy e os Moretti entrassem em guerra. Antes de os irmãos dela serem mortos e o pai ir para a prisão, e antes de ela começar a injetar de novo. Agora está tentando se limpar, está de volta aos porões de igreja, mas não vai tão bem.

Eles ficam frente a frente na escadaria da igreja.

— Cassie.

— Peter.

Eles não sabem o que dizer. O que há para dizer? Ele tinha destruído a família dela, arruinado a vida dela.

Não, isso não é exatamente verdade, pensa Cassie. *Tudo o que fizemos, fizemos para nós mesmos.* Ela tinha implorado a Danny Ryan, seu bom amigo, para não roubar a heroína com Liam, mas ele foi de qualquer jeito.

Peter Moretti não os obrigou a fazer aquilo.

Ela diz:

— Esse é um dos últimos lugares em que pensei que fosse ver você.

— Bêbado no volante — fala Peter. — E você?

— Você sabe, comigo é uma velha história.

— É, eu meio que lembro.

Há um longo silêncio, mas nenhum deles se afasta. São os únicos nos degraus agora; todo o resto foi embora.

Peter diz:

— Sei que é esquisito, mas quer tomar café ou alguma coisa?

É esquisito, pensa Cassie. *Muito esquisito*. Mas ela ainda está meio chapada da última dose, e sabe que, a não ser que faça alguma coisa diferente, vai sair e tomar outra dose, então diz sim.

Eles tomam café, só isso.

Falam sobre o programa de recuperação.

Peter se vê falando sobre Gina.

Como tenta prestar mais atenção nela, porque com toda certeza não vai mandá-la para algum hospício cinco estrelas em Vermont.

Mas prestar atenção em Gina não é fácil porque ela passa a maior parte do tempo no quarto dela com a porta trancada. E ele não fica muito em casa, porque está fora ganhando dinheiro.

Cassie, ela fica sentada e escuta. Surpresa que Peter Moretti, um mafioso durão, esteja se abrindo daquele jeito.

— Você deveria dividir isso na reunião — diz Cassie.

— Nem fodendo — retruca Peter.

Chris precisa literalmente explicar a Frankie V que "cavalo quarto de milha" não significa um quarto de um cavalo.

— É uma *raça* de cavalo — diz Chris no carro enquanto seguem pela estrada até a fazenda de Neto Valdez. — Eles usam para arrebanhar o gado.

— Então por que chamam de quarto de milha? — pergunta Frankie.

— E eu lá sei? — rebate Chris.

E eu dou a mínima*?*

Deve ter muito dinheiro nos cavalos, porém, pois a porra da fazenda é linda. Chris fica impressionado enquanto dirige por longas cercas brancas que delimitam um belo e amplo pasto verde.

Bocais de irrigação sibilam ritmicamente.

Neto os encontra do lado de fora da casa.

Chapéu de caubói branco, camisa jeans com fechos de madrepérola, botas Lucchese marrons.

Neto é um filho da puta bonito.

Ele cumprimenta Chris afetuosamente.

— Chris, faz tanto tempo.

É, eles não se viam desde que Chris combinou o carregamento de heroína.

— Neto — diz Chris —, este é um amigo nosso, Frankie.

— *Bienvenido* — fala Neto.

Ele mostra os estábulos. Descobrem que os quartos de milha dele são vendidos por cerca de 150 mil dólares ou mais.

— Mas o dinheiro mesmo está na reprodução.

Ele explica como congelam o sêmen e enviam para compradores.

— Quer dizer que tem dinheiro em porra de cavalo? — Frankie sussurra para Chris.

— Pelo visto tem.

— Quem diria? — pergunta Frankie.

E Chris sabe que nenhum hipódromo na América estará seguro de novo, pois agora mesmo Frankie está pensando em como pode ir bater punheta nos cavalos.

Depois do passeio, Neto os leva para um pátio para o almoço. Belo almoço, bela comida — *carne asada*, camarão, frutas frescas, cervejas bem geladas.

Eles vão aos negócios. Chris conta que quer comprar um pouco de coca.

— Quanto você quer? — pergunta Neto.

— Estou pensando em dez quilos — responde Chris.

— Posso te dar isso — diz Neto — por dezessete mil o quilo.

— Esse é o preço de gringo — argumenta Chris. — Qual é o preço para um mexicano?

— Você não é mexicano — fala Neto, mas ele está sorrindo.

— Mas penso em você como irmão — diz Chris.

— Gosto de você, Chris — afirma Neto. — Aumente o pedido um pouco, consigo descer até quinze.

— Quinze por quinze? — pergunta Chris.

— Fechado — responde Neto.

— Tenho cinquenta em dinheiro — fala Chris. — Vou adiantar isso, pago o restante quando vender.

— Ah, Chris.

— Vamos — insiste Chris —, sabe que consigo dobrar o dinheiro em Minneapolis, Omaha, em qualquer uma das cidades do Centro-Oeste. Num minuto.

— Não posso adiantar cento e setenta e cinco — explica Neto. — Gosto de você, Chris, não quero ver você se afundando. Fazemos assim: vendo cinco por esse preço, seguro o restante. Você vende, volta e paga, fazemos de novo.

— Fechado — concorda Chris.

— Mas preciso de garantia — fala Neto.

— Estou meio sem isso — responde Chris.

— Você está fugindo — continua Neto. — Soube de tudo. Mas precisa me deixar com alguma garantia, Chris.

Chris deixa.

Ele deixa Frankie V com ele.

É como uma loja de penhores.

Se Chris voltar com o dinheiro, ele resgata Frankie.

Se não voltar...

Frankie está seriamente fodido.

Peter chega em casa e entra pela porta bem a tempo de ouvir os gritos. São de Celia e estão vindo do andar de cima. Ele sobe as escadas três degraus por vez e vê que a porta de Gina está aberta.

Celia está ali de pé.

Ela grita e uiva, a pior coisa que já ouviu.

Peter a empurra para o lado e vê Gina na cama.

As cobertas estão vermelhas, a cabeça de Gina está jogada para trás da beirada do colchão. Os olhos dela estão abertos, olhando para o teto, a boca aberta, a língua de um lado da boca.

Uma faca está no chão, perto da mão esquerda dela.

Peter a pega e a puxa para cima. O corpo está frouxo. Ele vê os cortes longos e profundos nos pulsos dela.

Peter dá um tapa no rosto dela.

— Gina! Gina! Acorda!

Ela não responde.

Peter se vira para Celia.

— Vá ligar para o 192!

Celia fica ali e continua uivando.

— Vá ligar para a porra da emergência!

Ela olha para ele.

— É tarde demais — diz Celia. — Ela está morta.

— Não, não, não...

Celia completa:

— Ela está morta e você a matou.

O funeral de Gina Moretti é patético.

Movimentado, com certeza. Cada um dos caras da máfia, aqueles com ligações, a maioria dos políticos, um tanto de policiais, todos os amigos e vizinhos e todas as esposas estão lá, tanto na igreja quanto no cemitério.

Peter Jr. voltou para casa em licença de falecimento de familiar para enterrar a irmã.

É tão triste.

Os pais enlutados ficam juntos, mas não falam um com o outro. Celia está tragicamente bela em seu vestido preto, mas mesmo sob o véu se pode ver que ela está calma por causa de remédios e bebida, provavelmente.

Peter está silencioso como uma pedra.

Os sussurros, as perguntas... "Como pode uma menina tão bonita... Uma menina que tinha tudo... O que estava acontecendo naquela casa... Nunca se sabe o que acontece atrás de portas fechadas..."

Peter é um dos carregadores do caixão, levando a filha para um buraco no chão. Peter Jr. é outro, com Paulie, Vinnie e outros dois da equipe deles.

Celia perde o controle ao lado do túmulo. Ela joga um punhado de terra no caixão de Gina e então os joelhos dela cedem. Peter tenta segurá-la, mas ela o afasta. Paulie e Pam a pegam antes que ela caia e a seguram enquanto voltam para a limusine.

Do lado do túmulo, Peter consegue ouvir os soluços e uivos dela.

Paulie Moretti olha pela porta aberta do banheiro do quarto de motel e observa a mulher sair do chuveiro e se enrolar em uma grande toalha branca.

Que ela poderia ter comprado na porra da REI, ele pensa, *porque Pam engordou alguns quilos, mais do que só alguns*. Ele gostava mais dela quando ela cheirava e era magrela; agora qualquer pó branco debaixo do nariz dela provavelmente vinha de uma rosquinha.

Não foi sempre assim. Não fazia tanto tempo assim — alguns anos — que Pam era a mulher mais linda que ele já tinha visto, inferno, a mulher mais linda que *qualquer um* já tinha visto.

Que foi o que tinha começado aquela porra toda em primeiro lugar — Liam Murphy com inveja porque Paulie tinha uma mulher como aquela, enchendo a cara e atacando Pam depois de uma festa na praia, Paulie e Peter e Sal, Deus o tenha, enchendo Liam de porrada. Então Pam tinha ido ver aquele bosta irlandês no hospital e terminou indo embora com ele.

Começou ali e não parou.

Quantos corpos? Quantos funerais?

E então Chris veio com a ideia genial de pegar os irlandeses com a apreensão de drogas e aqui estamos. Os irlandeses estão acabados, ganhamos a Nova Inglaterra e eu ganhei Pam de volta, mas valeu a pena?

Pam está começando a parecer a foto de "antes" nos comerciais dos Vigilantes do Peso.

— Isso foi tão triste — comenta Pam, entrando no quarto.

— Gina? É. — *A menina sempre foi maluca*, pensa Paulie.

Pam abre a toalha, a deixa cair no chão e sobe na cama. *Ótimo*, pensa Paulie, *uma toalha molhada no tapete.*

Relaxada do caralho.

— Quer transar? — pergunta Pam.

— Não muito.

Ela vira de costas para ele.

Paulie aumenta o volume do *Letterman*.

Pam está aliviada por Paulie não querer transar. Quando ela voltou para ele, era tudo o que ele queria, e era sempre a mesma coisa: "Sou melhor que o Liam? Ele fazia isso com você, ele fazia aquilo com você? Ele te fazia gozar? Ele te fazia gozar como eu faço?".

Ela sabia as respostas certas: "Você é o melhor. Liam nunca fez isso, nunca fez aquilo. Eu nunca gozei com ele. Você é o único que me faz gozar".

Parar com a cocaína não tinha sido tão difícil — ela usava mais para acompanhar Liam, de qualquer modo, e porque estavam tão infelizes juntos —, mas ela sabe que trocou a coca por comida, como sabe em algum nível que deseja ficar gorda, então talvez Paulie a deixe.

Ela tem medo de largá-lo.

Medo, com boa razão, de que ele a encontre e a mate. Ele já tinha feito isso antes, quase, exceto que ela o convencera a transar em vez disso. Isso ainda surge nas ocasiões cada vez mais raras em que ele quer transar. A arma aparece e é "Chupa isso primeiro, vadia. E se eu puxar o gatilho, hein?". Às vezes ele mantém o cano da arma na boca dela enquanto trepa com ela, acha que ela também fica excitada com isso, como ela finge ficar, pois o que mais vai fazer?

Pam agora sabe o que *não deveria* ter feito.

Ela não deveria ter dado a droga a Paulie.

Os dez quilos de heroína que Liam — o cara belo, arrogante, inteligente demais para o próprio bem — tinha deixado para trás na sua pressa alimentada por pó de sair do esconderijo. Ele tinha enfiado três tijolos numa mala e os outros dez debaixo da cama e os deixou lá.

Eles fugiram e continuaram a fugir até que ela o dedurou.

O agente federal Jardine veio e o prendeu, e ela nunca mais o viu. O que ela viu foi Paulie entrar em seu quarto de motel. Enfiou a arma na cara dela e disse:

"Oi, vagabunda".

Pam achou que ele ia atirar nela e implorou:

"Por favor. Não. Eu trepo com você, eu te chupo".

"Acha que quero os restos de Liam Murphy?", e puxou o cão da arma, engatilhando-a.

"Eu deixo você comer meu cu."

"Murphy não comeu também?"

"Por favor", ela chorou.

"Você não tem nada que eu queira".

Mas por fim ela tinha. Ela sabia onde estavam dez quilos de heroína, se Jardine não tivesse chegado lá antes.

"Me deixe viver, e eu levo você lá", ela disse. "Podemos cair fora, ir para algum lugar juntos, ter uma vida."

"Eu te amo", ela falou. "Sempre te amei. Me deixe provar isso."

Ela o levou até o esconderijo, e, graças a Deus, a heroína ainda estava lá. Paulie a escondeu e algumas semanas depois foram para a Flórida, onde ficaram até voltarem para o enterro da pobre Gina.

O lucro da droga havia comprado uma casa decente em Fort Lauderdale e deixado dinheiro suficiente para viver e fazer, bem... nada. Paulie nunca pensou em ajudar Peter a sair do problema financeiro dele dando um pouco do dinheiro da heroína para ele.

"Ele que se foda", foi o que Paulie dissera.

Agora ele pega no sono.

Em silêncio, ela pega o controle remoto e desliga a TV.

Finalmente, *finalmente*, os enlutados e os parentes e os curiosos mórbidos vão embora da casa, e Peter Jr. e Heather estão sozinhos na sala.

Celia está no andar de cima na suíte master, medicada, desmaiada; Peter está do lado de fora fumando um charuto.

Peter Jr. diz:

— Pensei que não iriam embora nunca.

— Eles todos amam essa merda — fala Heather. — Drama, tragédia.

— É trágico.

— Estritamente falando, não é — retruca Heather. — É só triste.

— Mamãe vai ficar bem?

— *Algum dia* ela já ficou bem? — pergunta Heather. — É com papai que estou preocupada. Ele não bota as coisas para fora. E isso vai crescendo. Engole ele.

Eles ficam sentados em silêncio por um tempo, então Peter Jr. diz:

— Coitada da Gina. Eu acho que, não sei, poderíamos ter feito mais ou algo assim.

— Não faça isso.

— O quê?

— Ficar todo culpado — responde Heather. — Gina sempre foi egoísta e isso foi só a coisa final e a mais egoísta.

— Isso é duro.

Heather ama o irmão, mas ele é muito ingênuo. Claro que é — é o único filho de uma família italiana, o Escolhido. O pai fora a todos os jogos de Peter, cada um deles. Gina, os eventos dela ficavam em segundo plano, e ele dava mais desculpas do que aparecia. Mas ele estava mais ocupado quando Gina estava crescendo, e Heather sabe o porquê.

Ela lê os jornais.

Para ser justa com o pai, Gina parou de ir aos eventos dela, também.

— Ela bota a culpa nele, você sabe — diz Heather.

— Quem culpa quem pelo quê?

Heather revira os olhos.

— Mamãe culpa papai por Gina ter se matado.

— Porque ele não a mandou para aquele lugar em New Hampshire?

— Vermont — corrige Heather. — Mas é isso.

— Talvez pudesse ter ajudado.

— Duvido.

— Não faça o que está pensando em fazer — fala Peter Jr.

Heather sorri.

— O que eu estou pensando em fazer?

— Em largar a faculdade e mudar para cá e cuidar do papai — responde Peter Jr. — Ele vai ficar bem.

— Diz o menino que fugiu para os fuzileiros navais — retruca Heather. — Não faça isso também.

— É, acho que o corpo de fuzileiros não vai deixar.

— Você sabe o que eu quero dizer.

Ele sabe o que a irmã quer dizer — sair do Exército e entrar no negócio da família, se tornar herdeiro e pegar o lugar do pai um dia. É a última coisa que Peter Jr. quer — inferno, é a última coisa que o pai quer.

— Não se preocupe, não vou.

Heather diz:

— Quer dizer, essa merda precisa acabar.

Um dia.

OITO

Reggie Moneta coloca um toca-fitas na mesa de Brent Harris.
— Temos informação de que o sr. Ryan pode estar aqui em San Diego. Um dos meus brilhantes subordinados finalmente notou isso nos antigos grampos dos Murphy.

Ela aperta o play e Harris ouve:

— *E daí se os Moretti nos ligarem ao roubo? O que eles vão fazer? Matar a gente? Já estão tentando fazer isso.*

— Esse foi o Liam Murphy — diz Moneta. — Este é o Ryan...

— *Eles vão tentar pegar a droga deles de volta.*

— *E é por isso que devemos nos mexer agora. Não quer ir para a Califórnia?*

— *Como é?*

— Esse foi o John Murphy — explica Moneta. — Agora escute o que Ryan tem a dizer.

— *Venho querendo te dizer isso, o momento certo nunca apareceu, mas, sim, vou usar esse dinheiro para ir embora da Costa Oeste. Estou pensando em San Diego, talvez.*

Ela para a fita.

É essa a informação?, pensa Harris. *"Estou pensando em San Diego, talvez"?* Moneta está se agarrando a qualquer coisa. Ele não precisa disso. Já está com as mãos cheias com a violência relacionada a drogas, vinda de Tijuana conforme a organização Abbarca tenta tomar o controle das gangues de San Diego. Ele tem exatamente zero interesse no tesão de Moneta por Danny Ryan.

Ele também sabe que a própria equipe de Moneta sente a mesma coisa. Ninguém no FBI quer Ryan testemunhando sobre Phil Jardine. *E isso é o motivo pelo qual Moneta está falando comigo*, pensa Harris.

Ótimo.

— Sabemos que Ryan tinha ligação com a organização Abbarca — diz Moneta. — Espero que talvez uma de suas fontes possa nos dar alguma coisa sobre Ryan.

— Na verdade, não sabemos disso — corrige Harris. — Sabemos que *Chris Palumbo* estava ligado com a Abbarca. Estou mais interessado em encontrá-lo.

Moneta fala:

— Venha dar um passeio comigo.

— Claro — concorda Harris. Ele não pode recusar, ofender a mulher, e, além disso, está interessado no que a chefe do Departamento de Crime Organizado tem em mente que não pode discutir no departamento. Então ele faz uma caminhada curta pela Broadway até o porto. Eles andam para o norte e observam pequenos barcos de excursão flutuando na maré que sobe.

— Imagino que tenha escutado os rumores sobre Phil Jardine e eu — diz Moneta.

Envergonhado, Harris dá de ombros. O dia só está ficando pior.

— São verdade — continua Moneta.

— Certo. — *Eu não me importo,* ele pensa. *Simplesmente não me importo. Por favor, pare.*

Moneta prossegue:

— Você sem dúvida especulou que, se Phil era corrupto, então eu também era.

— Não especulei nada.

— Phil não era uma pessoa perfeita — diz Moneta. — Ele tinha seus demônios. Era corrupto? Honestamente, não sei. Mas eu não sou.

— Você não precisa...

— Só quero garantir que não haja mal-entendidos — interrompe Moneta.

Não há, pensa Harris. Ele a entende perfeitamente. E, mesmo que não seja a chefe, ela tem algum poder em Washington. Tudo o que precisa fazer é reclamar de que não está recebendo cooperação de um colega da força-tarefa e isso ia foder com a carreira dele.

Então ele vai fazer sua obrigação, chacoalhar um pouco a árvore e ver se Danny Ryan cai.

Então Moneta diz algo que faz Harris entender por que estão andando no frio e no tempo úmido em vez de estarem sentados no escritório ou no bar de um hotel quente, por que ela tinha voado até ali para ter essa conversa ao vivo.

— Danny Ryan é um homem muito perigoso — diz Moneta. — Se ele demonstrar qualquer resistência, bem, sua segurança e a de sua equipe vêm primeiro. Temos o mesmo entendimento neste ponto?

Harris tem o mesmo entendimento.

Moneta quer Ryan entregue feito um pedido do KFC.

Num saco ou numa caixa.

Bem, pensa Harris, *isso resolveria o problema do depoimento dele.*

Um animal caçado desenvolve uma sensação.

De quando algo não parece muito certo.

Talvez um som, ou a ausência dele; talvez algo no canto do olho que não estava lá antes; talvez uma expressão facial, um olhar, uma palavra, uma pergunta.

Danny tem uma sensação quando o cara entra no bar.

Não é freguês, nem um dos veteranos tristes de um exército perdedor. As roupas dele destoam apenas por um detalhezinho — a camisa floral parece nova demais, os mocassins têm um certo brilho. A pele é pálida, mas queimada de sol, como se ele tivesse acabado de chegar à Califórnia.

E os olhos dele se arregalam, só um pouco, quando o homem vê Danny atrás do balcão.

Danny murmura para o outro atendente, Carl, que vai fazer uma pausa, desce as escadas para o depósito e então sai pela porta de entregas para a viela de trás.

— Você viu Danny Ryan — diz Vinnie.

Ele olha para o apostador degenerado sentado na frente dele e de Peter no escritório da American Vending.

— Acho que vi — fala Benjy Grosso. — Tenho quase certeza de que era ele.

— O que você estava fazendo em San Diego? — pergunta Peter.
— De férias.
— De férias? — indaga Vinnie. — Você não tem dinheiro para nos pagar, mas tem dinheiro para tirar férias?
Benjy parece envergonhado.
— E você entra num bar irlandês? — prossegue Vinnie. — Por quê?
— Para tomar uma bebida.
— Se estiver mentindo para nós, Benjy... — ameaça Peter. — Se estiver inventando história...
Benjy levanta a mão como se estivesse em um tribunal.
— Não estou.
— Você conhecia Ryan dos velhos tempos? — pergunta Vinnie.
— O suficiente.
— Vocês eram o quê, amigos?
— Não — responde Benjy. — Claro que não. Eu o via por aí, você sabe.
— Certo, pode ir — fala Vinnie. — Vamos entrar em contato.
Benjy fica de pé.
— Se for ele, isso me ajuda? Na minha dívida?
— Se for ele — diz Vinnie —, sua dívida está perdoada. Agora fora daqui, deixe os homens conversarem.
Quando Benjy sai pela porta, Peter pergunta:
— O que acha?
Acho que estou fodendo sua mulher de ponta-cabeça, do avesso e de lado, pensa Vinnie.
— Não sei. O cara deve dinheiro, está desesperado, vem aqui com uma história.
— Mas se a história for verdade — diz Peter —, podemos pegar Danny.
— O que Pasco vai dizer?
— Ele está aposentado — responde Peter —, e, de qualquer jeito, o que ele não sabe...
— Não acha que devemos verificar com ele primeiro? — insiste Vinnie.
Não, Peter não acha. Se ele verificar com Pasco, o velho vai dizer não, e então Peter se fode. Se ele obedecer Pasco e não for atrás de Ryan,

perde a chance de conseguir o dinheiro de volta; se ele for, aí desobedece Pasco e é morto.

E é basicamente com isso que Vinnie está contando.

Ian está contente brincando com seu caminhão na areia.

Sentado em um banco de piquenique no parque, Danny o observa enquanto fala com Jimmy Mac.

— Você tem certeza de que o cara te reconheceu? — pergunta Jimmy.

— Não — diz Danny. — Só tive essa sensação.

— O cara não voltou mais?

— Não.

— Então, aí está — fala Jimmy. — Provavelmente nada.

— Não sei.

Eles ficam sentados observando Ian brincar. Então Danny continua:

— Você sente falta dos seus meninos.

— Claro — concorda Jimmy.

— Eu ia dizer para você trazer sua família para cá — fala Danny. — Mas agora...

— Eu sei.

— Vamos ver o que acontece.

Só para ficarem do lado da segurança.

Como se algo assim existisse, pensa Danny.

Ele viu o lado de dentro e o lado de fora, o lado de cima e o lado de baixo, mas nunca viu o lado da segurança.

Danny não pode deixar o filho perto desse tipo de perigo e, além disso, o menino não tem uma vida decente. Ele precisa de um lar estável, o que Danny não pode lhe dar.

Ele faz o que jamais sonhou que faria.

Então agora o filho abandonado leva seu filho para a mãe abandonadora, o que Danny imagina que seja a ironia sobre a qual as freiras tentaram lhe ensinar nas aulas de literatura do ensino médio.

Eu entendo agora, pensa Danny.

★ ★ ★

Las Vegas é uma alucinação.

Nada é real: as pirâmides, os palácios, os navios piratas. *Então você tem o Circus Circus — como se um circo não fosse suficiente*, pensa Danny; *inferno, o lugar inteiro é um circo.*

Ele dirige pela Strip e vai até a casa de Madeleine. *"Casa"?*, pensa Danny ao estacionar. *Isso é um* palácio.

E Madeleine é real demais, de pé na porta da frente, num vestido branco esvoaçante como a deusa que ela acha que é. Cabelo ruivo brilhando, bronzeado reluzente, dentes brancos perfeitos quando sorri.

Ela anda até o carro, abre a porta do passageiro e pega Ian nos braços.

— Meu bebê, meu neto precioso.

Ian fica apavorado e começa a chorar.

— Não, nenê, é a vovó — disse Madeleine. — Vovó ama você.

Danny saiu do carro.

— Eu o levo.

Madeleine coloca Ian no chão e Danny pega a mão dele.

— Esta é sua avó. Por que não diz oi?

— Oi. — Ian para de chorar.

— Oi, querido.

Os olhos dela estão cheios de água, e Danny se pergunta quando é que os pais ficaram tão moles. É um desenvolvimento um tanto recente, de qualquer modo.

As palavras têm gosto de terra na boca dele.

— Preciso de sua ajuda.

Ninguém sabe bem por que as pessoas feridas se encontram.

Mas elas se encontram.

Há uma atração de dor para dor, um magnetismo da ferida, um reconhecimento mútuo que cria um abrigo de entendimento. Com aquela pessoa, você não precisa explicar por que está triste, não precisa ouvir "aguenta", não precisa fingir que está feliz.

O outro ser ferido, sendo do mesmo jeito, apenas entende.

Cassandra Murphy tem consciência suficiente para reconhecer parte disso, mas teria dificuldade para explicar por que encontrava Peter Moretti, por que continua voltando.

Ele era o pior inimigo de sua família, o homem que praticamente os destruíra, um homem que ela deveria odiar.

Talvez seja essa a atração, ela pensa enquanto entra no pequeno apartamento que Peter tinha alugado para os encontros deles. *Talvez fazer algo tão errado, uma traição tão grande de minha família, confirme minhas piores opiniões sobre mim mesma, e isso é o que eu realmente quero.*

Uma desculpa para ficar chapada.

Permanecer chapada.

Porque se eu acho que sou um pedaço de merda inútil, posso me tratar como um pedaço de merda inútil.

Mas é mais que isso.

Há algo em Peter que é suave, emotivo, algo que veio a ele recentemente, como resultado do suicídio da filha. Cassie entende o luto — ela perdeu dois irmãos e uma irmã. Mas perder um filho? Uma filha que se mata?

A dor é inimaginável.

Ela consegue senti-la no corpo dele enquanto se abraçam depois de fazer sexo. Soa na pele dele como um canto fúnebre, e ela o aperta mais forte. As costas dele enrijecem como um arame esticado, e então relaxam.

Eles fazem sexo — Cassie não chamaria aquilo de "fazer amor" —, mas isso não é o foco do relacionamento deles. Na maior parte do tempo conversam, durante xícaras de café instantâneo ou pequenas refeições que saem de latas ou caixas. Discutem o que foi dito nas reuniões — pelas outras pessoas, os dois nunca falam —, o que aquilo significa, se podem usar na vida deles ou não; conversam sobre os passos, como gostam das reuniões, como as detestam.

Às vezes Cassie aparece sóbria, às vezes aparece chapada, e ele não a censura ou critica ou a envergonha por isso. Os feridos, eles entendem o fracasso, eles entendem perder. E se ela precisa de dinheiro para descolar o bagulho, ele dá para ela.

Cassie não está chapada naquela noite.

Está ferida, está na fissura, está numa dura batalha.

O paletó de Peter está pendurado no encosto da cadeira da cozinha. Ele está de camisa, ao lado do fogão, esquentado alguma mistura de *fettuccine alfredo* que vem numa caixa.

— Como está indo? — ele pergunta.
— Está indo — ela diz. — Fui na das sete horas da St. Paul.
— Foi bom?
— Estou limpa — ela fala, sentando-se à mesa. — Três dias agora.
— Que ótimo.
Ela dá de ombros. *Vamos ver se dura.*

Eles comem e permanecem sentados conversando e bebendo café, então vão para o quarto. Cassie sempre apaga a luz, tem vergonha de se despir por estar magra feito viciada e por causa das marcas nos braços. Ela nunca chega ao orgasmo — é um efeito colateral da droga, porque nada pode se comparar àquela primeira explosão do pico —, mas é bom ser abraçada, é bom senti-lo dentro dela porque Cassie se sente viva, é um contato com o mundo além do vício, além de seu eu dolorido e de sua necessidade.

Às vezes, depois do sexo, enquanto Peter dorme, ela se afoga em recordações, puxada por um recuo para a corrente profunda do passado, levada ao mar. Catorze anos desde quando Pasco Ferri se enfiou no quarto dela e lhe disse "não conte para ninguém, não vão acreditar em você", e ela não contou, mas prometeu nunca deixar outro homem entrar nela e não deixou, mesmo que todos eles achassem que ela era uma puta, não deixava nenhum homem tocar nela e ninguém tocou até aquela noite, depois de anos limpa, que ela voltou ao pico e quando estava deitada, chapada e anestesiada num colchão imundo num beco de usuários, um homem a segurou e estuprou; ela estava tão chapada que não sabia se era um pesadelo ou se era real, então Peter era seu terceiro homem, mas o único que tinha escolhido, porque os feridos encontram os feridos, levados para a mesma praia triste.

NOVE

Um pneu furado fode com Chris.

Cumprindo a palavra, Chris não teve problemas para dobrar o dinheiro vendendo cocaína em Minneapolis e Saint Paul, e depois em Omaha. Como previu, era um mercado relativamente pouco explorado, e ninguém jamais disse que Chris Palumbo não era um bom homem de negócios.

Então, ele está dirigindo de volta a Ruidoso numa estrada de pista simples porque leu *Blue Highways* e ficou inspirado a ver a América real, que fica real demais na Rodovia 34 a leste de Malcolm, em Nebraska, e enfia um prego de sete centímetros em seu pneu traseiro direito.

Ele está no acostamento da estrada à procura de um estepe quando um fusca amarelo estaciona e uma mulher sai de dentro.

Alta, curvilínea, por volta dos quarenta, com cabelo loiro bagunçado explodindo de um chapéu de caubói com uma pena de gavião presa na fita, ela está vestida inteiramente em jeans — jaqueta jeans, camisa jeans, calças jeans — e botas de caubói.

— Posso te ajudar?

Parece que sim, pensa Chris, porque ele descobre que não tem um estepe.

— Não sei. Você tem um 205/7OR15 aí?

Ela ri.

— Sei onde você pode conseguir um. Vamos, te dou carona até a cidade.

Chris entra no fusca com ela.

— Sou Joe.

— Laura. O que o traz aqui?

— Procurando a América — responde Chris.

— Se encontrar, me avise.

Ela o leva até a única oficina mecânica de Malcolm, que, até onde Chris pode ver, é um par de ruas, uma lanchonete e uma caixa d'água. O cara da oficina diz que não tem o pneu certo em estoque e vai levar um dia ou mais para trazer outro de Lincoln. Enquanto isso, ele vai guinchar o carro de Chris e guardá-lo.

— Acho que vou pegar um quarto de hotel — fala Chris.

Laura ri de novo.

— Não em Malcolm.

— Você poderia me dar uma carona até Lincoln? — pergunta Chris. — Eu pago.

— Prefiro te dar uma carona até a minha casa — responde Laura.

— O quê, você tem uma pensão com café da manhã ou algo assim?

— Bem, eu tenho uma cama — diz Laura —, e acho que poderia fazer café da manhã para você.

Eles voltam até o carro dele, Chris pega as bagagens — incluindo uma mochila de ginástica cheia de dinheiro — e então eles seguem para o campo aberto (*como se não houvesse mais nada*, pensa Chris), passando por umas colinas baixas e então por um vale estreito, até a casa de fazenda dela.

Branca, dois andares, com um teto íngreme e uma varanda larga na frente.

Há um celeiro do lado, e uma linha de árvores fica entre o jardim e uma plantação que Chris não reconhece.

— Trinta e dois hectares — diz Laura. — Herdei da minha tia.

— Você é fazendeira?

— Arrendo a terra para o meu vizinho Dicky, ele planta sorgo — responde Laura. — Sou instrutora de ioga. E curandeira.

Chris não vê nenhum vizinho.

— Tem muita procura por ioga por aqui?

— Não muita.

— E por cura?

— Todo mundo precisa de cura, Joe.

Ela prova isso para ele. Leva-o para cima até o quarto dela, para sua cama macia, e o cura. O que Laura não sabe sobre sexo ainda não foi inventado, Chris aprende. Ele não sabe se encontrou a América, mas ela certamente o leva para um tour pelo mundo.

E faz café da manhã para ele.

Bacon e ovos, embora ela coma frutas e iogurte, porque é claro que é vegetariana.

Ele não pergunta por que ela tem bacon.

O pneu dele chega naquela tarde.

Laura o leva para pegar seu carro e aí ele não volta para a estrada até o Novo México, ele a segue de volta para a casa de fazenda branca e a cama grande dela.

E fica.

Naquela noite, ela diz a ele que é seguidora da wicca.

— O que é isso? — pergunta Chris.

Uma bruxa, Laura explica.

Harris tem sorte.

Um guatemalteco ilegal enfrentando uma acusação federal por cocaína é sortudo o bastante para ter uma cunhada que esvazia penicos no lar de idosos local. Acontece que parte da merda vem de um velho moribundo chamado Martin Ryan. Ela gostava do velho e contou ao marido sobre ele. O marido contou ao irmão. O irmão tinha escutado o nome Ryan ligado a algumas investigações de Harris e começa a pular na cela, gritando "Eu sei uma coisa que você não sabe" ao defensor público até que o advogado fica de saco cheio daquilo o suficiente para fazer uma ligação.

Harris puxa uma foto de arquivo e mostra para a cunhada. Martin está bem mais velho agora, e muito doente, mas ela confirma que é o mesmo homem.

A cunhada consegue um emprego diferente, o irmão do marido dela consegue uma delação premiada que parece presente do Papai Noel, e Brent Harris faz uma visita ao velho.

★ ★ ★

— Ele foi embora — diz Benetto, o cara de San Diego.

Peter tinha ido atrás da família lá para pedir para que alguém caçasse Danny Ryan, e lhe deram Benetto. Supostamente um bom trabalhador que sabe tomar conta desse tipo de coisa.

— O que quer dizer, "foi embora"? — pergunta Peter. Ele coloca Benetto no viva-voz, assim Vinnie e Paulie podem ouvir.

— O que quer dizer com o que quero dizer? — retruca Benetto. — Fomos ao bar em que ele trabalha, ele não apareceu para fazer o turno, não aparece há semanas. Foi embora. Seu passarinho fugiu da gaiola.

— Merda — fala Peter. Ele desliga, olha para Vinnie. — Alguém avisou Ryan.

— Por que está olhando para *mim*, porra? — questiona Vinnie.

— Não estou olhando para você — responde Peter.

— Está, sim — diz Vinnie. — Está olhando para mim agora mesmo.

— Porque estou falando com você — fala Peter. — Jesus.

O cara está ficando cada vez mais estranho desde que a filha morreu. Ele está ficando maluco, pensa Vinnie. O chefe está indo para a beirada do precipício e só vai precisar de um empurrãozinho para cair.

E muita gente não está feliz com ele.

Primeiro tem o dinheiro que eles perderam.

Então há Peter indo para essas reuniões do AA, que são um lugar no qual as pessoas confessam as coisas. Certo, é ordem do tribunal, mas não parece bom, um chefe sentado num porão com um monte de perdedores, mordiscando biscoitos.

Então há a outra coisa, que é simplesmente inaceitável.

Peter foi visto com Cassandra Murphy.

A filha do Velho Murphy.

A irmã do cara que explodiu Tony Romano em pedaços, a irmã de outro cara que tinha matado Sal Antonucci.

Uma amiga de Danny Ryan.

Por falar em parecer ruim.

Que porra Peter está pensando?

E agora qualquer chance de conseguir um pouco do dinheiro deles de volta simplesmente desapareceu com Danny Ryan.

★ ★ ★

Harris entra no quarto de Martin Ryan e fecha a porta atrás de si.

O velho diz:

— Danny?

Harris olha para o rosto de Marty Ryan e percebe que os olhos dele estão vazios. Não enxergam nada. Marty Ryan está murcho e seco. Há agulhas enfiadas nele, tubos indo para sacos presos em suportes de aço inoxidável. Um daqueles sacos deve estar cheio de drogas, porque Ryan parece fora de si. A respiração dele vem em arquejos irregulares.

Velhos cheiram mal, pensa Harris. *Velhos moribundos têm um cheiro horrível.*

— É você, Danny? — Marty pergunta de novo. Ele levanta a cabeça da fronha. Parece exigir um grande esforço.

— Danny me mandou, sr. Ryan.

— Ele está vindo? — pergunta Ryan.

— Ele telefonou para o senhor, sr. Ryan? Disse que estava vindo?

— Não lembro — diz Marty.

— Eu deveria encontrar com ele — fala Harris. — Ir pegá-lo, trazê-lo até aqui. Mas não sei onde ele está.

— Estou cansado.

— Se eu apenas soubesse...

O velho encosta a cabeça no travesseiro, como se o esforço de mantê-la levantada o tivesse deixado exausto. Logo seus olhos fecham.

Harris vai até a recepção e pergunta à enfermeira:

— O sr. Ryan recebe outros visitantes?

— Tem um homem que normalmente vem todos os dias, mas ele não aparece faz umas semanas.

Harris mostra uma foto de Danny.

— É esse aqui?

— Não — ela diz. — Aquele homem é muito mais velho.

Conforme ela o descreve, Harris percebe que é Ned Egan.

— O homem da foto normalmente vem às quintas — revela a enfermeira. — Mas ele não veio nesta semana ou na passada.

Merda, pensa Harris. *Ryan e a equipe ficaram nervosos e foram embora? Abandonaram o velho aqui e caíram fora?*

— Você tem um número de contato de emergência para o sr. Ryan?

— Isso é confidencial.

Ele mostra o distintivo para ela.

Ela vem com um número de telefone de um David Dennehy.

Um número de Rhode Island.

Harris deixa o cartão.

— Se algum visitante aparecer, por favor me ligue imediatamente.

Por fim, Dennehy é um advogado criminal. Harris pensa em ligar para ele, aconselhá-lo a entregar seu cliente, mas então pensa melhor. Dennehy provavelmente vai apenas avisar Ryan que a polícia federal está perto dele, e Ryan vai fugir.

Então Harris coloca o lar de idosos sob vigilância, avisa Reggie Moneta que tem uma pista, e espera que o menino Danny apareça.

Então ele recebe um telefonema de Washington.

A enfermeira faz o que o filho do sr. Ryan lhe dera quinhentos dólares em dinheiro para fazer.

Ela liga para o número de emergência.

Danny recebe a ligação em Las Vegas.

Dennehy diz:

— A polícia federal achou Marty.

— Eles incomodaram o velho?

— Danny, você não pode ir lá visitá-lo.

— É meu pai, Dave.

— Você precisa ficar longe dele — aconselha Dennehy. — Fique em Vegas por um tempo. Vá ver os tigres ou algo assim.

Harris entra na Key Bridge.

Está engarrafada, como sempre, então ele tem tempo para apreciar a vista do Potomac, até onde pode apreciar qualquer coisa agora, com a coisa do Danny Ryan a ponto de estourar.

Ele dirige sobre a ponte até Georgetown, então sobe a colina íngreme para a universidade de mesmo nome. É bom estar de volta aos velhos prédios e pátios de pedra, quase verdes no fim da primavera. Ele sente falta da vida universitária. Harris fez doutorado ali, sob a orientação do mesmo professor que está a ponto de visitar, de volta à cátedra depois de seu tempo na agência.

Harris leva uns bons quinze minutos para encontrar um lugar no estacionamento para visitantes, então sobe de novo a colina para o prédio de salas de aula do outro lado do pátio principal, um caminho que não consegue fazer sem ouvir os sinos tubulares da trilha sonora de *O Exorcista*, que fora filmado ali.

Ele entra no velho prédio de salas de aula, para no fundo do salão de palestras lotado e observa Penner fazer uma apresentação estrelada. O lugar está entupido de alunos da graduação que conseguiram lugar nas aulas por uma loteria — não é todo dia nem todo semestre que você tem a oportunidade de estudar relações internacionais com um ex-diretor da CIA, cujo tempo na agência fora curto, mas cheio de acontecimentos.

E Penner é uma estrela, pensa Harris com admiração, observando o velho professor falar sem notas por vinte minutos sem nenhum deslize. O homem é brilhante, sua demissão foi uma perda para a nação, mas um ganho para Georgetown, e Harris fica preso entre a lealdade ao seu país amado e sua igualmente amada *alma mater*.

Penner o nota de pé no fundo do salão e faz um aceno de cabeça quase imperceptível. Harris sorri de volta. Fora Penner quem o persuadira a ir para o DEA, Penner quem o convencera a ser um agente de ligação não oficial com a Agência. "Você quer ficar no banco", o professor tinha perguntado, "ou entrar no jogo? Ser um comentarista frustrado ou tomar seu lugar no campo?"

Harris tinha escolhido o campo. Ele ainda está no jogo.

Depois que a palestra termina e o enxame de estudantes admiradores se dissipa do entorno dele, Penner vai até o fundo do salão e aperta a mão de Harris.

— É bom vê-lo — cumprimenta Penner.

Ele parece notavelmente jovem. *Bem*, pensa Harris enquanto saem do prédio para o pátio, *ele é jovem, na verdade o diretor mais novo da história da agência*. Era para Penner ter sido o novo vento que soprou as teias de aranha e a poeira da velha agência. E, em grande parte, ele fez isso. Era uma vergonha e uma tragédia que as reformas dele tivessem chegado um pouco tarde demais.

Ambos vão para o escritório de Penner, onde ele coloca um suéter e tênis, então descem a colina até a pista e começam a correr. Penner corre quase dez quilômetros por dia; Harris tenta correr todos os dias, mas sua agenda frenética normalmente entra no caminho. Agora ele se esforça para acompanhar, e então percebe Penner afrouxando o passo para deixar mais fácil.

Penner para na Key Bridge e coloca um pé no gradil para amarrar de novo o sapato.

— Entendo que está perto de localizar Danny Ryan.

— Reggie Moneta e o FBI estão me pressionando para isso — conta Harris. — Acho que é algum tipo de vingança.

— E você a manteve informada dos últimos desdobramentos — afirma Penner.

— Mantive.

— Ryan não está em San Diego — revela Penner. — Ele está na casa da mãe dele, em Las Vegas.

— Como sabe disso, senhor?

Penner não reponde e Harris se sente estúpido por ter perguntado. Então Penner diz:

— Moneta sem dúvida deu a entender que queria Ryan morto no processo de prisão.

— Não em tantas palavras.

— Temos usos melhores para o sr. Ryan — fala Penner. Olhando para o Monumento a Washington, ele suspira e continua: — O público americano quer tudo: energia, segurança e legalidade. Quer ficar aquecido no inverno, seguro de ataques terroristas, e quer isso tudo enquanto mantém a autoimagem da cidade pristina na colina. O povo americano quer a omelete inteira, mas não quer saber da quebra dos ovos.

Ele tira o sapato do gradil, se curva para se esticar um pouco, e então conclui:

— Mas os ovos precisam ser quebrados.

Penner começa a correr de novo.

Harris entra no ritmo dele.

Heather Moretti fica sem moedas.

Ela está no alojamento, prestes a lavar as roupas, e percebe que não tem troco o suficiente para lavar *e* secar, e então pensa: *Foda-se*. A casa dos pais fica a apenas quinze minutos de carro, ela poderia economizar um pouco de dinheiro e receber algum crédito por visitar a família. Talvez assaltar a geladeira enquanto está lá.

Então Heather vai até sua casa e vê o carro na entrada.

O Lincoln de Vinnie Calfo.

Nada de incomum ali, a não ser que o carro do pai não está, e Vinnie sempre vem conversar com o pai dela.

Heather pega o saco de roupas sujas do pequeno Toyota, entra na casa e ouve os sons.

Sons inconfundíveis se você vive num alojamento.

Ela sai imediatamente.

A mãe dela está trepando com Vinnie Calfo.

— Odeio ele — diz Celia. Vinnie apenas escuta. — Ele poderia ter salvo Gina, mas não salvou — ela continua.

Vinnie se levanta e pega a cueca do chão. Ele está ficando um pouco cansado daquele disco, O Maior Hit de Celia. É irritante, mas ele é louco por ela, e a empolgação de fodê-la na cama de Peter é boa demais para deixar passar.

Ele pega a camisa e a veste.

Ela aumenta o volume.

— E ele está fodendo Cassie Murphy? Uma puta irlandesa viciada? Ela não é nem bonita, ela se veste feito um porco...

— Celia. Chega.

— Quê?

Vinnie coloca as calças.

— Preciso falar com você sobre um assunto.

Ela se senta na cama.

— O que é?

— Muita gente não está feliz com Peter — conta Vinnie. — Eles querem uma mudança.

— E?

— Eles querem que eu fique no cargo.

— E?

— E nós não votamos exatamente, sabe o que quero dizer? — pergunta Vinnie. — Não é como se ele fosse pegar uma caixa de papelão e limpar a mesa. Como se ele fosse ganhar um relógio dourado e uma festa.

Celia não se pronuncia.

Vinnie senta-se em uma cadeira e calça os sapatos. Ele olha para Celia do outro lado do quarto e diz:

— Se você não quiser que eu faça isso, não faço. Quer dizer, ele é seu marido, pai dos seus filhos. Se você disser, eu não faço. Acho um jeito de sufocar isso.

Celia não se pronuncia.

Harris vai até a casa de Madeleine McKay nas redondezas de Las Vegas e para na entrada circular de pedregulhos.

Ao lado de uma maldita fonte com uma deusa grega de pé no centro.

Os arbustos altos são bem-cuidados; atrás, ele vê a quadra de tênis, o que parece ser um campo de golfe e, mais adiante, um pasto com cerca branca e vários cavalos.

Ele sai do carro, vai até a porta e toca a campainha.

Um minuto depois, um mordomo abre a porta.

— A senhora McKay está esperando o senhor — diz o mordomo, e faz um gesto para que ele entre. — Ela descerá em um momento.

Madeleine se saiu bem na vida, pensa Harris.

Ele conhece a história dela pelos arquivos. Começou a vida como lixo de estacionamento de trailers em Barstow, levou as longas pernas para se tornar dançarina de Las Vegas, se casou e se divorciou do fabricante Manny Maniscalco, teve um filho fora do casamento e o abandonou, então começou uma carreira de sucesso como cortesã, dormindo com atores de Hollywood, políticos de Washington e financistas de Nova York, ganhando dinheiro e influência no caminho.

Seus antigos amantes são presidentes de bancos, diretores de corretoras de valores, ministros. Em sua maioria, eles permaneceram seus amigos e parceiros de negócios. Madeleine tem vídeos de juízes federais chupando paus, promotores levando no cu, membros do Departamento de Justiça chupando garotas menores de idade, provas de ministros envolvidos em abuso de informação privilegiada.

Ela é poderosa.

Quando Manny morreu, deixou para ela a mansão e a fazenda com as terras porque nunca deixou de amá-la e porque jamais deixaram de ser amigos.

Agora ela entra na sala e dá um sorriso deslumbrante para Harris. Ela ainda tem aquela beleza escultural das dançarinas de Vegas enquanto o leva para a sala de estar e pede que se sente em um sofá que provavelmente custa mais da metade do salário anual dele.

Uma empregada traz uma jarra de chá gelado e copos, mas Madeleine pergunta:

— Ou gostaria de algo mais forte?

— Isso está ótimo, obrigado — responde Harris. — Evan Penner me pediu para lhe dar os cumprimentos dele.

— É bondade dele — diz Madeleine. — Mas espero que tenha vindo com algo mais substancial de Evan do que um cumprimento educado.

— Eu deveria discutir isso com seu filho — fala Harris.

— Danny e eu temos um relacionamento difícil — ela fala. — Você não se importa com nosso drama edípico, mas o ponto é que Danny resiste quase por reflexo aos meus esforços para ajudá-lo. Então é melhor que você minimize meu papel nisso.

— Nós o rastreamos porque sempre verificamos a família — diz Harris. — Mas Evan queria ter certeza de que você entende que há riscos envolvidos.

— Entendo — responde Madeleine — que o FBI está tentando assassinar meu filho judicialmente e que a máfia está atrás dele com o mesmo intento. Acho que você é o único porto, totalmente seguro ou não, para o qual Danny ainda pode navegar.

Harris vê algo debaixo da cadeira dela. Um brinquedo de criança — uma pequena locomotiva, o trenzinho Thomas ou algo assim.

— Posso vê-lo, então?

Ela se levanta.

Danny está sentado na cadeira branca de ferro fundido sob um guarda-sol e olha para o agente Brent Harris do outro lado da mesa.

Está quente ali fora.

A piscina atrás de Harris parece convidativa.

— Você está na Lista de Espécies Ameaçadas — diz Harris. — A família Moretti o quer morto, e facções poderosas no FBI querem enfiar uma agulha no seu braço pelo assassinato do agente Jardine. Sabemos que Jardine estava de rolo com os Moretti; não sabemos se Moneta estava de rolo com Jardine além do sentido sexual.

— E quanto a você? — pergunta Danny.

— Não me importo com Phil Jardine — responde Harris. — E me importo menos ainda com os irmãos Moretti. Não posso te ajudar com a máfia, isso é problema seu. Posso te ajudar com o FBI.

— Como? — indaga Danny.

Harris explica tudo.

A heroína que Danny roubou vinha do cartel Baja, dirigido por um tal de Domingo Abbarca, vulgo Popeye. Os caras do Popeye nos Estados Unidos recolhem dinheiro e o escondem em casas remotas no deserto a leste de San Diego. Então, periodicamente, colocam tudo em caminhões e atravessam a fronteira para o México.

— Eles têm tanto dinheiro — diz Harris — que nem conseguem contar. Eles pesam.

— O que isso tem a ver comigo? — pergunta Danny.

— Nós localizamos as casas de esconderijo.

— Então vão para cima.

— É mais complicado que isso — fala Harris.

— A vida é complicada — retruca Danny. — Tente me explicar, veja se eu consigo acompanhar.

— Mesmo que conseguíssemos um mandado — prossegue Harris —, o que não é fácil, não conseguimos ligar o esconderijo a Abbarca. Ele fica além da fronteira, seguro e protegido pelo governo dele.

— Mas você o prejudicaria pegando o dinheiro.

— Talvez o dinheiro fosse mais bem utilizado em outro lugar — sugere Harris.

E aí está, pensa Danny. *Outro agente federal corrupto.*

— Como na sua conta de aposentadoria.

— Não sou Phil Jardine — intervém Harris. — Certas agências do governo fizeram operações no exterior contra terroristas que são apoiados por traficantes como Abbarca. O Congresso parou de investir nessas operações. Precisamos de dinheiro para continuar com elas e para não deixar nossos aliados sem apoio. Você não precisa saber nada além disso.

Então Harris começa a falar sobre uma "relação simbiótica". Linguagem da Ivy League para "uma mão lava a outra". Você faz um negocinho para nós, nós fazemos um negocinho para você.

— Você estoura aquela casa, fica com a metade do que conseguir — continua Harris. — Nós te protegemos de qualquer acusação federal. Você sai dessa rico e limpo. Estamos falando de dezenas de milhões de dólares. Faz o resultado de Providence parecer pouca coisa.

— Não quero mais nada a ver com drogas — declara Danny.

— Aí está a beleza da coisa — fala Harris. — Não tem drogas. Só dinheiro. E você estaria ferindo um distribuidor de heroína. Estaria fazendo um serviço para o seu país.

— Estou tentando me endireitar.

— Esse último negócio vai te acertar para a vida.

— Você sabe quem foi a última pessoa que me disse isso? — pergunta Danny. — Liam Murphy. Não, estou fora.

— Não vai ser só você — explica Harris. — Moneta vai prender seu velho amigo Jimmy, Sean South, Kevin Coombs, Bernie Hughes, Ned Egan, todos eles. Ela vai até se certificar de que seu velho morra na cadeia. Uma prisão federal, segurança máxima, Pelican Bay, a pior que conseguir encontrar.

— E se eu disser não para isso — fala Danny —, você vai ajudá-la.

— Em uma palavra: sim.

Danny pensa por um segundo e então diz:

— Vou correr o risco.

— Não, não vai — retruca Harris. — Eu te estudei. Você gosta de bancar Jesus Cristo, "me preguem" e tudo mais, mas não vai ver seus amigos e sua família crucificados com você.

Ele está certo, pensa Danny.

— Se eu fizer isso — diz Danny —, quero proteção para mim, minha equipe e minha família.

— Você tem minha palavra.

— Sua palavra vale alguma coisa? — pergunta Danny. — Essa "certa agência" tem a coragem de enfrentar o FBI?

— Essas pessoas estão no topo — replica Harris. — Bem em cima. Danny, você não tem muita escolha aqui. Sua situação no momento é insustentável. Você não tem mais jogadas. Se *eu* pude te encontrar...

Ele não precisa terminar.

Danny sabe que é verdade. Não pode segurar a equipe por muito mais tempo. Eles vão sair e fazer as próprias coisas, e o resultado pode ser catastrófico para todos.

E, pessoalmente, ele está tentado.

O pensamento de dar algo mais substancial para Ian... riqueza geracional...

E então há o simples fato de não querer passar o resto da vida na prisão. Manter todos os outros fora também.

Harris está oferecendo salvação.

Essa pode ser sua última chance.

E admita — você faz essa merda de "pobre Danny Ryan", vítima inocente. "Qualquer coisa ruim que fiz foi porque outra pessoa me fez fazer." Cresça. Você é um espancador, um assaltante e um matador.

Você fez suas escolhas.

Agora faça essa.

DEZ

Danny percebe que Nevada nunca vai ficar sem deserto.
Há espaços vazios amplos para treinar para o ataque ao esconderijo de Abbarca.

Então agora estão em um cânion não longe de Vegas, onde Harris construiu uma imitação do esconderijo de Abbarca. Eles examinaram mapas, diagramas e fotos de vigilância aérea. O complexo é formado por uma série de estruturas térreas de estuque com tetos de ferro corrugado atrás de cercas encimadas por arame farpado enrolado e fechadas por sebes altas de casuarina.

Uma estrada de terra corre uns trinta quilômetros ao sul da rodovia de pista simples que atravessa o deserto de leste a oeste. É a única rota para entrar e sair do complexo.

Não é bom, pensa Danny.

Ele gosta de ter opções.

Danny assaltou vários caminhões — muitas vezes com a cooperação do motorista, que recebia uma parte —, alguns depósitos, pequenos esconderijos em torno de Providence, roubou em alguns jogos de cartas, mas nada como aquilo.

É quase uma operação militar.

A aposta era muito maior — milhões em vez de alguns milhares de dólares. E as vítimas certamente não estão dentro do esquema. Por aquele tipo de dinheiro, não vão desistir, vão lutar.

Surpresa é essencial, pensa Danny, *o que torna a entrada de uma via só um problema ainda maior.*

Harris não concorda.

— Eles não vão botar guardas na estrada. A segurança deles precisa ser discreta, para não chamar atenção. Por isso as sebes de casuarina.

Outra coisa, Harris diz a ele, pode ser mais preocupante — o método principal de autoproteção da organização Abbarca é o terror puro. Ninguém no negócio das drogas ousaria fazer um *tombe*, um roubo, porque eles têm parentes no México, e a retaliação seria brutal.

— Abbarca mataria a família inteira — explica Harris.

Ótimo, pensa Danny. *Isso é muito reconfortante.* Ele se vira para Jimmy.

— O que você acha?

— Veículos com tração nas quatro rodas — diz Jimmy. — Faróis apagados. Podemos chegar perto.

Mas não podemos entrar, pensa Danny. *Há um portão e ele tem um guarda — precisaríamos entrar no complexo atirando.*

São cinquenta e cinco metros do portão até a casa onde o dinheiro está escondido, pensa Danny. *Cinquenta e cinco metros de deserto aberto, sem cobertura. Mesmo à noite, seríamos moídos de dentro da casa. E isso se conseguirmos passar pelo portão.*

Não, não vamos fazer isso.

Vamos fazer com que abram o portão para nós.

Levar os Coroinhas para Las Vegas é como largar uma criança de dez anos na Disneylândia com um cartão platinum.

Danny os coloca num motel nos arredores da cidade e dá ordens expressas para ficarem longe da Strip, porque você não consegue dar dois passos nos cassinos maiores sem topar com um agente federal, um policial ou um mafioso. Mas isso não impede Kevin e Sean, porque, se você não consegue encontrar um jogo ou uma puta em Vegas, seu cão guia provavelmente consegue.

Ele deixa acontecer, deixa que liberem aquela tensão, sabe que não vai durar muito.

Três dias depois, os dois vêm até ele, tendo bebido tudo, fodido tudo e gastado tudo.

— A festa acabou — avisa Danny. — Se aparecerem para o trabalho bêbados, chapados ou de ressaca, estão acabados. Estão aqui para trabalhar.

Ele faz os dois trabalharem muito.

Primeiro no amanhecer gelado na imitação do esconderijo, então muda para as noites, quando o trabalho de verdade vai acontecer. O plano de Danny exige coordenação perfeita, cada homem conhecendo e cumprindo sua tarefa, ou todos serão mortos. Para crédito dos Coroinhas, eles levam as sessões a sério. Sabem que é o ganho de uma vida, também sabem que não terão essa vida se foderem tudo.

Jimmy Mac é profissional como de costume, só negócios. Danny decidiu não trazer Ned — ele precisa de alguém para cuidar de Marty. Além disso, o trabalho exige velocidade, e Ned está meio velho; armamento novo, e Ned é fixado no velho calibre .38.

As armas que Harris fornece são grande parte do treinamento. O agente federal trouxe AR-15s, uma submetralhadora MAC-10 e a porra de um lança-granadas M203 — todos apreendidos de narcotraficantes. Danny já havia usado uma MAC-10 em trabalhos antes, mas nunca precisou disparar uma, e nem ele nem ninguém de sua equipe tinha usado a porra de um lança-granadas.

A mesma coisa com granadas de atordoamento.

E isso faz Danny se perguntar quem esse cara realmente é, quais os antecedentes dele. Ele pressiona Harris sobre isso.

— Tem certeza de que é do DEA? — Danny pergunta certa noite, enquanto observa os Coroinhas trabalhando com a M203.

— Muita certeza — responde Harris.

— Porque estou pensando em talvez outras letras — diz Danny.

— A sopa de letrinhas federal pode ser mexida às vezes — retruca Harris. Então vai até os Coroinhas.

Eles treinam por duas semanas, toda noite, a noite toda, até o sol raiar. Então voltam para os quartos e dormem boa parte do dia.

Danny, ele vai para a casa da mãe para descansar um pouco e passar tempo com Ian.

O menino ama o lugar.

Por que não?, pensa Danny. A avó empurra o menino pela piscina, o coloca no lombo de um pônei, cozinha refeições gostosas e dá sorvetes e biscoitos para ele. Ela lê para o neto, assiste a vídeos com ele e saem para passear, de mãos dadas.

Danny se junta a eles em muitas dessas coisas.

A reconciliação com a mãe não é dramática.

Não há nenhum momento emotivo, nenhuma declaração mútua de perdão e amor recíproco, nenhum abraço apertado.

Danny não é assim, ela não é assim.

Ela vem gradualmente, reconhecida, mas não dita, apenas uma questão aceita. Ele está grato por ela cuidar bem de Ian; ela está agradecida por ele permitir. Com isso estabelecido, eles falam banalidades educadas que se transformam em conversas, então nas piadinhas de pessoas que habitam o mesmo espaço.

Madeleine é inteligente demais para pressionar, forçar um momento dramático. Ela percebe que Danny está amolecendo aos poucos, e isso basta para ela. É o paraíso, na verdade, ter o filho e o neto consigo, e não quer que isso acabe.

Um dia, sentado perto da piscina, Ian tirando seu cochilo, Danny pergunta:

— Você arquitetou isso, não foi?

— Do que está falando?

— Você procurou alguns velhos amigos em Washington.

— Isso te incomoda?

— Deveria — fala Danny. — Costumava incomodar. Agora? Por algum motivo, não incomoda.

— Fico feliz — ela afirma. — Estou preocupada, também. Tem certeza de que quer fazer... seja lá o que esteja fazendo para eles?

— Não é só por mim — responde Danny. — É por outras pessoas, também. Preciso fazer isso.

— Tem alguma coisa que eu possa fazer para ajudar? — pergunta Madeleine.

— Você está fazendo — diz Danny. — Tomar conta de Ian. Olha, eu tenho certeza de que não será necessário, mas, se alguma coisa acontecer comigo, vai continuar cuidando dele?

— Claro — ela responde. — Vou deixar tudo para vocês, se isso vale saber.

— Não precisa fazer isso.

— Eu sei. — Madeleine sabe que o filho é orgulhoso, não quer viver da riqueza dela, já é sensível sobre aceitar a hospitalidade dela, então deixa passar.

Essa é a reconciliação deles, é isso.
É o suficiente.

Reggie Moneta não está feliz.
A merda segue a corrente. Indo, ao que parece, da avenida Pennsylvania até o diretor, e então até ela. E esse toroço flutuante em particular fede imensamente com sua mensagem: "Deixe Ryan em paz".
Detona uma daquelas quase escaramuças entre a polícia e a inteligência, desta vez com as facas em punho. Ela também não baixa a retórica; é tudo "Foda-se Harris, foda-se Penner, foda-se o presidente no que depender de mim, se chegar a isso".
O diretor olha para ela como se estivesse louca de pedra.
— Recebi um telefonema pessoal. Ele trouxe uma mensagem bem clara e sucinta que vou repetir para você pela última, itálico no *última*, vez: Ryan é uma zona de exclusão aérea. Você não entra nela. Se tem algum recurso nessa Área 51 em particular, você o tira de lá antes de ontem. Estamos entendidos?
Sim, Moneta entende. O problema dela não é compreensão, é aceitar que Danny Ryan conseguiu se enrolar em um manto de invisibilidade com patrocínio oficial.
Provavelmente a vagabunda da mãe dele.
Mas se o próprio governo dela não vai fazer nada a respeito de Ryan, ela conhece gente que vai.

Peter está a ponto de sair do escritório quando o telefone toca.
— Sim?
É uma voz de mulher.
— A pessoa que você está procurando vai...
Ela dá o endereço de um lar de idosos e desliga.
Peter liga para o tal Benetto em San Diego.
— Quero ele capturado, não morto. Ele precisa nos dizer onde está a droga, ou onde guardou o dinheiro.
Faça-o contar, mas faça-o sofrer primeiro.
Antes de matá-lo.

★ ★ ★

Danny Ryan olha o céu noturno.

Deitado em uma vala ao lado de uma estrada de terra esperando pelo carro do dinheiro, ele sente que quase pode esticar o braço e tocar as estrelas.

A noite do deserto é suave; o ar, parado; o silêncio, sobrepujante.

Mas agora ele escuta um motor.

Não está tão próximo quanto parece, porque o som viaja longe no deserto.

Então Danny vê faróis vindo pela estrada.

Pneus amassam pedras e pedregulhos.

Danny acha que sua equipe está pronta.

Tinham praticado centenas de vezes, mas nunca se sabe o que vai acontecer.

Qualquer coisa pode acontecer.

Ele tinha avisado os Coroinhas: "Matar é a última opção, não a primeira".

"Entendido, chefe."

Ele espera que sim. Se tudo correr bem, não há motivos para ninguém perder a vida. Isso já aconteceu demais.

Ele vê o carro do dinheiro.

Como Harris dissera, uma velha van VW Westfalia, como a que tantos usam para acampar no deserto. Um suporte no topo leva barracas dobradas, sacos de dormir e galões de água.

Ela passa roncando por Danny.

Ele puxa a máscara preta de esqui sobre o rosto. A equipe toda tem máscaras.

Então a van acerta a faixa de pregos e passa sobre ela por um segundo até que o pneu esquerdo da frente estoura.

O motorista abre a porta e olha para o pneu.

Então ele sai.

Kevin está fora da vala e em cima dele. Arma do lado da cabeça. Sean é tão rápido quanto do lado do passageiro, a AR-15 no ombro e pronta para disparar.

Com a MAC-10 na frente dele, Danny se aproxima da traseira da van, vai para o lado e abre a porta.

Se for disparar, vai disparar agora.

Mas o homem sentado na traseira já está com as mãos para cima. Danny faz um gesto com a MAC-10:

— Para fora.

O homem sai, ajoelha-se no chão, as mãos ainda para cima.

A equipe se mexe de modo eficiente. Em poucos minutos, o passageiro e o homem da traseira são amarrados, amordaçados e arrastados para o lado da estrada.

Jimmy chega em outra velha van VW, arrumada para se parecer com a Westfalia. Ele e Sean entram na traseira enquanto Kevin coloca o motorista atrás da direção. Danny se agacha atrás dele, enfia o cano da arma no encosto do assento.

— Uma palavra errada e eu vou explodir a sua coluna.

— Certo.

Sean recolhe os sacos de dinheiro da Westfalia e sobe na traseira da nova van com Kevin.

Danny diz:

— Vai.

Eles dirigem os oitocentos metros até o complexo.

Kevin, no assento do passageiro, fala:

— Estamos chegando ao portão.

— Você tem filhos? — Danny pergunta ao motorista.

— Filhas. Dois e quatro anos.

— Não as deixe sem um pai — diz Danny. — Seja esperto, e vai sobreviver a isso.

Kevin puxa o capuz da blusa sobre a cabeça conforme param no portão.

Um guarda se aproxima.

O motorista abre a janela.

Danny enfia o cano da arma com mais força no assento enquanto escuta o guarda e o motorista conversando em espanhol. Ele não sabe o que estão falando, o motorista poderia estar seguindo o plano ou avisando o guarda.

Se for a última opção, estão mortos.

Então ele ouve o portão se abrir e sente a van indo para a frente.

— Esperto — diz Kevin.

O portão se fecha atrás dele.

— Agora — ordena Danny.

Kevin baixa a janela, pousa o lança-granadas nela e mira na garagem.

Aperta o gatilho.

A explosão é alta, uma bola vermelha de chamas sobe, e então mais explosões conforme o fogo atinge os tanques de gasolina.

Danny levanta a cabeça e vê três homens correrem para fora da casa na direção da garagem.

— Vamos! — ele grita.

Ele abre a porta e sai, a equipe bem atrás dele.

Faróis se acendem, inundando o lugar de luz.

Danny atira para cima e grita:

— No chão! Na porra do chão, e espalhem as armas!

Dois dos caras fazem isso.

O terceiro procura a arma.

Sean o impede.

Merda, Danny pensa. Ele não queria aquilo. Não queria ninguém morto naquele trabalho.

Kevin vira o lança-granadas para a casa e mira na porta da frente.

Ele atira e a porta cai.

Ele recarrega e atira uma granada de atordoamento no interior da casa.

Danny é o primeiro a entrar.

Um homem zonzo, evidentemente com uma concussão, está sentado no chão com uma Glock no colo. Danny chuta a arma para longe dele.

Jimmy está bem atrás dele, joga o cara no chão e amarra as mãos dele atrás das costas.

Sean está no pátio fazendo a mesma coisa com os outros dois.

Um homem sai do banheiro.

Olha para a MAC de Danny apontada para a cara dele, levanta as mãos para cima da cabeça e sorri.

— Está cometendo um grande erro, amigo. Sabe com quem estamos? Domingo Abbarca. Popeye. Você nunca vai viver para aproveitar esse dinheiro.

— Deitado.

O homem se deita de cara no chão. Enquanto Jimmy o amarra, ele diz:

— Você e toda a sua família. *Muerte*. E também não vai ser rápido.
— Cala a boca.
Danny ouve tiros do lado de fora.
Só pode ser Sean e o guarda do portão.
— Não é bom — diz o homem. — Não é bom mesmo.
— Vamos — fala Danny.
Eles se movem pela casa. É ridículo — há dinheiro em todo lugar, em pilhas organizadas, envoltas em plástico. Simplesmente no chão, ou atrás de revestimentos falsos de madeira, sobre os painéis do teto. Eles as colocam em sacos plásticos e continuam se movendo.
O tiroteio lá fora para.
Danny ouve Sean gritar:
— Tudo livre!
Kevin entra em um dos quartos, e então Danny o ouve gritar:
— Jesus Cristo! Chefe! Venha aqui!
Entrando no quarto, Danny vê um cara sentado na cama.
Danny pisca.
Ele não consegue acreditar nos próprios olhos.
É Frankie Vecchio.

O banho se transformou em um ritual.
A água quente acalma as costas doloridas de Peter, e Cassie senta-se atrás dele e coloca um pano bem quente no seu pescoço. Relaxado, ele fala sobre os dois indo embora juntos, indo para um lugar onde ninguém os conheça.
Ele vai conseguir o dinheiro dele de volta.
Vai pagar pela nova vida deles.
Está apenas esperando por um telefonema de San Diego dizendo que está feito.
Cassie escuta, mas sabe que é uma fantasia. Peter jamais vai deixar Rhode Island, jamais vai deixar os filhos. Ela duvida até de que ele seja capaz de deixar Celia, por mais que fale mal dela, fale como ela o faz infeliz.
Uma realista, Cassie sabe que jamais vão sair dali com vida — nenhum deles vai escapar de seus vícios mútuos. Mas não revela isso para

Peter; ele não acreditaria nela, de qualquer jeito, e seria cruel tirar os sonhos dele.

Então ela fica quieta, escuta e esfrega o pescoço dele.

A porta do banheiro se abre.

As luzes se acendem.

Cassie vê um homem parado na porta.

Peter olha para o homem e diz:

— Vinnie, que porra é essa, você deveria estar na Flór...

A arma é sacada tão rapidamente.

Tiros abafados, dois deles.

Na testa de Peter.

Cassie grita dentro de si, mas não sai nenhum som, e ela sente que está sufocando, sabe que vai morrer.

Seu último e estranho pensamento é: *Ótimo, bem agora que estou limpa.*

Vinnie diz:

— Desculpe.

Então atira mais duas vezes.

— Danny, graças a Deus que é você — diz Frankie.

— Que porra você está fazendo aqui?

Frankie começa a chorar, quase balbuciando como ele e Chris fizeram um acordo de coca com os mexicanos, com Abbarca, e como Chris deixou Vecchio ali como refém.

— Jesus Cristo, Danny, você não vai acreditar na merda que acontece aqui. Essas pessoas são umas porras de uns animais. A merda que eu vi. Eles cozinham as pessoas, as colocam em tanques e derretem, e dão risada. Ficam me dizendo que sou o próximo, se Chris não voltar. Ele simplesmente me largou aqui, Danny. O filho da puta simplesmente me largou aqui.

Kevin se vira para Danny:

— Quer que eu acabe com ele?

Danny deveria matar todos eles.

Os mexicanos e os italianos também.

Mas Danny não é assim.

Esse sempre foi seu problema — tem coração mole e acredita em Deus. Céu e inferno e toda aquela merda feliz. Tinha apertado o gatilho contra alguns caras, mas sempre fora eles ou Danny, não assim. Não quando ele está com todos amarrados, deitados no chão, e seus caras querem enfiar balas na nuca deles.

Ao estilo execução, como dizem.

Então ele hesita.

— Eles fariam isso com a gente — argumenta Kevin.

— Não, Danny, por favor — pede Vecchio. — Me leve com você. Estou implorando. Eles vão pensar que eu estava nisso. Você não sabe o que eles vão fazer comigo.

— Foda-se ele — fala Kevin.

Jimmy se aproxima, puxa Danny pelo cotovelo.

— Você precisa apagar ele, Danny. Ele pode identificar a gente.

— Não se levarmos ele com a gente.

— Está brincando? — pergunta Jimmy. — É o cara que aprontou com a gente!

— Chris aprontou com a gente — diz Danny. — Frankie foi só a ferramenta.

— E daí? — indaga Jimmy. — Mate o filho da puta. Se você não tem coragem, eu mato.

— Coloque-o na van — ordena Danny.

— Ele te mataria num piscar de olhos — fala Jimmy — se os papéis fossem inversos.

— Eu não sou ele.

— Danny...

— Você me escutou?

Jimmy o encara.

— Sim, eu te escutei.

Balançando a cabeça, Kevin levanta Vecchio e anda com ele para fora.

— Pegamos todo o dinheiro? — pergunta Danny.

— Acho que sim — responde Jimmy.

Não há tempo para contar agora, mas Danny acha que são vinte, trinta, talvez até quarenta.

Milhões.

Impossíveis de rastrear, e ninguém vai procurar a polícia.

O negócio de uma vida.

Literalmente, pois esse é seu último trabalho.

— Então vamos — diz Danny.

Conforme eles passam pela sala, o cara no chão fala:

— Ele vai fazer você implorar para morrer. Vai fazer você assistir a seus filhos gritarem.

Danny não responde.

Eles andam até o pátio, carregam o dinheiro na van e saem na noite suave do deserto.

Jimmy dirige a van como se a tivesse roubado.

Que foi o que ele fez.

De volta à estrada de terra, passando pela van original, passando pelos caras que deixaram lá amarrados. Uma rodovia de pista simples, então para fora do deserto e para dentro de montanhas baixas, depois uma estrada sinuosa nas planícies em direção a San Diego.

No limite da cidade, Danny diz a Jimmy para estacionar e, quando ele estaciona, ordena Frankie Vecchio a sair.

— Para onde eu devo ir? — pergunta Vecchio.

— Não é meu problema — responde Danny.

— Ele vai correr para os caras do Abbarca para falar de nós — avisa Kevin.

— Ele tem medo demais deles — comenta Danny.

— Obrigado, Danny — fala Vecchio. — Eu juro, nunca vou me esquecer disso.

— Não, esqueça isso — diz Danny.

Vecchio se afasta.

— É um engano — afirma Jimmy enquanto entra dirigindo na cidade de fato. — A gente deveria ter matado ele.

Danny conta vinte mil para cada um dos Coroinhas.

— Quando chegarmos a San Diego, se separem e encontrem lugares para ficar. Espalhem-se e não chamem atenção. Fiquem fora do radar.

O que ele quer dizer é: sem bancar o caubói. Sem festas, sem brigas, sem jogar dinheiro por aí e, acima de tudo, sem trabalhos.

Kevin balança a cabeça, como se dissesse: *Isso também é um engano.*

— Você tem algum problema? — pergunta Danny.

— Não tenho problema nenhum — responde Kevin, colocando o dinheiro no bolso.

— Alguns meses — diz Danny —, quatro ou cinco, no *máximo* seis, o dinheiro volta limpo, nós dividimos. Então seguimos com nossa vida. O passado está morto e enterrado.

— O que quer dizer, Danny? — indaga Sean.

— Tenho garantias — fala Danny — de que os casos no leste vão para o freezer e ficam lá.

— Você fez um acordo? — pergunta Kevin. — Merda, Danny, o que você deu para eles?

— Nada — Danny responde, começando a ficar puto. — Fizemos um trabalho para eles, isso era parte do acordo. Não precisa me agradecer nem nada, Kev, por conseguir imunidade para você. Mas você é um cidadão daqui em diante. Você pega sua parte, compra um bar, um clube, um lava-jato; não me importo, mas fique limpo. Você não leva nenhuma sujeira sua para dentro da minha casa. *Capisci?*

— Sim, entendi.

É, ele entende, mas ele entende?, Danny se pergunta. *Ele entende como é raro ter a chance de uma vida nova?*

Mas você não consegue uma vida nova de verdade, pensa Danny. *Pode conseguir um recomeço, uma segunda chance, mas sua vida antiga permanece com você. Os assassinatos, as mortes, as perdas, as culpas, os amores, as lembranças — boas e ruins — vêm tudo junto.*

Danny tinha lutado e perdido uma longa guerra e então fugido, mas levara os sobreviventes consigo. Viúvo com um filho pequeno, ele também é um filho com um pai idoso, e precisa cuidar dos dois.

Mas, com esse dinheiro, pode fazer isso de modo legítimo.

A mesma coisa para a equipe dele.

Podem pegar o dinheiro e se arrumar com alguma coisa boa.

Danny lhes deve isso — tinha jogado o último filé deles fora.

Dois detetives do departamento de homicídios de Providence, O'Neill e Viola, respondendo a uma denúncia anônima, vão ao apartamento.

— Jesus Cristo — diz Viola. — É Peter.

— Quem é a mulher?

O'Neill dá uma boa olhada no corpo de Cassandra.

— Sabe quem é essa? A filha de John Murphy.

Viola balança a cabeça.

— Eu não tinha acreditado. Quer dizer, ouvi umas coisas, mas... Você sabe o que precisamos fazer.

O'Neill sabe.

Peter Moretti tinha garantido um envelope mensal e um mais gordo no Natal por vários anos. Eles têm o dever de fazer a coisa certa ali, por ele e pela viúva. Então enrolam o corpo de Cassie em um cobertor e o colocam no carro deles, aí o jogam perto de um redutor de drogados em South Providence.

Então registram o assassinato de Peter Moretti.

Benetto espera em um carro na frente do lar de idosos.

O cara de Providence, Moretti, lhe disse que Ryan apareceria por ali mais cedo ou mais tarde, e Benetto espera que seja mais cedo, porque ele e dois outros caras estão fazendo turnos há dias já e está ficando chato.

Moretti está pagando um bom dinheiro, pensa Benetto, *mas, merda, se eu quisesse fazer vigilância, teria sido policial.*

— Do que está rindo? — um dos caras pergunta.

— Só um pensamento engraçado — responde Benetto.

— Essa mula vai aparecer algum dia?

Benetto dá de ombros.

Ele acha que Ryan vai aparecer. O velho dele está ali, que tipo de filho não vai visitar o pai?

Celia atende à campainha de manhãzinha.

Dois policiais de Providence — O'Neill e Viola, ela os conhece de algumas festas de Natal — estão na porta.

Viola diz:

— Senhora Moretti, lamentamos informar que seu marido, Peter, está morto. Ele foi assassinado.

Depois vão registrar que ela recebeu a notícia estoicamente.

Na verdade, ela tinha sorrido.

Heather Moretti solta o telefone no alojamento e grita e grita e grita.

★ ★ ★

Eles encontram Harris no estacionamento de uma praia ao norte de Camp Pendleton. Está vazio às três horas da manhã.

O agente do DEA está esperando no carro dele quando Danny e Jimmy chegam.

— Como foi? — ele pergunta.

— Estamos aqui — responde Danny.

Harris entra na van e conta o dinheiro.

Quarenta e três milhões de dólares em espécie.

— Mais do que eu pensava — diz Harris.

— Você se lembra do nosso acordo — fala Danny. — Tenho o Abbarca para me preocupar, não quero precisar me preocupar com a polícia federal também.

— Tem a minha palavra — declara Harris. — Apenas fique de cabeça baixa.

— Não se preocupe.

Eles dividem o dinheiro e então Harris vai embora.

— Podemos confiar nele? — pergunta Jimmy.

— Podemos confiar em alguém?

Eles dirigem de volta na direção de San Diego, para um subúrbio chamado Rancho Bernardo, onde Bernie está hospedado no Residence Inn. Quando chegam ao quarto dele, o velho está bebericando uma xícara de chá.

— Estava preocupado com vocês.

— Todo mundo está bem — diz Danny. — Vinte e um milhões e quinhentos mil.

Bernie solta um assovio fraco.

— Vai levar um tempo para lavar tudo isso. Vou precisar ir a um monte de bancos, fazer um monte de pequenos investimentos, visitas a cassinos...

— Faz seu lance — fala Danny. — Ned vai vir, pegar um quarto aqui, guardar o dinheiro, manter sua segurança.

Danny tira cinquenta mil para si mesmo e dá a mesma coisa para Jimmy.

— Não traga a família por um tempo. Tudo bem mandar dinheiro para eles, mas...

— Ouvi o que o cara disse.

O telefone de Bernie toca. Ele atende e passa para Danny.

— Graças a Deus te encontrei — diz Dennehy. — Não sei como dizer isso. O lar de idosos ligou. Seu pai está morrendo. Dizem que é uma questão de horas.

Danny não sabe bem como se sentir enquanto dirige para San Diego em um Camry que Jimmy roubara.

Marty nunca tinha sido muita coisa como pai.

Um bêbado negligente e abusivo.

E a qualidade de vida dele tinha se tornado quase zero, então isso é provavelmente misericórdia.

Ainda assim...

Ele era seu pai.

Danny dirige até o lar de idosos.

Benetto está cochilando quando escuta:

— Ei. Tem alguém vindo.

Benetto vê um Camry parar e estacionar ao longo do meio-fio.

— Esse é o nosso cara?

— É ele.

Estava na hora, pensa Benetto.

Danny vê o carro vindo na direção dele, um SUV dirigindo um pouco devagar demais, e sabe o que vai acontecer. Um cara vai pular dela, apontar uma arma em suas costas e então enfiá-lo no carro.

E vai ser isso, porque assim que o enfiam no carro, eles o pegaram. A primeira coisa que se aprende nesse tipo de vida: nunca entre no carro. Resista na rua, morra no estacionamento, mas nunca entre no carro.

Tenho duas coisas a meu favor, pensa Danny enquanto continua andando, forçando-se a não ir mais rápido, a manter o mesmo ritmo. *Um, eles não podem simplesmente atirar em mim, precisam me pegar vivo. Dois, eles ainda não sabem que os identifiquei.*

Não é muita coisa, pondera Danny, *mas é o que tenho.*

De manhã cedinho, as ruas estão quietas, e é com isso que esses caras estão contando. Me enfiar no carro e sair antes que qualquer um veja. Então é um porão ou um armazém, o maçarico ou o gancho de açougue ou os dois.

Danny saca a Glock que estava embaixo da camisa e continua andando na direção do carro. Mira bem no meio dos faróis e dá dois tiros. Dê ao filho da puta alguma coisa para pensar além do trabalho.

Um cara sai pela porta do passageiro.

Hesita apenas por uma fração de segundo, pensando nas ordens de pegar Danny vivo.

Aquele que hesita está fodido.

Danny dá um passo na direção dele e atira duas vezes na cara.

A arma do cara bate na calçada.

O SUV bate num poste de luz. O motorista está caído sobre o volante, mas outro atirador sai. Ele coloca uma Glock sobre a janela aberta e mira em Danny, mas sua testa explode em um jato de sangue.

Ned Egan vai até o SUV, abre a porta de trás e mira o .38 para dentro.

Danny vê os clarões.

Ele corre de volta para o carro e sai.

PARTE DOIS

VÃS PINTURAS
CALIFÓRNIA
NOVEMBRO DE 1989

"'Estas cenas te servem também de consolo.'
Dessa maneira falou; e enquanto a alma apascenta com a
vista de vãs pinturas..."

VIRGÍLIO, *ENEIDA*, LIVRO I

ONZE

O Pacífico é uma costa de pôr do sol.

O sol não nasce sobre esse oceano, mas Danny Ryan se levanta ao amanhecer de qualquer jeito para ver o céu e a água mudarem enquanto as nuvens tomam forma, o mar se torna visível, e o horizonte aparece.

É sua parte favorita do dia.

As manhãs de Danny são quase ritualísticas. Ele sai da cama, liga a chaleira elétrica e escova os dentes enquanto a água esquenta. Então volta para a pequena cozinha, faz uma xícara de café instantâneo e dá goles nela enquanto coloca calças jeans e um agasalho com capuz. Enfia uma arma no bolso dianteiro do agasalho, então sai do trailer e atravessa a rodovia Pacific Coast até Capistrano Beach, onde fica parado e vê o amanhecer.

A manhã de inverno é gelada, mas Danny ainda usa sandálias, sem querer fazer muitas concessões à estação. Ele é um homem do verão; sempre foi, ama o sol e o calor, e mesmo agora, transplantado para a Califórnia vindo da fria Nova Inglaterra, não consegue superar o pavor de neve e ventos cortantes.

Aquilo tem sido um sonho, essa costa quente do poente, onde até os amanheceres são suaves em tons de rosa pastel, e ele fica na praia deserta até o céu se transformar naquele azul agudo do inverno da Califórnia, o horizonte como uma linha desenhada numa folha de papel.

A arma na mão esquerda dele está fria. Danny não gosta da sensação, não gosta nem um pouco de carregá-la, e deseja não precisar fazer isso. Mas ainda há pessoas lá fora que não conseguem esquecer, pessoas que gostariam de ver Danny Ryan morto.

Danny anda de volta para seu trailer, sua "casa móvel".

Eis um conceito, ele pensa.

Casa móvel.

Essa vida em fuga precisa acabar.

Não é vida.

Mas essa vem sendo a realidade desde que foi embora de Rhode Island. Na estrada, fora do radar, fora de alcance. Ele está nessa "casa" há meses, o que tem sido estável de certo modo, permitiu que estabelecesse a rotina que se transformou em ritual.

Ele coloca duas fatias de bacon na pequena frigideira de ferro fundido e liga a boca debaixo dela. Conforme o bacon cozinha, ele coloca uma folha de papel-toalha num prato e pega um garfo e uma espátula do escorredor de pratos. Quando o bacon está pronto, crocante, ele coloca as fatias na folha de papel-toalha e quebra dois ovos na frigideira.

Danny gosta deles bem duros, não suporta gema mole. Terri sabia disso e sempre os fritava "como borracha", ela dizia, com as beiradas marrons. Enquanto os ovos fritam, ele coloca duas fatias de pão na torradeira e as observa. Diferentemente do bacon e dos ovos, ele gosta de torradas claras.

Terri dizia que ele era um saco com aquilo.

Acho que é verdade, pensa Danny. *Acho que sou.*

Ela ainda é um buraco no coração dele.

Ele tira a torrada antes que fique muito marrom, vira os ovos e quebra as gemas com a espátula. Então coloca a arma na mesa e tira o abrigo conforme o sol, entrando pela janela, aquece a "área da cozinha".

Olhando pela janela, ele vê a sra. Mossbach passeando com o yorkshire dela e acena. Ela sai todas as manhãs, com a coleira numa mão e um saco plástico para pegar cocô na outra.

Ela acena de volta.

Danny aprendeu que é bom ser simpático, mas não íntimo, com os vizinhos. Se for simpático demais, eles sabem muita coisa sobre você, mas se for muito arisco, vira aquele cara esquisito, o homem misterioso no estacionamento de trailers, e você também não quer isso.

Você não quer que as pessoas pensem que tem alguma coisa a esconder.

Danny tira a folha de papel-toalha debaixo do bacon e a joga no lixo sob a pia, então desliza os ovos para fora da frigideira sobre o prato e se senta. Ele come rápido — rápido demais, como Terri dizia — e então se levanta e lava os pratos imediatamente. Tornou-se uma disciplina em espaços pequenos, manter tudo limpo e arrumado enquanto segue. Ele espera a frigideira esfriar um pouco, então passa um pano molhado em torno dela e a coloca de novo na boca do fogão. Ele derrama um pouco de óleo e a aquece em fogo baixo, algo que a sra. Mossbach lhe ensinou sobre cuidar de ferro fundido.

O trailer veio totalmente equipado e mobiliado — pronto para uso — e ele quer entregá-lo nas mesmas condições em que recebeu quando for embora.

O que, com sorte, será logo.

Louco de saudades de Ian, Danny quer voltar para Las Vegas, para se reunir com o filho e começar uma vida junto a ele.

Mas Popeye Abbarca está atrás das pessoas que roubaram o dinheiro dele, seus capangas estão revirando a área de San Diego-Tijuana, deixando pilhas de corpos. Então, mesmo que não saibam da existência de Danny Ryan e não possam rastreá-lo, Danny não vai chegar perto da família até as coisas esfriarem.

Não tinha sido Abbarca, e sim Peter Moretti quem tentara acertá-lo na frente do lar de idosos, e ainda que Peter esteja morto, algumas pessoas de Providence ainda podem estar atrás de Danny Ryan.

Então ele encontrou o estacionamento de trailers e se enfiou ali.

Danny queria pelo menos fazer uma viagem até Las Vegas para ver Ian, mas Harris o proibira. A mesma coisa com telefonemas — Danny precisava mantê-los "curtos e suaves", e ligar de cabines telefônicas longe do estacionamento de trailers.

Era de quebrar o coração ouvir a voz do filho: "Papai?".

Conforme o tempo passava, Danny notava que Ian estava cada vez menos interessado em falar com ele. Crianças pequenas têm memória curta; Danny sabia que a do filho estava se apagando, que "vovó" era cada vez mais o mundo do menino.

Danny não tirava a razão dele.

Ele conhecia o sentimento de ser abandonado na própria infância; apenas estava grato porque o menino tinha Madeleine — a ironia daquilo não lhe passava despercebida.

Harris não deixava Danny ser um pai. Também o impediu de ser um filho.

"Não posso nem enterrar meu pai?", Danny havia perguntado.

"Isso foi resolvido", respondeu Harris. "Ele era veterano, certo? Nós o enterramos no Rosecrans. Está dentro da legalidade."

"Quero visitar o túmulo", disse Danny. "Não sei, colocar flores ou algo assim. Derramar um pouco de uísque na lápide."

"As pessoas podem estar de olho", retrucou Harris.

"Que pessoas?"

"Seus velhos amigos italianos?", perguntou Harris.

"Peter Moretti está morto."

"Vinnie Calfo não está", concluiu Harris.

O novo chefe, pensou Danny. Era de se esperar que o cargo de chefia fosse para Paulie, mas Peter tinha morrido no meio de tanta merda que respingara no irmão. E, afinal, fora Vinnie quem fizera o serviço em Peter, então ele ficou com a coroa.

Danny tinha confirmado isso quando fez um telefonema arriscado, porém necessário a Pasco Ferri, o antigo chefe da Nova Inglaterra.

"Bem, não precisamos mais nos preocupar com Peter Moretti, precisamos?", dissera Pasco.

"Não tive nada a ver com aquilo."

"Não brinca."

Então aí está, Danny pensou. Pasco tinha dado sinal verde para a morte de Peter, se é que não a tinha ordenado diretamente. Era uma boa notícia.

"Quem vai ser o chefe aí?"

"Não é mais da minha conta", disse Pasco. "Mas se eu fosse um homem que aposta, colocaria meu dinheiro em Vinnie Calfo. Você se lembra dele?"

Mais ou menos, pensara Danny. Anos atrás, antes que fosse para a prisão, Calfo tinha liderado um pequeno grupo em East Providence e Fall River.

"Ele foi *consigliere* de Peter depois de Chris", explicou Pasco. "Também estava dormindo com a mulher dele."

Pasco, pensou Danny. *Sempre uma tia velha, não consegue resistir a uma fofoca.*

"Calfo matou Peter?"

"Não sei quem matou Peter", respondeu Pasco. "Como eu saberia?"

O que significa, pensou Danny, *que você sabe muito bem que Calfo matou Peter.*

"Onde você está agora?", indagou Pasco.

Danny não respondeu.

"Fico magoado por você não confiar em mim", disse Pasco. "Por que me telefonar, então? Por que estamos conversando?"

"Só queria me certificar de que ainda estamos bem."

"No que depende de mim, estamos."

"E no que depende de Calfo?", perguntou Danny.

Longo silêncio, Pasco pensando, então:

"Se Vinnie conseguisse de volta o dinheiro que perdeu, tenho certeza de que estaria disposto a deixar as coisas quietas. Isso é uma possibilidade, Danny?"

"De quanto estamos falando?"

"Talvez uns duzentos."

É lindo, pensa Danny. *Sempre o mesmo golpe. Se eu mandar duzentos mil dólares para Vinnie, ele fode com os outros caras de Providence e entra em paz comigo. E Pasco vai receber uma parte como taxa de corretagem.*

"Eu precisaria de uns dois meses."

"Acho que isso é possível."

"Mas eu quero um começo limpo", disse Danny. "Não quero Paulie nem os outros vindo atrás de mim."

"Acho que Paulie entendeu a mensagem", respondeu Pasco. "Tenho certeza de que todo mundo entende."

Entende, Danny pensa, *que todos assinaram a morte de Peter — Pasco, a maioria da máfia da Nova Inglaterra, certamente Boston e provavelmente Nova York também. Matar um chefe exige uma série de iniciais.*

"E isso se estende aos meus caras", falou Danny.

"Todo mundo quer colocar isso para trás", disse Pasco. "É ruim para os negócios."

"Certo."

"É uma pena o que aconteceu com aquela menina, Cassie", comentou Pasco. "Ela era uma criatura tão triste. Sempre teve problemas com o álcool e com as drogas. Eu sempre disse: as drogas são o demônio."

"Vou entrar em contato", concluiu Danny.

Duzentos mil era um preço barato para a paz.

Ele se acomodou em sua rotina e esperou.

Esperou que Bernie lavasse o dinheiro, esperou que Harris lhe desse o sinal verde.

Andou na praia, dirigiu pela costa, passeou pelo porto Dana Point olhando para os barcos, vagou por Encinitas, Laguna Beach e Corona del Mar. Tirou cochilos, assistiu à TV, foi ao mercado, cozinhou refeições, todas as coisas mundanas que vêm com a vida normal. Às vezes ele saía, almoçava em algum lugar, ia ao cinema.

Danny pensava muito — sobre o que viria, o que ele ia fazer, onde ia morar, como poderia construir uma vida para Ian.

Ele sabia que queria ficar ali na Califórnia; além disso, não tinha nenhuma resposta real.

Agora ele está sentado e come seus ovos, como todas as manhãs.

Como qualquer outra porcaria de manhã.

Então o telefone toca.

Ele se encontra com Harris no estacionamento de um supermercado em Laguna Beach.

A Mercedes preta do agente já está lá quando Danny para, janela do motorista ao lado de janela do motorista.

Harris está sorrindo.

— O que foi? — pergunta Danny.

— Hoje é um dia muito bom — responde Harris. — Deus está no céu e tudo está certo no mundo.

— Do que está falando?

— O mundo é um lugar melhor hoje — diz Harris —, sem Popeye Abbarca nele.

Os *federales* tinham armado uma emboscada para Popeye em Rosarito, Harris lhe diz. Mataram cinco *sicarios* dele e o encheram de bala. De acordo com a história, uma dessas balas levou o olho restante de Abbarca.

Rolhas de champagne batiam no teto de escritórios do DEA em todo o país.

— Quer saber da parte esquisita? — pergunta Harris. — Os caras do Popeye entraram no necrotério e pegaram o corpo dele. Levaram para as colinas para algum tipo de merda religiosa da Santa Muerte. De qualquer modo, Danny Ryan, você é um homem livre. Viva a sua vida.

Viver minha vida, pensa Danny.

Certo.

Danny encontra Jimmy em uma barraca de tacos perto da estação de trem em San Clemente State Beach.

É um lindo dia na Califórnia — céu azul, mar azul.

Eles se sentam na parte de fora.

Jimmy lê o cardápio e diz que quer um cheeseburguer.

— É um lugar mexicano — diz Danny. — Os hambúrgueres devem ser péssimos.

— É, mas quero um hambúrguer — retruca Jimmy. — Eu daria minha bola esquerda por dois do White Castle e uma Del's.

Del's Lemonade, pensa Danny, *a raspadinha vendida em caminhões em Rhode Island*. Ele sabe que Jimmy sente falta de casa e que voltaria para Rhode Island num piscar de olhos, se pudesse.

Danny pede dois tacos de peixe. Jimmy pega o hambúrguer com fritas. Quando o pedido chega, ele pede vinagre. O cara atrás do balcão olha para ele sem entender, e Jimmy desiste depois de mais duas tentativas e se contenta com dois pacotinhos de ketchup.

— Batata frita sem vinagre — fala ao sentar-se na frente de Danny na mesa de piquenique do lado de fora. — Que barbárie.

Eles são os dois únicos clientes ali. Jimmy diz:

— Então?

— Então acabou — responde Danny. Ele conta sobre o fim de Popeye e a proposta de paz com Calfo. — Fazemos Bernie enviar os duzentos para ele e acabou.

Porque o dinheiro finalmente tinha sido lavado, e Bernie o declarara "limpinho".

— Graças a Deus! — Jimmy morde o hambúrguer, então continua: — Bernie ainda está ficando no Residence Inn. Ele gosta do café da manhã grátis.

— Filho da puta mão de vaca.

— Algo que você quer em um contador.

— Claro. — Danny dá uma mordida no taco, então coloca mais molho nele. — Ligue o radar. Traga os caras, assim posso pagá-los.

Ele está preocupado. Não soube de Ned, Sean ou Kevin. Ned Egan é uma coisa — eles poderiam prendê-lo na solitária na ala de segurança máxima e ele ainda mandaria um sinal. Sean? Sólido, mas nunca se sabe. Kevin é duro feito pedra, mas seu problema com a bebida o torna um fio desencapado.

— Você está certo — diz Jimmy. — O hambúrguer está horrível.

— Você realmente precisa pedir a comida local.

— Peixe não é coisa para colocar num taco — fala Jimmy. — Peixe foi feito para ser empanado e frito, colocado ao lado de batatas fritas com vinagre.

— Dave's Dock — lembra Danny.

Jimmy sorri.

— Agora você está falando sério.

— Bons tempos — comenta Danny.

— Do caralho.

— Mas eles acabaram — continua Danny. — Não dá para tê-los de volta.

Então ele se arrepende de ter dito aquilo, porque Jimmy quase parece que vai chorar, que vai ter um ataque de choro bem ali.

Então Danny fala:

— Olha, você é a porra de um milionário, não há mandados contra você, nenhuma denúncia. Você traz a família, consegue um lugar, eles vão amar isto aqui. As praias, a Disneylândia... Nós conseguimos, Jimmy. Saímos de Dogtown. Temos uma vida nova aqui.

Danny volta para o trailer e empacota as coisas.

Olha pela janela e acena para a sra. Mossbach.

Ela acena de volta.

É o fim da vida em fuga.

DOZE

Bernie Hughes se ajoelha e acende uma vela.

São reconfortantes esses velhos rituais, ele pensa enquanto reza pela alma da mulher falecida. Morta há dezessete anos, e não passa um dia sem que ele sinta falta dela. Bernie estava no caminho para ser sacerdote com os franciscanos quando viu Bridget Donnelly andando na rua Weybosset, e o lance das ordens sacras acabou ali. Ele a cortejou, se casou com ela e a levou para Block Island para a lua de mel. Jamais se esqueceria da doçura daquela primeira noite juntos, da doçura de todas as noites e todos os dias juntos. Quando Bridget veio até ele em lágrimas e soluçou que o médico tinha lhe dito que ela jamais teria filhos, ele a abraçou e sussurrou: "Está tudo bem. Você é tudo que eu quero, tudo de que preciso".

Verdade, e também, para ser sincero, ele odiava aquelas malditas camisinhas de qualquer modo. É claro, o padre lhe disse que ele e Bridget agora deveriam viver como irmão e irmã, mas o que o padre sabia sobre amar uma mulher? Sobre a expressão nos olhos de Bridget e a sensação de tocar a pele dela, a alegria de tê-la nos braços?

Desde que ela tinha morrido, ele ia a cada dois meses visitar uma puta e fazia seu negócio. Então se confessava, dizia suas preces como penitência, acendia uma vela e pedia o perdão de Bridget. Um homem tem necessidades, e a carne é fraca. Não significava nada.

E sou um velho, pensava Bernie. Quanto tempo mais o desejo sobreviveria naquela casca? Uma chama vacilante, com certeza.

Agora ele reza pela alma de Martin Ryan.

Duas almas em uma mesma vela, mas Bernie sempre foi econômico. Sabe de onde vem e para onde vai cada centavo. Cuide dos centavos, e os dólares tomam conta de si mesmos.

Diferentemente de Martin.

Você sempre foi muito bom com dinheiro, Martin, ele pensa. *Era parte do seu charme, mas você sempre ficava sem nada, meu velho amigo. Nada para os dias de chuva, a não ser sua casa arruinada e dinheiro suficiente apenas para mantê-lo na bebida que o matou. Meu pobre e velho amigo.*

Foi aquela mulher que te matou.

A história mais velha do mundo, Eva saindo diretamente de uma conversa com o diabo em pessoa, trazendo a maçã, oferecendo o gosto irresistível.

Cristo, mas as tetas que ela tinha, e aquelas pernas...

Que vergonha, Bernie Hughes, diz para si mesmo. *Na igreja, e no altar. Vergonha.*

Ele volta a rezar para a alma de Martin, pedindo ao Senhor para aceitá-lo no Céu. *Isso pode ser pedir demais*, pensa Bernie. *O purgatório é o alvo mais realista, o inferno uma possibilidade triste, mas distinta. Talvez Martin tenha recebido o último sacramento, então talvez ele escape. Receba-o, Senhor, ele fez o que tinha de fazer para viver no mundo que o Senhor criou. Sem ofensa ao Senhor, entenda.*

Bernie se levanta. Os joelhos rangem e estalam, razão pela qual Bernie vai à igreja todos os dias, mas nunca vai à missa, com todo aquele senta, ajoelha, levanta. *Uma vantagem que os protestantes têm sobre nós*, pensa ele, *os cultos deles não parecem aulas de ginástica.* A primeira briga — e uma das últimas — que Bernie teve foi quando um babaca protestante burro da rua Eddy o chamou de "ajoelhador", e Bernie respondera: "Deixa eu te mostrar onde sua *irmã* ajoelha". Um lábio inchado e um olho roxo depois, Bernie decidiu que o futuro dependia mais de habilidades matemáticas do que dos punhos.

Matemática, pensa Bernie enquanto se dirige à parte de trás da igreja pelo corredor. *A única língua que nunca mente. Os números são o que são, nada mais, nada menos. Uma precisão linda. Equilíbrio e beleza num mundo que, do contrário, é caótico e feio.*

Ele sai da igreja, e o olho pisca com o sol forte. Mas o sol é uma sensação boa sobre ossos velhos, e Bernie entende por que aquela cidade começara como uma comunidade de aposentados e por que tantos idosos moram ali. É agradável e pacífico — jardins de flores ladeiam as calçadas. Supermercados grandes e limpos aos quais dá para ir a pé. Restaurantes, cinemas, livrarias... Ele ainda não encontrou um puteiro, mas deve ter um no centro de San Diego, a apenas vinte minutos de ônibus.

Agora ele procura um lugar para almoçar. Tinha tomado o café da manhã gratuito no Residence Inn antes de ir até a igreja — panquecas, ovos mexidos, linguiça e chá que ele tomou na sala de jantar enquanto assistia às notícias na TV de tela grande.

Quatro noites por semana, ele também pode jantar no motel; os "petiscos" grátis de happy hour que eles servem — guisado de atum, pequenos cachorros-quentes, tigelinhas de cozido de carne — são suficientes para o apetite de um velho. E toda quarta-feira é Noite do Churrasco, quando os empregados assam hambúrgueres e salsichas ao lado da piscina.

Mas ele precisa providenciar o próprio almoço. No momento deve se decidir entre TGI Friday's, Applebee's, California Pizza Kitchen, New York Bagel e China Fun. Bernie não apreciava comida chinesa de fato desde que o Wong's fechara em Dogtown. Ir ao Wong's para comer *chop suey* tinha sido um ritual das noites de sexta-feira para ele e Bridget. Eles se sentavam no pequeno e abafado restaurante e ouviam Wong e a mulher gritando um com o outro na cozinha. Wong sempre cobrava dele o "preço de família" porque os Murphy os protegiam contra os vândalos locais que, do contrário, implicariam com os "chinas".

Hoje ele se decide pelo Applebee's porque eles têm uma oferta especial de almoço de 5,95 dólares. Sopa de tomate e meio sanduíche, escolha de salada com rosbife, frango, peru ou atum. Ele se decide pela salada de frango e, para beber, uma coisa chamada Arnold Palmer, da qual jamais ouvira falar — meio chá gelado, meio limonada.

Este será um bom lugar para a aposentadoria, pensa Bernie. Ele termina o almoço e volta para o quarto para um cochilo. A camareira ainda está lá, terminando a cozinha.

Ela tem belas pernas.

Ned Egan se mudou para Los Angeles.

Ele queria estar numa maldita cidade.

Encontrou um dos minguantes hotéis residenciais entre as pujantes renovações de condomínios no Nickel. O quarto é pequeno como uma cela, do jeito que ele gosta. Tendo passado oito anos no Instituto Correcional para Adultos em Cranston, em Rhode Island, Ned se sente mais confortável em ambientes pequenos com tetos baixos. E ele gosta dos centros; dá para ir aos lugares sem carro. Há um pequeno lugar a meio quarteirão do hotel que serve café da manhã de verdade — ovos fritos, bacon, batatas, torradas e café com refil de graça. Também não é um lugar ruim para almoçar — dá para pedir sopa e sanduíche.

Ned saiu e comprou uma chapa elétrica que enfiou às escondidas no quarto, por ser contra as regras. Então, à noite, ele ouve rádio mesmo não conseguindo acompanhar os Sox e esquenta cozido de carne enlatado ou canja Campbell's na chapa elétrica, come direto da lata. Isso e um pedaço de pão dão um belo jantar. Antes de dormir, ele desliza a chapa elétrica para baixo da cama, pois sabe que não limpam lá embaixo. O vizinho de corredor sentiu o cheiro do cozido outra noite, bateu na porta e ameaçou contar para o gerente se Ned não dividisse o cozido com ele.

"Se o gerente falar da chapa quente", dissera Ned, "eu te encho de porrada até matar".

O vizinho acreditou nele, o que era inteligente, porque Ned não estava brincando. Talvez ele tenha dado uma olhada para os antebraços de Popeye de Ned, os nós dos dedos chatos, ou o peitoral avantajado. Ned tinha batido em um cara até matar, mas o tempo no Instituto Correcional fora por *tentativa* de assassinato, quando um palhaço enfiou a mão por baixo do vestido de uma garçonete em um bar e se recusou a pedir desculpas. Ned bateu nele até os ossos das próprias mãos quebrarem, e então bateu mais um pouco, mesmo enquanto Danny e meia dúzia dos outros tentavam afastá-lo. Acabou com as chances de condicional depois de quatro anos quando disse na audiência que faria de novo se a situação exigisse. Ned não queria condicional, de qualquer jeito. "Quando eu sair", dissera, "tenho intenção de me associar com criminosos conhecidos e ninguém vai me dizer que não posso".

Ned Egan pega o jornal toda manhã e o lê durante o café.

Como a maioria dos caras que tinham passado muito tempo na prisão, a rotina governa a vida dele. Então, antes de sair do quarto, certifica-se de ter duas moedas de vinte e cinco centavos no bolso para comprar um jornal na máquina da calçada. Nesta manhã, ele se senta para comer, dá uma olhada na página de esportes, pula toda aquela merda sobre os Dodgers e lê sobre os Sox.

Então ele dá uma olhada nos classificados, correndo um dedo grosso pelas colunas. Todas as manhãs nas últimas semanas a busca não deu em nada, mas hoje ele vê o que andou procurando: o anúncio de um Trans Am 1988 amarelo-vivo.

Jimmy mandando o sinal.

Ele termina o desjejum e vai dar um telefonema.

TREZE

Madeleine tinha escolhido alguém como ela.
Bem, não exatamente *como ela,* pensa Danny enquanto observa a jovem levantar a espingarda e graciosamente fazer um arco na direção do disco que voa pelo ar, *mas o mesmo corpo escultural, pernas longas e cabelo ruivo.*

Muito mais jovem, é claro, talvez chegando aos trinta anos, mas, a não ser por isso, uma cópia quase total de Madeleine.

Com a mesma competência gelada, a mulher (Danny acha que o nome dela é Sharon) aperta o gatilho e o disco explode em fragmentos satisfatórios. Ela baixa a arma, se vira e sorri para Danny.

— Tem certeza de que não quer experimentar? — pergunta.

— Tenho certeza.

— Não gosta de armas?

— Elas me deixam nervoso.

O sorriso dela se intensifica.

— Jura? Você não parece ser do tipo nervoso.

Danny sabe que é uma deixa para que ele pergunte "Eu pareço ser de que tipo?", mas por alguma razão não quer entrar no jogo. Talvez porque Madeleine tenha feito as regras. Então ele diz:

— Gosto de observar você.

Aquilo parece deixá-la satisfeita. Sharon vira de novo, grita "Vai!" e estoura outro pombo de argila indefeso no céu.

Deixe com Madeleine, pensa Danny, *ter o próprio estande de tiro. E um estábulo, cavalos, piscina, sala de cinema, academia...*

Las Vegas, pensa Danny, *faz Los Angeles parecer* amish.

Ele está aqui há um mês; vinte e nove dias a mais do que tinha programado, mas a inércia se instalou e, além disso, tem sido mais difícil afastar Ian da avó do que tinha imaginado.

Para os dois.

Ian ficou muito apegado, e Madeleine...

Bem, é o neto dela.

Então Danny vem ficando na propriedade dela ao lado do centro, cedendo à letargia do calor e do luxo, a verdade é que ele não sabe o que vai fazer a seguir. Sabe que quer voltar para a Califórnia, mas para onde exatamente, e para fazer o quê, ele não tem a menor ideia.

Não precisa trabalhar, tem milhões agora, e o dinheiro foi investido com sabedoria e está trabalhando para ele. Mas Danny não entende muito bem uma vida sem algum tipo de trabalho, então precisa pensar em algo para fazer.

Danny não sabe o que é, então é gradualmente levado para a espreguiçadeira ao lado da piscina com uma cerveja gelada na mão, ou para a sala de cinema assistindo a desenhos com Ian, até sai para caminhar com a mãe no frescor relativo das primeiras horas da manhã.

É em uma dessas caminhadas que Madeleine aborda o assunto das mulheres.

Quer dizer, a necessidade dele de ter uma.

E a de Ian.

"Ian precisa de uma mãe", dissera Madeleine.

"Ele tem você."

"E eu amo isso", ela falou. "Mas eu sou uma avó, e tem uma diferença. Além disso, você não tem... *necessidades*?"

"Se acha que eu vou discutir isso com você..."

"Você já esteve com alguém depois da Terri?"

"Jesus Cristo."

"Ah, meu Deus, é algo natural", disse Madeleine.

Ela começou a trazer mulheres jovens sob o disfarce de visitas, mas Madeleine sempre achava uma desculpa para sair e deixá-las com Danny, o que era dolorosamente óbvio tanto para ele quanto para a mulher em questão.

Eram todas bonitas, todas inteligentes, todas engraçadas e todas aparentemente disponíveis, mas Danny simplesmente não conseguia apertar o gatilho, de certo modo.

Não que ele não tenha... *necessidades*... é mais que não consegue ceder às tentativas da mãe de governar a vida dele. Danny sabe que isso vem de ressentimento — se você não quis ser mãe na época, não comece agora.

E parece esquisito, como incesto.

"Você se dá conta", dissera a ela em uma das caminhadas juntos, "de que essas mulheres que está empurrando para cima de mim são todas versões mais jovens de si mesma".

"Do que está falando?"

"Ah, vamos", falou Danny. "Todas elas são parecidas com você."

"Poderia ser pior", ela respondeu.

"Você pensa muita coisa de si mesma, Madeleine."

Danny não consegue chamá-la de mãe ou mamãe, apenas de Madeleine.

Madeleine aceita, grata por ele chamá-la de qualquer coisa. Não fazia tanto tempo que ele nem falava com ela.

O relacionamento deles é sempre difícil, conflituoso, cheio de bagagem do passado e incertezas do futuro, mas é um relacionamento. Eles se unem, é claro, por causa do amor de ambos por Ian, mas foi além disso agora, e Danny precisa admitir que ela é inteligente e engraçada, afetuosa e até preocupada, e que eles compartilham uma perspectiva de vida que é pragmática e amarga.

Mas Deus, pensa Danny enquanto observa Sharon abrir a espingarda e então sentar-se na frente dele, *ela poderia por favor parar de jogar essas mulheres em cima de mim?*

Sharon pega uma garrafa de cerveja gelada do refrigerador, a levanta para ele em um brinde e diz:

— Então imagino que esta seja a maneira de Madeleine de nos colocar em um encontro às cegas?

— Ela é sutil como uma marreta.

— Não me importo. E você?

— Não — responde Danny. — É só que não estou procurando um relacionamento no momento, Sharon.

— Nem eu — ela diz. — Só estava com a esperança de transar.

Ah, pensa Danny.

★ ★ ★

Kevin Coombs está chapado.

Ele coloca uma dose de JD na cerveja do café da manhã e pensa momentaneamente em sua situação de chapado antes de beber.

Desce com uma sensação boa — a queimação se espalha pelo estômago e pelo peito —, mas não boa o suficiente, não tão boa quanto deveria ser, então ele coloca mais uísque na boca da lata, derramando um pouco pela beirada porque sua mão treme.

O próximo gole dá um jeito na tremedeira, então ele pode apreciar o resto da sua cerveja. Minutos depois, ele fuça na cozinha procurando algo para comer e encontra uma rosquinha coberta de chocolate deixada numa embalagem de papelão. *Graças a Deus pela Entenmann's*, ele pensa enquanto leva a rosquinha até os dentes e anda pelo apartamento, abre uma cortina e pisca para o sol forte.

Ele passa pela porta de correr de vidro e senta-se na cadeira plástica branca na varandinha que dá para o pátio do complexo de apartamentos, com piscina, mesas ao ar livre e "quadra de esportes".

Um daqueles hotéis de estadia longa no Valley, saindo da 101 na entrada de Burbank, o local é voltado para empresários em viagens mais extensas, famílias em mudança, procurando casa ou esperando o financiamento ser aprovado, e mulheres recém-divorciadas com filhos.

Kevin acha o lugar tristíssimo nos fins de semana, quando os pais divorciados vêm da cidade para as visitas ordenadas pela justiça e fazem tentativas tristes de uma vida normal em casa com os filhos. As crianças normalmente ficam na piscina o dia todo porque papai não sabe o que mais fazer com eles, e eles prefeririam estar em casa com os amigos, de qualquer modo. Ou ele os leva até o Universal Studios, mas quantas vezes se pode fazer isso? Então, na maioria das vezes, os pais divorciados terminam sentados ao lado da piscina com as mães divorciadas e entram em novos relacionamentos desesperados que vão dar em outra "família combinada", outro divórcio, e mais negócio para o hotel de estadia longa.

Outra classe de pessoas — totalmente estranha — habita aquele lugar.

Crianças — com as mães — tentando entrar no ramo do entretenimento.

Estranhas divas dramáticas em miniatura, hiperativas e com déficit de atenção, que aceleram pelos corredores cantando músicas de espetáculos da Broadway, sendo empetecadas como vítimas de molestamento para encontrar com o cafetão/agente nas mesas de piquenique ao lado da piscina. Os agentes — que cobram dos pais adiantado por "representação e desenvolvimento" — hospedam as famílias naquele complexo porque é perto dos estúdios, então só precisam ir a um lugar para arrancar dinheiro dos clientes. "Furto em uma única parada", é como Kevin chama aquilo. *E que porra*, ele pensa, *estou fazendo no crime honesto?*

Pobres filhinhos da puta, pensa Kevin, *achando que vão ser estrelas, exibindo o sorriso falso, forçado, a qualquer um que finja se importar, sendo arrastados para infinitos testes de elenco e aulas de atuação dadas por atores adultos desempregados enfiando o nariz no prato das criancinhas.*

Os sonhos impossíveis costumavam ser de graça, ao menos. Agora eles custam: taxa dos agentes, pagamento dos fotógrafos, aulas de atuação, aulas de dança — e quem é que ainda dança nas porras dos filmes, aliás —, fonoaudiólogos, preparadores vocais, consultores de maquiagem e cabelo... Kevin escuta as conversas entre as mães sentadas em torno da piscina durante os momentos raros — normalmente à noite — em que as crianças podem ser crianças e só fazer bagunça na água brincando de Marco Polo e merdas assim. As mães contam umas às outras sobre todo o dinheiro que estão gastando no quê, e então a mãe que não tinha pagado a nova moda do mês corre para o quarto e aumenta o limite do Mastercard para pagar por um "coach de vida" ou um "especialista em sorriso", qualquer porra estúpida que possa dar vantagem à criança, possa conseguir um comercial ou uma participação de uma fala em uma *sitcom* da TV a cabo que pagaria por mais um mês atrás do sonho. "Investimentos no futuro" é como elas chamam quando telefonam para os maridos, que estão em casa se matando para pagar por toda aquela merda.

É, investimento em futuras contas no psiquiatra, pensa Kevin. Ele está surpreso por não haver psiquiatras simplesmente fazendo fila no saguão, pegando uma senha para lucrar com a abundância de neuróticos em preparação. Está grato por ter tido uma infância irlandesa católica alcoólatra relativamente normal, com os distúrbios domésticos de sábado à noite seguidos por assado depois da igreja aos domingos, servido com cenouras, cebolas, batatas, remorso, arrependimento e vergonha.

De qualquer modo, com as famílias deslocadas, os pais de visita, as mães de artistas mirins e seus rebentos esquisitos, o complexo é um dos lugares mais depressivos da face da Terra. Um campo de refugiados com ar-condicionado, piscina, uma jacuzzi contaminada e café da manhã continental de graça — bolinhos velhos, suco de laranja falso, café fraco e "waffles" artificiais congelados, que dá para esquentar na torradeira e tentar encher de pacotes plásticos de "alimento sabor xarope" — servido na sala de hospitalidade.

O fato de que o lugar não tenha mais suicídios que a Golden Gate Bridge é a prova de algo, pensa Kevin. Mas ele não sabe bem do quê. Talvez de uma determinação obstinada de sobreviver ou talvez de uma falta de esperança de que há alguma coisa lá fora afinal, de que se pode esperar algo mais que uma casa falsa, comida enganosa, amor fingido ou falsas esperanças.

E aí tem eu, ele pensa.
Falando de refugiados.
Só outro filhote perdido de Dogtown.
Bem, um filhote com três milhões.
Que Danny Ryan não me deixa gastar.
Pelo menos não muito.

Eles finalmente receberam o dinheiro do serviço dos Abbarca — "espinafre do Popeye" é como Kevin o chama —, e Danny disse a eles para manter a maior parte nos bolsos; na verdade, manter a maior parte nas contas que o velho Harp abriu.

"Se você sair comprando carro esporte e coca", dissera Danny, "é óbvio. Não queremos ser óbvios. Então sosseguem por um tempo".

"Por quanto tempo?", Kevin perguntou.

"Até eu mandar", respondeu Danny.

Até agora, ele não disse nada.

A lata de cerveja está vazia.

Kevin se levanta para voltar à cozinha e bate na porta de vidro. A dor o deixa zonzo, balança os joelhos, e, por um segundo, pensa que vai desmaiar. Toca a própria testa e sente que está molhada. Olha para a mão e vê sangue. Ele vê a mancha de sangue na porta de vidro.

Isso vai assustar as camareiras, ele pensa.

Abre porta de vidro — *Claro, agora*, pensa ele — e vai ao banheiro para verificar o dano no espelho. Ele realmente espera não precisar de pontos, porque ir ao pronto-socorro é um saco. Mas o corte não parece muito ruim, embora vá ficar um belo calombo, a dor está começando a diminuir. O que mais sente é que é burro — missões camicase involuntárias são algo que os pássaros fazem, e mesmo a maioria deles normalmente consegue diferenciar ar vazio de vidro sólido. *É*, ele pensa, *mas a maioria dos pássaros não está bêbado como você, então eles têm uma vantagem injusta*. Ele puxa um pouco de papel higiênico do rolo e aperta em uma bola, que pressiona sobre o corte, então volta para a cozinha em busca de mais uma cerveja.

O telefone toca.

Há só duas possibilidades — a portaria perguntando quanto tempo ele pretende ficar no apartamento, ou Sean.

É Sean, a única outra pessoa que sabe onde Kevin está.

— Está acordado? — pergunta Sean.

Que pergunta estúpida, pensa Kevin, *porque obviamente estou acordado, eu atendi a porra do telefone*.

— Estou.

— Você parece chapado. Está chapado?

Mãe Sean, enchendo o saco por causa da bebida. Se eu quisesse escutar merda por causa da minha bebedeira, pensa Kevin, *teria arrumado uma mulher para fazer isso, porque ao menos poderia ter benefícios sexuais intermitentes junto*. Na verdade, ele está de olho em uma das mais bonitas mães de artista mirim, que parece tão estressada que poderia ter uma foda de caridade com ele só para se distrair.

— Bati a cabeça — diz Kevin.

— No quê?

— Numa porta — responde Kevin.

— Numa porta — repete Sean. — Como você bateu a cabeça numa porta?

— Não sei. Bati, tá bom? — fala Kevin. Sean parece alegre demais, verdadeiramente animado, como se tivesse escutado uma piada ótima que mal podia esperar para contar.

— Mano — diz Sean.

Mano?, pensa Kevin. *Esse irlandês ruivo está falando "mano"?*

— Mano — repete Sean —, você não vai acreditar *nessa* merda.

Estou em L.A., pensa Kevin.

Vou acreditar em qualquer *merda.*

Um filme.

Eles estão fazendo a porra de um filme.

Kevin senta-se na frente de Sean em uma mesa no Denny's, a uma distância curta do hotel porque Kevin não é burro para dirigir para qualquer lugar e arriscar ser preso dirigindo bêbado. Agora Sean está sentado ali, com um sorriso tão largo que Kevin acha que as sardas podem explodir do rosto dele.

— Sério? — pergunta Kevin.

— Sério.

— Um filme.

— Um filme — repete Sean.

— Que porra — diz Kevin.

— Verdade, né?

— O quanto isso é esquisito?

— Esquisito para caralho — concorda Sean.

Kevin olha para o cardápio, que tem fotos brilhantes dos itens. A última coisa que Kevin quer fazer é olhar fotos de comida, então ele o abaixa.

— Você deveria comer — sugere Sean.

— É? Por quê?

— Você precisa comer. As pessoas precisam comer.

— Qual é o nome do filme? — pergunta Kevin.

— *Providence.*

— Bem, acho que isso diz tudo.

— Acho que sim.

Kevin olha sobre o ombro de Sean. Uma das mães de artista mirim que ele quer comer está numa mesa com a filha neurótica. *Ali está o sonho de Hollywood*, pensa Kevin. *Você vem para cá para que a pequena Ashley-sei--lá-que-porra vire uma estrela, termina almoçando no Denny's.* Ele sorri para ela. Ela devolve o olhar, mas não sorri, ou o sorriso é hesitante. *Não tiro a razão dela,* Kevin pensa, *devo estar parecendo um merda mamado. Talvez eu consiga me barbear mais tarde sem de fato cortar a garganta e sangrar até morrer.*

Ele pergunta:

— Quem vai me interpretar?

— Acho que ninguém — responde Sean. — Entendi que é mais sobre os caras mais velhos. Você sabe, Pat Murphy e os outros.

— Certo, quem vai interpretar Pat?

— Sam Wakefield.

— Grande estrela.

— Fodido.

A mulher está espiando Kevin sobre o menu. *Inferno,* ele pensa, *eles estão fazendo um filme sobre pessoas que eu conheço, e ela consegue farejar o cheiro fraco de oportunidade dali. É, como se produtores de cinema fossem "marcar almoço" no Denny's. Incrível, eles têm um lugar realmente incrível aqui.* Ele tenta outro sorriso, se vira para Sean e pergunta:

— Ele não é australiano ou alguma coisa assim?

— Ele está fazendo aulas de dialeto — explica Sean.

— Como descobriu isso? — pergunta Kevin.

Por meio da namorada nova dele, Ana, diz Sean. Uma daquelas coisas... — ele estava no trem indo para L.A. e estava bem cheio, então essa moça latina tomou o assento ao lado dele.

Cabelo preto, pele cor de mel, lábios cheios...

— Lábios de boquete — diz Kevin quando Sean a descreve para ele.

— É, se você quer chegar nesse ponto — fala Sean.

— Quem não quer chegar nesse ponto? — questiona Kevin.

Ana é pequena, mas tem um belo par de seios e olhos escuros matadores, e ela e Sean começaram a conversar na viagem de trem. Sobre baleias. Sean não conseguia pensar em mais nada para dizer, então quebrou o gelo dizendo que tinha ouvido falar que às vezes dava para avistar baleias do trem.

"Se for a época certa do ano", dissera Ana.

"É a época certa do ano?", Sean perguntou.

"Não exatamente", ela respondeu. "Normalmente é mais em abril, quando as baleias começam o movimento migratório para o norte saindo de Baja."

"Você já viu baleias do trem?", indagou Sean.

"Vi. Sim, eu vi."

Sean saiu para ir ao vagão-lanchonete e perguntou se poderia trazer alguma coisa para ela. Ela declinou no começo.

"Nada?", insistiu Sean. "Você não quer uma taça de vinho ou uma cerveja ou um refrigerante ou alguma coisa?"

"Talvez uma Coca?"

"Que tal um sanduíche?", perguntou Sean. "Viagem longa."

"Acho que talvez um sanduíche seja bom."

Ele voltou com uma Coca e um sanduíche de peru. Um saco de batatas fritas e um cookie grande.

"Vou ficar gorda", ela disse.

"Não te imagino ficando gorda."

Eles conversaram o caminho inteiro até L.A. Por fim, Ana era uma cabeleireira que trabalhava para o cinema.

"Isso deve ser muito interessante", comentou Sean.

"É", falou Ana. "É melhor que trabalhar em salão, e o salário é bom."

"Você, tipo, arruma o cabelo de alguma pessoa famosa?", Sean perguntou. "Como uma estrela de cinema, alguém assim?"

"Bem, eu trabalho bastante com Diane Carson."

"Fala sério?!" Sean estava impressionado. Diane Carson era tipo a maior estrela que havia. Loira, peitos grandes, pernas longas, olhos azuis, uma Marilyn Monroe de hoje em dia. "Como ela é, você pode contar?"

"Ela é bacana."

"É?"

"É, muito educada, pé no chão."

"Diane Carson", disse Sean. "Uau."

"Eu sei", falou Ana. "Os caras ficam todos malucos. Tipo, Diane entra numa sala e o restante de nós imediatamente fica invisível."

"Não você", respondeu Sean.

Sean não é idiota. Ele sabia que não havia como, fora de suas fantasias, um dia conseguir pegar Diane Carson, mas ele poderia ter uma chance remota com Ana.

"Você é fofo", ela disse.

"Você não sabe a metade."

Ana deu o número de telefone para ele enquanto saíam do trem. Sean se ajeitou em um pequeno hotel em Culver City, esperou um dia ou dois, para não parecer ansioso, e então ligou para ela. Agora fazia dois meses que estavam namorando, embora tivesse levado cinco encontros para que ela o deixasse chegar perto do prêmio principal.

"Boa menina católica", ela explicara durante uma sessão quente enquanto tirava a mão dele da calcinha dela.

"Eu conheço meninas católicas", disse Sean. Você não consegue fazer com que comecem, mas, depois que consegue, não consegue fazer com que parem. Três encontros depois, quando ela desistiu, desistiu *de vez*.

Então, na noite anterior, ela lhe contara que estava muito empolgada porque tinha acabado de "conseguir" um filme novo, um longa, com Diane.

"Legal", disse Sean. "O que é?"

O nome era *Providence*, e era sobre gângsteres de Providence, em Rhode Island. Sobre como os irlandeses e os italianos lutaram pelo controle da Nova Inglaterra. Tipo, eles aparentemente eram amigos, mas tiveram um desentendimento e começaram a matar uns aos outros.

"E", continuou Ana, "é baseado em coisas que realmente aconteceram".

"Sério?", perguntou Sean.

Agora Kevin olha para Sean do outro lado da mesa e diz:

— A gente deveria fazer alguma coisa sobre isso.

— Do que está falando?

— Estou falando que a gente deveria entrar nisso — responde Kevin. — É a porra da nossa vida que vão transformar em filme. Eles não, tipo, devem alguma coisa para a gente?

— Não sei, acho que sim.

— Você *acha*?

Eles param de falar quando a garçonete se aproxima. Sean pede um *club sandwich* e chá gelado. Kevin pede dois ovos mexidos e café com creme e açúcar extra. Ele olha para a Mãe de Artista Mirim comendo sua salada do chef e decide que, pelo modo como ela mastiga a comida, deve ser boa de cama. Ele gosta das mãos dela, dos dedos longos no garfo. Pensa que gostaria deles em torno do pau dele.

— Então de onde eles tiraram toda essa merda, afinal? — ele pergunta.

— Que merda?

— A merda sobre a gente — responde Kevin. — Toda essa merda legal que aconteceu de verdade.

Sean sorri de novo.

— Lembra-se do Bobby Franja?

— Bobby...

— Franja — diz Sean. — Franja igual de menina? Que a gente achava que fosse gay, mas não era?

— Ah, sim, aquele cara — fala Kevin. — Que tem ele?

— Ele escreveu um argumento de filme.

— Escreveu? — pergunta Kevin. Bobby "Franja" Moran era uma piada, um atendente no Glocca Morra que mal era tolerado nas mesas dos homens que faziam o trabalho pesado. Agora ele está por aí dando a entender que era relevante? — Bobby não fez porra nenhuma nas guerras. Quer dizer, ele estava nas margens...

— É, bem, acho que se você lesse o argumento dele, ia pensar que ele estava no meio dela.

— Aquele estúpido — diz Kevin. Se Bobby chegasse perto de uma arma disparando, ia cagar nas calças.

— Não se pode culpar um cara por ganhar uns trocos.

Não posso culpá-lo, não, pensa Kevin. *Mas ele nos deve, não deve? Um pouco, uma fatia, uma lambida no sorvete. Quer dizer, o cara fez exatamente merda nenhuma na época, a não ser ficar no bar escutando as histórias de outros caras, e ele transforma isso em pagamento, tem a chance de ver estrelas de cinema e trepar com atrizes e essas merdas? Enquanto estou batendo em portas de vidro, tentando ir em frente, esperando dar uma cantada em alguma mãe gostosa se ela puder largar a criança feia na aula de sapateado por tempo suficiente?*

Falando nisso, a mulher se levanta, a conta na mão, a pequena aspirante rechonchuda Ashley seguindo atrás dela.

— Desculpe — ela diz —, não quero interromper, mas não consegui deixar de ouvir vocês falando de um filme?

— Isso — responde Kevin.

Ela tem cabelo castanho com luzes até os ombros, um corpo em forma, um rosto bonito e olhos castanhos cansados.

— Vocês são produtores?

— Consultores — fala Kevin. — Mais como consultores.

— Em um filme de Sam Wakefield, isso é alguma coisa — ela diz. E então estende a mão para que ele aperte. — Sou Kim Canigliaro. Esta é minha filha, Amber.

Ela pronuncia "Ambah". Jersey ou Long Island, Kevin não sabe qual. E a maquiagem dela é definitivamente da Costa Leste, um pouco mais pesada no rímel do que a das mulheres da Califórnia.

— Olá!

— Eu não vi você no Oakwood? — pergunta Kim.

— É, estou morando lá — responde Kevin. — Temporariamente. É perto do estúdio.

— Ah, o projeto fica na Warner?

— Isso — diz Kevin. Seja qual porra for. Ele meio que sabe que o estúdio da Warner Bros. fica na mesma rua, pois tinha visto a caixa d'água com o logo. Quando ele o vê, só consegue pensar no Pernalonga. Aqueles eram desenhos bons, Pernalonga, Gaguinho e Eufrazino, e Kevin sempre rachava o bico quando Hortelino olhava para a audiência e dizia *"Pale quieto, pale bem quieto"*. É o que Kevin sussurrou para Sean na noite em que eles apagaram Dominic Vera, quando estava estacionado perto do reservatório na tentativa de acabar com *eles*. Tinha quebrado a tensão, e ele e Sean estavam literalmente rindo quando abriram fogo contra Dom.

Pale bem quieto.

— Bem, talvez eu te veja por aí — fala Kim. Então ela faz a sugestão bem ali, rindo como se fosse uma piada: — E ei, se vocês tiverem um papel para uma menina bonitinha de doze anos...

— Sei onde encontrar você — diz Kevin.

— É, você sabe — ela responde, avisando com um olhar franco que cederia a ele, sem problemas, por uma abertura na porta de Hollywood.

— Bem, boa sorte com o projeto.

Kevin olha a bunda dela enquanto ela sai do restaurante, dá uma conferida nos quadris e na parte de trás das pernas. São firmes, musculosas. Mamãe Kim se mantém em forma, um pouco mais MILF do que ele tinha achado ao olhar da varanda.

— Você consegue o número dele? — pergunta Kevin.

— De quem?

— De quem? — Kevin repete. — Do Bobby Franja.

— Acho que sim.

— Consiga.

Deveríamos fazer uma visitinha a Bobby.

Talvez ele queira, como dizem, "marcar um almoço".

Danny e Sharon saem para jantar e depois vão para o apartamento dela no centro. É um lugar bacana porque ela tem um cargo executivo em um dos grandes cassinos da região. Ela passa um conhaque para Danny e fala:

— Sua mãe diz que você não transa há anos.

— Ela falou isso para você? — Danny está horrorizado.

— Como você disse, uma marreta — responde Sharon. — Não se preocupe.

— É como andar de bicicleta?

— Você acabou de me comparar com uma bicicleta? — ela pergunta. — Se for o caso, é bom você saber que sou uma de dez marchas.

Isso, até que enfim.

Danny não tinha estado com muitas mulheres. Um par de meninas antes de Terri, e então tinha sido um marido totalmente fiel. Então ele fica nervoso no começo, mas logo a biologia toma conta, e é muito bom.

— Eu precisava disso — comenta Sharon.

— *Você* precisava disso.

Ela ri.

— Está com sono?

— Não.

Ela liga a TV. Passa por uma série de programas e então para num programa do tipo do *Entertainment Tonight* sobre uma atriz.

Uma narradora alegre está descrevendo a "saída da clínica de reabilitação" de Diane Carson, com uma foto de uma Diane sorridente atravessando uma multidão de fotógrafos. A imagem seguinte a mostra entrando no banco traseiro de uma limusine.

— Continue trocando — pede Danny.

— Não, eu *amo* a Diane. — Sharon aumenta o volume.

— ...*o último capítulo na saga do símbolo sexual predileto da América* — diz a narradora, agora na câmera. — *Sua história dramática, impressionante, começou em uma cidade pequena do Kansas...*

Fotografias de Carson quando era criança, soprando velas num bolo, então com roupa de vaqueira. Vídeos granulados dela cantando em uma peça da escola primária, girando um bastão. Mais fotos dela quando adolescente — em um concurso de beleza local, no que parece uma feira agrícola, então o que deve ser a foto da formatura do colegial.

— *Como qualquer um que não esteve em Marte nos últimos dez anos sabe, a jovem Diane Groskopf se casou com o namorado do ensino médio, Scott Haroldson, o filho de um médico proeminente e bem de vida, talvez como uma maneira de escapar da pobreza rural desesperada na qual fora criada.*

Mais fotos de uma casa rural de madeira em ruínas que poderia ter sido tirada diretamente de *As vinhas da ira*. Seguidas por uma imagem de um bangalô suburbano moderno atrás de um gramado bem aparado.

— *O casal foi feliz pelos primeiros dois anos...*

A voz cai uma oitava em um esforço de seriedade.

— *...então uma tragédia aconteceu.*

A narração fica em silêncio. Foto de um jovem, outra fotografia de formatura, então uma foto do mesmo rapaz, obviamente outra fotografia de formatura. Então uma imagem de um tribunal de cidade pequena, seguida por um vídeo do tal rapaz, agora usando macacão laranja, algemado e com os pés presos, sendo levado para uma van.

A narração recomeça.

— *O irmão mais velho de Diane, Jarrod, atacou Scott em um surto causado por drogas, esfaqueando o cunhado mais de cem vezes. Diane, aterrorizada, presenciou isso ao voltar para casa e ligou para a emergência, mas o marido sangrou até morrer antes de a ambulância chegar. Jarrod se declarou culpado e foi sentenciado a prisão perpétua sem possibilidade de condicional.*

Imagens de arquivo do lado de fora de uma prisão.

Jesus, Danny pensa, *não é de admirar que a atriz beba e tome remédios. O irmão assassinou o marido dela na sua frente.*

— *Uma Diane despedaçada, de coração partido, se mudou para Los Angeles para realizar o sonho de se tornar atriz.*

A foto do pôster de Diane, com o corpo nu borrado. O rosto dela está nítido, porém, e ela sorri para a cama com o visual clássico da "garota da casa ao lado", uma mistura potente de inocência e sexualidade.

— Mas Hollywood não gostou do nome Diane Haroldson, então ela mudou para...

Pausa dramática, anunciando que o resto é história.

— *Diane Carson.*

— Então, o que você ama nela?

— Está brincando? — pergunta Sharon. — Olha para ela. Não minta: você transaria com ela. Inferno, *eu* transaria com ela.

Ela segue listando uma série de filmes com Diane Carson, nenhum que Danny tenha visto, pois também não ia ao cinema havia anos. Então, notando que os olhos dele perdiam o brilho, ela diz:

— Não se preocupe, Danny, não precisa passar a noite aqui. Para ser sincera, prefiro dormir sozinha.

— Telefono amanhã.

— Sério? — ela pergunta. — Porque pensei que não queríamos um relacionamento.

— Não queremos, mas...

— Você se sente obrigado — interrompe Sharon. — Escuta, Danny, foi ótimo, e se quiser dar outro passeio de bicicleta em uma semana ou duas, me dê um alô, mas de resto...

Quando ele está vestido e pronto para ir embora, Sharon diz:

— Madeleine realmente te ama, sabia?

— É mesmo?

— Fala sério, ela tem muita admiração por você — continua Sharon. — Ela diz que você pode ser qualquer coisa. Diz que você poderia construir um império, se quisesse.

Danny entra no quarto de Ian.

O menino dorme profundamente.

Quando Danny chegara à casa de Madeleine, Ian estava com medo dele. Ou com raiva dele, ou as duas coisas, porque ele o tratava como um estranho. Danny não podia culpar o menino; então foi paciente, gentil, não tentou forçar, e logo Ian começou a olhar para ele de novo, então a sentar no colo dele, e por fim a deixar Danny ler uma história para ele — mas não a história de dormir, ele ainda só deixa Madeleine fazer isso.

Mas, gradualmente, ao longo das semanas, Ian se tornou afetuoso com Danny, começou a chamá-lo de papai, a pedir para brincar com ele e a querer mostrar os brinquedos.

Danny se sente perdoado.

Ele está determinado a quebrar o ciclo de pais disfuncionais dos Ryan até ali, então Ian vai ter um pai de verdade, mesmo que não tenha mãe.

Ele beija Ian no rosto e puxa a coberta até o pescoço do menino.

Bobby marca o almoço no Beverly Hilton.

Um, se vai encontrar com Kevin Coombs e Sean South, é sempre uma boa ideia fazer isso num lugar público. Dois, ele pede uma mesa ao lado da piscina, onde estarão distraídos pela carne de mulher. Três, ele espera que a atmosfera de poder os intimide.

Afinal, aquele é o terreno dele, e não é possível que aqueles brutamontes conheçam a topografia do terreno, o jeito que as coisas funcionam, e como é um almoço da área.

Um bom plano, mas falho no nível conceitual.

Um, na hora do vamos ver, os Coroinhas espancariam o Papai Noel no meio da Parada de Ação de Graças da Macy's. Dois, a única coisa com que eles se importam mais do que buceta é dinheiro, e três, não são intimidados por nada ou ninguém no mundo, a não ser talvez, *talvez*, Danny Ryan.

De qualquer modo, Bobby aparece usando uma camisa branca, colarinho aberto, com um jeans desbotado de trezentos dólares, mocassins sem meias e óculos escuros Cobian. Cabelo preto penteado para trás com gel, pele recentemente esfoliada e hidratada.

Kevin surge com uma aparência de merda. Uma camisa jeans suja, amassada e manchada de suor que Bobby tem certeza de que ele usou para dormir, calça jeans preta e botas de trabalho. Óculos escuros com laterais grossas para esconder os olhos avermelhados. Cabelo comprido, sujo, ao menos três dias de barba por fazer. A maior parte das pessoas nas outras mesas suspende o desdém, porém, até se certificar de que não é um ator famoso naquele lance moderno e dissoluto. Sean ao menos fez um esforço. A camisa com listras verdes e brancas está bem enfiada nas calças cáqui passadas e ele tem sapatos de verdade nos pés.

A área de jantar ao lado da piscina tem cheiro de cloro e de protetor solar. O Beverly Hilton pertence à Hollywood antiga, ao menos vinte anos fora de moda, mas Bobby não tem como saber disso. O que se encontra ali é, em sua maioria, ex-estrelas de TV cujas datas de validade estão chegando como um trem desgovernado, velhos atores de cinema esperando conseguir um papel de avô ou velho tio excêntrico, e divas de meia-idade cujas cicatrizes de plástica no rosto são mais frescas que a pele.

O lugar inteiro tem um aspecto de estrela de cinema apagada. É um hotel Gloria Swanson, sua antiga beleza cansada e fora de moda, precisando de uma reforma geral que não vai acontecer, e nunca estará pronto para o seu close, sr. DeMille.

No entanto, Bobby não sabe disso. Ele recebe os amigos e senta-se a uma mesa debaixo de um grande guarda-sol verde, olha em torno para se certificar de que foi visto e pede um Arnold Palmer.

— Que porra é essa? — pergunta Kevin. Ele está relativamente sóbrio, o que já o deixa de mau humor.

— Chá gelado e limonada — responde Bobby.

— Vou experimentar um — diz Sean, ansioso para ser agradável.

— Me dê uma cerveja — ordena Kevin.

— Temos algumas ofertas de cerveja artesanal muito interessantes — oferece o garçom.

— Tem Sam Adams?

— Claro.

— Me dê uma Sammy — fala Kevin, olhando para Bobby do outro lado da mesa.

O garçom volta com as bebidas e o cardápio do almoço. Bobby pediu peito de pato recheado com molhos *hoisin* e *jícama*. Sean pede um cheeseburguer. Kevin pede contrafilé malpassado, o que ele acha que é um tipo de primeira parcela por parte de Bobby. Então ele entra no assunto.

— Então, esse "argumento", Bobby...

Gotas de suor aparecem na testa esfoliada e hidratada de Bobby. Ele diz a si mesmo que é o sol, mas sabe que não.

— Na maior parte foi tirado das minhas recordações.

— Suas recordações — diz Kevin. — Você se lembrou de qualquer um que a gente conheça?

— Eu tomei cuidado.

— Cuidado — Kevin repete. — Eu apareço nele? O Sean aqui?

— Sim, mas só como personagens pequenos — responde Bobby. Percebendo que isso poderia ter sido um erro tático, ele completa: — Quer dizer, a maior parte cobre a época antes que vocês fossem personagens importantes.

Kevin o encara.

Bobby diz:

— A maior parte é sobre Pat, Liam, Danny, esses caras.

— Danny? — pergunta Sean. — Danny está no filme?

— Eu não tenho muita coisa a ver com o filme — explica Bobby.

— Vamos direto ao assunto — fala Kevin. — Quanto você acha que vai ganhar com tudo isso, Bobby?

— Bem, não tenho liberdade para revelar...

— Bobby, Bobby, Bobby. — Kevin balança a cabeça. — Você é o especialista em máfia irlandesa. Você, de todas as pessoas, deveria saber como funciona...

— Um por todos, todos por um — diz Sean. — É como você escreveu...

Ele tinha conseguido uma cópia do argumento com Ana.

Era uma leitura fascinante. Ele até tinha decorado uma passagem.

— "Nós éramos como irmãos, como lobinhos da mesma ninhada. Ríamos juntos, comíamos juntos, morávamos juntos, sangrávamos juntos e morríamos juntos." Coisa linda, Bobby. Fiquei com vontade de chorar.

— Exceto — continuou Kevin — que você não fazia muito o lance de sangrar, fazia?

— Eu não me lembro de você sangrando, Bobby — comenta Sean.

— Mas não é tarde demais — fala Kevin. Ele se inclina sobre a mesa, aponta o indicador para Bobby e puxa o "gatilho".

O garçom chega com a comida. As mãos de Bobby tremem enquanto ele molha o pato no molho *hoisin*. Os outros comensais olham enquanto Kevin levanta o filé inteiro com o garfo, coloca na boca e arranca um pedaço com os dentes.

Com gordura escorrendo pelos cantos da boca, ele sorri para Bobby e diz:

— Meio parecido com um lobo, não é?

Madeleine já está na beira da piscina quando Danny leva o café da manhã lá fora.

Ela tem um sorriso irônico cheio de conhecimento no rosto.

— Como foi o encontro?

— Bom.

— Vai se encontrar com ela de novo?

— Talvez.

— Isso é um não — diz Madeleine. — Bem, pelo menos você se aliviou.

— Pelo amor de Deus. — Ele dá algumas garfadas de ovos e bacon e então fala: — Ela passou sua mensagem para mim.

— Mensagem?

Naquele tom de "O que você quer dizer?".

— Por que você precisa ser assim? — pergunta Danny. — Por que tudo precisa ser uma manipulação? Não pode simplesmente ser você mesma? Se tem alguma coisa para me dizer, é só dizer. Não precisa mandar a porra de um embaixador.

Ela coloca o copo de suco de toranja na mesa.

— Tudo bem. Para começar, é a última vez que peço desculpas para você. Sinto muito por ter te abandonado. Eu fiz tudo o que posso para compensar isso, e pode me perdoar ou não, mas não vou mais pedir desculpas.

— Isso é "para começar". E o resto?

— Você tem sorte de estar vivo — ela responde. — Tem sorte por não estar atrás das grades pelo resto da vida.

— Concordo.

— As segundas chances são raras — Madeleine continua. — Não quero te ver desperdiçando a sua.

— Certo.

— Eu posso te ajudar — ela diz. — Posso te ajudar a começar nos investimentos, mercado de ações, propriedades... se precisar de dinheiro...

— Eu tenho dinheiro — interrompe Danny. — Venho pensando nisso. Quero fazer alguma coisa. Alguma coisa legítima. Quero passar alguma coisa para Ian. Só não sei ainda o que é.

— Tenho quase certeza de que não é se sentar na minha espreguiçadeira o dia inteiro.

— Tenho quase certeza de que você está certa — fala Danny. — Olha, se estamos atrapalhando aqui, eu posso...

— Não! — interrompe Madeleine. — Amo ter vocês aqui, claro. Você pode ficar o quanto quiser. Eu ia amar se achasse alguma coisa em Las Vegas.

— Estava pensando mais na Califórnia.

— Bem, é um voo curto.

Eles olham para a piscina por alguns segundos, então ele pergunta:

— Que papo é esse de construir um império?

— Você poderia — responde ela. — Eu conheci homens menos talentosos que você que construíram impérios.

— Sou um valentão de Dogtown.

— Acha que os bebês com fundos fiduciários constroem impérios? — ela pergunta. — Deixa eu te dizer, essa cidade inteira foi construída por caras de Dogtowns.

Danny tem a sensação de que ela também está falando de si mesma. Ele tinha passado de carro por Barstow a caminho dali. Imaginou a mãe crescendo em um estacionamento de trailers ali.

— Entendi — ele diz.

— Entendeu?

— É — fala Danny. — E, mãe? Eu posso descolar minhas próprias mulheres, certo?

— Certo.

Ela se levanta e o deixa ao lado da piscina.

Os Coroinhas transformam Bobby em um caixa eletrônico humano.

Ao ler o extrato dele, é uma litania monótona de *Retirada, Retirada, Retirada*, conforme Bobby tenta salvar a própria pele com dinheiro.

Ele recebera um pagamento de seiscentos mil dólares no "primeiro dia da fotografia principal", e é como se os Coroinhas tivessem enfiado um canudinho ali e estivessem secando a conta.

Bobby, meu irmão, preciso de um pouco de dinheiro para o aluguel. Bobby, irmão, preciso comprar uns panos novos. Bobby, irmão, sabe quanto custa comer nesta cidade? Kevin e Sean amam o conceito de banco *drive-thru*, porque podem subir no carro de Bobby a caminho do estúdio e fazê-lo enfiar o cartão na abertura, passar o dinheiro para eles, então deixá-los em qualquer restaurante, bar ou estabelecimento fino que estejam visitando naquele dia.

Isto é, até que começam a ir ao estúdio com ele.

É ideia de Kevin.

"Estamos perdendo", ele dissera a Sean um dia, durante um almoço *al fresco* na Sunset.

"O *quê*?", perguntou Sean. Ele tem comida, bebida, até amor — está praticamente morando com Ana e as coisas estão ficando quase sérias. Então, o que há para perder?

"A coisa toda de Hollywood", respondeu Kevin. "Estrelas... buceta de estrelas, Bobby anda com Diane Carson, nós não damos nem uma olhada, a não ser quando estamos na fila do supermercado, vemos a foto na revista."

"Quando você vai ao supermercado?"

"Você não está entendendo a questão."

"Que é qual?", indagou Sean. Ele na verdade está sossegado, aproveitando o almoço, aproveitando a vida. Até está bronzeado, o máximo que consegue se bronzear, um tipo de brilho amarelado sob as sardas. "Acha que vai comer a Diane Carson?"

"Não acho que vou comer a Diane Carson", disse Kevin. Seu prato de macarrão à matriciana chegou e ele observou o garçom ralar queijo parmesão fresco em cima, e então continuou: "Mas acho que posso conseguir uma buceta-satélite".

"Mal posso esperar para ouvir isso."

"Buceta-satélite?"

"Isso seria o que mal posso esperar para ouvir, sim."

"Gatas como Carson", explicou Kevin, "são como o sol. Elas têm, em torno delas, como satélites, outras mulheres quase tão gostosas, mas não tanto".

"Você quer dizer planetas", corrigiu Sean. "O sol tem planetas orbitando ao redor dele. Estamos em um deles, Kevin."

"Você está um verdadeiro pau no cu hoje", falou Kevin. "A questão é: você talvez não consiga alcançar o sol, mas definitivamente consegue botar as mãos em um dos satélites. É um meio cheio de alvos, é tudo o que estou dizendo."

Sean comeu uma bocada de seu robalo com crosta de pimenta e disse:

"Minha namorada é um desses satélites."

"Prova meu ponto", retrucou Kevin. "Além disso, há mais dinheiro para se ganhar lá."

É, dinheiro. A verdade é que precisam roubar Bobby devagar. Fazê-lo dar dinheiro em espécie um pouco de cada vez, então fazer com que passe os cartões de crédito até o limite em coisas que podem vender depois. Bobby tinha feito um dinheiro ótimo, mas ele não é nada comparado ao estúdio, e Kevin lê na *Variety* que o orçamento de *Providence* está acima de trinta milhões de dólares.

Tinha que existir uma maneira de alcançar aquilo.

Os Coroinhas têm algum dinheiro agora, mas mais dinheiro é sempre melhor, e é dinheiro que não tem a mão de Danny em volta.

— Consultores — informa Kevin a Bobby quando os leva para jantar naquela noite.

— Quê?

— Queremos ser consultores...

— Consultores técnicos — completa Sean. — Achamos que temos muito a oferecer criativamente.

— Não sei, cara — responde Bobby.

— O que você não sabe, Bobby? — Kevin pergunta.

— Não sei.

— Está certo — fala Kevin. — Você não sabe o que você não sabe, e uma das coisas que você não sabe é que você não sabe merda nenhuma do que realmente aconteceu naqueles anos.

— Isso que ele disse — concorda Sean.

Kevin tira um segundo para olhar o cardápio de sobremesas.

— Eles não têm a porra de um *crème brûlée* aqui? Eu vim preparado para um *crème brûlée*.

— Talvez estejam sem *brûlée* — sugere Sean.

Kevin declina as outras sobremesas e pede um expresso duplo e uma dose de bourbon. Então diz:

— Fale com o diretor, Bobby.

Bobby fala com o diretor.

Mitchell Apsberger é um daqueles diretores loucos pela realidade. Tudo precisa ser real, baseado na realidade, até o último detalhe. Então, quando Bobby o aborda relutantemente para dizer que dois mafiosos de verdade de Providence querem ser consultores, ele goza na calça jeans desbotada.

— Você conhece Kevin Coombs e Sean South — ele diz a Bobby.

— Bem, claro — fala Bobby, cujo desejo mais profundo no momento é que não conhecesse Kevin Coombs e Sean South.

— E eles estão aqui.

Eles estão aqui, sim, pensa Bobby. *Puta merda*.

— E querem trabalhar no filme — continua Mitch.

— Eles precisam de dinheiro — revela Bobby. E seria legal, na verdade, se precisassem do dinheiro de outra pessoa e não o dele.

— Vamos marcar um almoço — diz Mitch.

É isso. Mitch Apsberger, duas vezes ganhador do Oscar, frequentador do tapete vermelho, ícone da cultura pop e um homem muito inteligente, convida os dois lobos para entrar na própria barraca.

O almoço corre bem. Kevin e Sean divertem Mitch com histórias que são pouco menos que confissões, mas que facilmente atingem o nível pornográfico de violência sensacionalista. Mitch está empolgado. Não é um fenômeno incomum, diretores e atores indiretamente excitados pelas proezas dos gângsteres da vida real. Às vezes é difícil saber quem é tiete de quem, se os gângsteres estão pegando carona nos almofadinhas de Hollywood ou vice-versa, mas basta dizer que, depois de uma hora de histórias e confidências sussurradas, se Sean e Kevin tivessem pedido para que Mitch fosse ao banheiro masculino e chupasse o pau deles, havia uma chance de cinquenta por cento de que Mitch, famoso por passar o rodo nas fileiras de atrizes, ficasse de joelhos no chão.

— Vocês realmente falaram aquilo? — pergunta Mitch em determinado ponto. — *Pale* quieto? Vocês imitaram o Hortelino num *ataque*?

Kevin assente de maneira modesta com a cabeça.

— Precisamos colocar isso no filme — Mitch pede a Bobby.
— Vou fazer uma anotação — responde Bobby.
— Então vocês conheciam Pat Murphy — diz Mitch a eles.
— Carregamos o caixão — fala Sean.
O que não é verdade, mas deveria ser, pensa Kevin, *então qual a diferença?*
— E Danny Ryan?
— Ah, sim — responde Kevin. — Nós conhecemos Danny.

É um assunto sensível, na verdade. Afinal, abrir caminho com um pé de cabra para um filme de Hollywood sobre eles mesmos não é exatamente ser discreto.

No ato, Mitch contrata os dois como consultores. Pega o celular, telefona para o estúdio e exige cinquenta mil para cada um deles, contratos prontos ao fim do dia de trabalho, nem pensar em discussão.

Feito.

Bobby senta-se ali pensando na aposta acima/abaixo de quantos dias se passariam até que Kevin e Sean exigissem o próprio trailer.

(Três, por fim.)

Não se pode convidar lobos para jantar e esperar que não comam.

Mitch os leva diretamente do almoço para o estúdio 41 e para o set. Ele os apresenta a todos como um dos primeiros cristãos poderia ter feito com um par dos verdadeiros apóstolos originais, como se Pedro e Paulo tivessem vindo para o grupo de estudos da Bíblia. Instala os dois em cadeiras com encosto de lona perto dele e lhes entrega fones de ouvido, para que possam ouvir a próxima tomada.

— Qualquer contribuição que tenham — ele diz —, não sejam tímidos.

Certo. Talvez seja a primeira vez que a palavra "tímido" foi usada em um raio de três metros de Kevin Coombs. Ele não é tímido. Não é tímido para oferecer assistência aos atores para aperfeiçoar o sotaque único e difícil de Rhode Island, ou para atacar a mesa de comida destinada à equipe como uma praga de gafanhotos de um homem só; especialmente não para cantar atrizes, maquiadoras, cabeleireiras ou assistentes de produção.

Ou figurantes.

— São chamadas de "equipe de atmosfera" agora — Sean o aconselha quando Kevin conta sobre o número aparentemente incessante de mulheres ávidas para se aproximar de qualquer um que esteja um pouco mais perto da cadeira do diretor. — Elas são meio sensíveis a respeito disso.

Falando em sensível, Sean tem uma conversa bastante delicada com Ana sobre aparecer no set. Ela estava no trailer dos cabeleireiros quando veio a fofoca de que dois gângsteres reais de Dogtown estavam no estúdio, e quando saiu para dar uma olhada, um deles era o namorado. Ela tinha imaginado o que Sean fazia para ganhar a vida — todas as evidências aparentes apontando para "nada" —, mas não tinha suspeitado daquilo.

Naquela noite, na casa dela, Ana o acusa de usá-la.

Sean nega, é claro, mas afirma que é uma via de mão dupla, que *ele* está sendo usado pelas pessoas do filme, então era justo. O que ela poderia dizer? Ela está recebendo um salário em parte bancado pelo passado de Sean, então não pode usar aquilo contra ele. Além disso, ele era um perfeito cavalheiro no set — quieto, bondoso, prestativo, discreto.

Kevin, por outro lado...

Por quanto tempo se pode olhar para uma piscina até que ela comece a olhar para você?

É o que Danny pergunta a si mesmo enquanto está sentado com os pés balançando na água. Ian está sentado ao lado dele, copiando o pai.

Sim, é isso que quer ensinar ao seu filho?, ele se pergunta.
Fazer nada?
Ser um dos ricos indolentes?
O menino já está sendo mimado. Ele tem a piscina, a jacuzzi, o menino tem a porra de um pônei, *pelo amor de Deus. A próxima coisa que vai querer é um carro, alguma coisa de fina engenharia alemã. Está tudo bem por enquanto, mas se isso seguir, ele não vai ter a chance de ser nada além de um merdinha inútil.*
Como o pai dele?, Danny se pergunta.
Ele examina a situação com cautela.
Você tem educação de segundo grau, diz a si mesmo. *Foi pescador, estivador, valentão, ladrão de cargas, gângster. Um matador. Agora é um multimilionário, e a realidade é que pode deixar seu dinheiro trabalhar para você.*
No entanto, o que você faz? Assiste?
Chato pra caralho, e você não é esse cara.

Não esse cara que se levanta de manhã, verifica os investimentos e sai para jogar golfe com médicos, advogados e corretores da Bolsa. A única coisa que poderia melhorar o golfe são atiradores de elite. Mas aqueles caras não usariam essas roupas estúpidas, e com certeza acelerariam o jogo.

Então você não vai fazer isso, pensa Danny, *o que vai fazer?*

Voltar para a Califórnia, para começar.

Estar perto do oceano.

E fazer o quê? O que você é qualificado para fazer?

Ser uma versão mais nova de Pasco? Ir pescar, jogar bocha, truco, contar histórias sobre os bons e velhos tempos.

Os bons e velhos tempos eram uma merda.

— Quer entrar? — pergunta a Ian.

— Quero.

Danny entra na piscina e arrasta Ian gentilmente pela água, de costas. Em um intervalo de poucos segundos, ele o solta, assim o menino pode aprender a boiar sem se assustar, então o pega de novo antes que afunde.

Danny conhece caras dos velhos tempos.

Caras que ganharam dinheiro, o bastante para viver dele, e simplesmente não conseguiram. Ficaram muito entediados. Sentiram falta da ação, da adrenalina, então voltaram. Conhece caras que voltaram porque sentiam falta dos outros caras. Sentiam falta da companhia, das brincadeiras, da zoação, dos risos.

Alguns deles vão passar o resto da vida na cadeia.

Ele não é assim.

Não sente saudade.

Nem um pouco.

Ele gosta de estar com o filho.

Até gosta de estar com a mãe.

— O que você quer para o almoço? — pergunta, embora saiba a resposta.

— Manteiga de amendoim e geleia.

Aí está a resposta.

Para *aquela* pergunta, de qualquer maneira.

São as colchas de retalho que mantêm Chris Palumbo na cama.

E, na verdade, em Nebraska.

Elas são tão quentes, tão pesadas. Ele quer se levantar e sair, mas está enrolado, abraçado; normalmente volta a dormir ou fica ali deitado deleitando-se até que o cheiro de café e bacon o atraia para fora das cobertas e para baixo das escadas até a cozinha, onde Laura está cozinhando.

Ela está escutando música no rádio — Bonnie Raitt, Linda Ronstadt ou Emmylou Harris, uma merda que Chris costumava odiar, mas que agora começou a gostar. É Bonnie naquela manhã em particular — Laura canta a letra de "I Can't Make You Love Me". Ela acha que é cantora, canta em noites de microfone aberto no bar da cidade, e está sempre a um drinque de entrar no karaokê. E ela não é ruim, Chris acha. Não é nenhuma Emmylou, mas não é ruim.

Laura normalmente acorda cedo.

Primeiro medita, depois alimenta as galinhas, então faz alguma merda wiccana esquisita, aí trabalha no tear até seduzir Chris a descer com um bule de café e uma frigideira.

Não que Laura seja uma grande cozinheira; não é. Faz aquela bobagem de comida vegetariana com "leguminosas" e abóbora e feijão e toneladas de arroz integral. Quando faz macarrão, faz com uma merda de trigo orgânico, então Chris basicamente assumiu os deveres de cozinha para os jantares, o que aprecia.

Ele sabe fazer um bom molho vermelho sem ofender as sensibilidades dietéticas dela, faz uns pratos agradáveis de berinjela dos quais gosta, e Chris sabe fazer um risoto que é uma beleza.

Não, a vida é boa na fazenda de Laura. Chris tinha pensado que ficaria entediado, mas na verdade não ficou. Ele acha a rotina calma um tanto agradável. Depois do café da manhã, normalmente saem para caminhar pelos campos ou pela estrada de terra, ou Laura pode ir para a cidade dar uma aula de ioga, enquanto Chris vai para a lanchonete e bebe um café e conversa com os moradores locais.

As tardes têm uma soneca (de novo, as colchas de retalho), quase sempre sexual, então talvez outro passeio, aí Chris vai preparar o jantar.

À noite é televisão ou uma ida ao bar, ou uma viagem até Lincoln para ouvir blues no Zoo Bar, ou talvez ir ao cinema.

Então para a cama.

E mais sexo.

"Em termos de desejo sexual", Laura dissera a ele, "tenho um motor V8".

Está tudo bem para Chris.

Cathy sempre fora ótima na cama, mas Laura é de uma ordem totalmente diferente. Enquanto a mulher dele era toda plana, ângulos agudos e ossos, Laura é voluptuosa, seios grandes, bunda grande, um pouco de barriga, sem nenhuma inibição sobre o corpo ou o que pode fazer com ele.

Ou o que ela quer que Chris faça com ele.

Ela não é nem um pouco tímida para dizer "faça isso comigo, faça aquilo, bem ali, bem assim, não pare", ou para perguntar "gosta quando faço assim, quando faço aquilo, ah, você gosta disso, não gosta, eu percebi".

Chris sabe que deveria ir embora.

Ele sabe que deveria jogar a colcha de retalhos para o alto, descer até o Novo México e pagar o dinheiro que deve a Neto. Além disso, sabe que deveria voltar para Rhode Island. *Cristo*, pensa ele, *você tem esposa e filhos lá, e Cathy sempre foi uma boa esposa, sempre boa com você, aguentou toda a sua merda.*

Ela não merece aquilo.

E não tem desculpas, agora que Peter está numa cova.

Bem, *algumas* desculpas. Vinnie não vai querê-lo de volta, e os outros caras provavelmente estão descontentes com ele por causa do fiasco da heroína.

Parte de Chris quer voltar e chutar Vinnie Calfo do trono, mas uma parte maior dele acha que é trabalho demais. E para quê? Gerenciar um bando de carcamanos burros em Providence? Encher a cara com casquinha de marisco na praia? Dormir no sofá depois da macarronada de domingo? O que ele conseguiria sendo chefe lá que não tem aqui sendo apenas Chris?

Ele parece ser o suficiente para Laura; ela o adora como ele é e lhe diz isso. Também não faz nenhuma pergunta sobre quem ele realmente é ou como chegou ali. Ela só está feliz pela presença dele e não quer que Chris vá embora.

Cada vez que ele começa a dizer que deveria ir embora, ela adiciona uma nova reviravolta — literalmente, muitas vezes oral — ao repertório sexual dela que o deixa estupefato e o faz querer ficar.

Mas são principalmente as colchas de retalho.

Começa com Kim Canigliaro.

Kevin volta do estúdio para o Oakwood e Kim está saindo do carro no estacionamento. *Ela parece cansada, um pouco desanimada, mas está bonita, também*, pensa Kevin, na calça jeans preta apertada na virilha tal qual a palma de uma mão e uma blusa de seda preta que acaricia seus seios firmes.

Ela o vê e acena.

Ele vai até o carro.

— Como está indo?

— Você sabe — ela diz. — Está indo. Como está o *seu* projeto?

— É, bom — responde Kevin. — Muito bom. Você sabe, um monte de encontros com Mitch, esse tipo de coisa.

— Não, eu não sei — fala. Mas não parece amarga; está apenas reconhecendo que está em um nível totalmente diferente do dele.

Isso meio que o deixa excitado, e ele pergunta:

— Onde está Ashley?

— Amber?

— Amber.

— Está com uma amiguinha que fez na aula de teste de elenco — revela Kim. Ela olha nos olhos dele e completa: — Ela vai dormir lá.

— Que bacana para ela.

— É bacana para mim também — diz, em um tom que indica que poderia também ser bacana para ele. — Então, o que está fazendo agora?

Kevin dá de ombros.

— Estava indo para o apartamento, para uma bebida.

— É o que eu vou fazer.

— É — fala Kevin. — Então... quer fazer isso juntos?

Eles vão ao apartamento dele. O lugar está uma bagunça horrenda. Caixas de pizza e baldes de frango frito vazios, pratos na pia, uma coleção impressionante de garrafas de bebida e latas de cerveja. Kim não vai comentar nada, mas quer falar para ele que o complexo oferece serviço de camareira, o que Kevin poderia pagar com facilidade se está fazendo um longa.

Ele pede desculpas por não ter vinho, só cerveja e uísque. Ela lhe diz que está tudo bem, que adoraria dois dedos de uísque, puro, então eles se sentam — ele em uma poltrona reclinável, ela no sofá — e bebem uísque.

— Nossa, isso é bom — ela elogia depois de dar o primeiro gole.
— Eu não gosto de beber perto de Amber.
— Você é uma boa mãe.
— Sou uma mãe de merda. — Ela tira um maço de cigarros da bolsa. — Incomoda você se eu fumar?
— Vá em frente.
— Aceita um?
— Quer saber? Aceito.

Ela acende o cigarro dele, então o dela, e fala:
— Eu sou. Sou uma mãe ruim. Deixar que ela passe por tudo isso. *Fazer* com que ela passe por tudo isso. Eu me pergunto, é o sonho dela ou o meu, sabe?

Ele dá de ombros.

Ela dá um trago no cigarro e bebe outro gole de uísque, então olha para ele por um momento e ri.

— O quê? — pergunta Kevin, começando a ficar puto.
— Não transo faz quase um ano — responde.
— Isso é muito tempo.
— Nem me fale — diz. Ela olha para ele quase com timidez, algo que ele ainda não tinha visto nela, e então pergunta: — Então... você é o cara?

Kim passa a noite.

Ela coloca o alarme no rádio-relógio para as nove porque precisa pegar Amber às dez e levá-la para uma chamada aberta de testes na Disney. Kevin fica ali deitado e a observa colocando a calcinha e o sutiã e gosta do jeito como os seios ficam quando ela os arruma nos bojos. Ela vai para o banheiro e sai de maquiagem, então vai até a sala e coloca o restante das roupas. Kevin se levanta, entra na cozinha e abre uma cerveja de café da manhã.

— Você pega pesado — ela diz.

Kevin dá de ombros.

— Você se importa?

— Ei — fala —, o que ajudar você a atravessar o dia, certo?

Kevin gosta dela. Gosta da pegada da Costa Leste e do que ela faz na cama. O pau dele está um pouco dolorido e as bolas doem enquanto pensa em como ela sentou até o fim e se esfregou nele quando gozou pela última vez, e como ficou ali e fez pequenos círculos com os quadris até ele acabar. A mulher sabe o que quer e consegue, mas ela é justa, entende que é uma via de mão dupla. Não uma mulher que vai cair fora do jogo.

— Posso fazer café, se quiser — oferece Kevin.

Ela balança a cabeça.

— Preciso ir para o meu apartamento e trocar de roupa. Amber está chegando na idade em que vai reparar se eu estiver usando as mesmas roupas.

— E você não quer que ela saiba que a mamãe dela fode — comenta Kevin, arrependendo-se no segundo em que isso sai da boca dele.

— Algo assim — ela responde. — E não seja um babaca.

— Desculpe — fala Kevin, sendo sincero.

Ela vai até ele e o beija na testa.

— Está tudo bem. Você fode *bem*. Vejo você mais tarde?

Dito com leveza, cheio de peso. Os dois sabem o que ela está perguntando — foi uma noitada, o que seria tudo bem, ou algo além disso é possível? Ninguém está pensando em amor aqui, ou em nada assim, mas talvez possam matar um pouco mais da solidão juntos. Kevin pensa naquela música de Tom Petty. *You don't need to live like a refugee.*

— Isso seria bom — responde. — Eu te ligo?

— Que tal se eu ligar para você?

Porque ela não quer que Amber atenda o telefone, um cara estranho na linha perguntando pela mamãe. Ele entende isso. É legal, faz com que ele a respeite. Deve ser esquisito ter um filho — para tudo o que você faz, precisa pensar primeiro na criança.

— Certo, ótimo.

Ele se levanta e escreve o número numa nota fiscal da pizzaria, passa para ela.

— Vou ligar — ela diz.

— Ótimo.

A caminho da porta, completa:

— Ei, se tiver um papel no seu filme para a Amber...

Três dias depois, Kevin aborda Mitch sobre isso.

O diretor está um pouco preocupado. Está atrasado nas filmagens, os contadores do estúdio ficam rodeando feito varejeiras em torno de um bicho atropelado, e o ator interpretando Sal Antonucci quer um close em uma cena simples de reação, então Mitch precisa gastar meia hora numa iluminação que sabe que nunca vai usar.

Além disso, a atriz principal, Diane Carson, está em sua segunda temporada em algum spa de reabilitação em Malibu — a primeira não deu certo — e espera-se que ela vá conseguir se "graduar" a tempo de fazer sua primeira cena, mas quem sabe? *Mulher linda*, pensa Mitch, talvez a mulher mais linda que já tenha visto; ela tem fama, fortuna, e é uma montanha fodida de inseguranças como qualquer outra atriz com quem já tenha trabalhado.

Ele só espera que ela consiga atravessar as filmagens antes da próxima crise. Então, quando Kevin aparece sobre seu ombro murmurando alguma coisa sobre querer encontrar um papel para alguma menina de doze anos, ele não registra de fato.

Kevin toca no assunto de novo no almoço do dia seguinte. Ele encontra Mitch na mesa dele na lanchonete. Mitch e seu assistente de direção, Dennis, estão com a cabeça grudada tentando descobrir como juntar algumas instalações para as filmagens da tarde quando Kevin senta-se e diz:

— Mitch, sobre Amber.

— Amber?

— A menina de quem eu te falei — responde Kevin. — Ela é muito bonitinha. Eu trouxe umas fotos de rosto.

Ele passa um envelope pardo com as fotos para Mitch.

Mitch e Dennis trocam um breve olhar de "como se a gente precisasse disso agora", mas Mitch abre educadamente o envelope e leva alguns momentos para olhar as fotos medianas de uma menininha muito mediana, e fala:

— Não sei, Dennis, temos algum papel para uma menina de doze anos?

Danny balança a cabeça.

— Acho que não.

— Poderia verificar? — pergunta Kevin. O cara tinha a porra de uma resposta bem rápida.

— Eu conheço o roteiro muito bem — diz Dennis. — Tenho certeza disso.

— Desculpe, Kevin — fala Mitch. Ele volta para a planilha de filmagens, e Kevin fica ali sentado sentindo-se um babaca. O quê, esses caras acham que não tinha nenhuma menina de doze anos em Providence? O quanto difícil seria enfiá-la em uma das cenas, na farmácia ou no rinque de patinação ou algo assim?

Ele aborda o assunto com Mitch na manhã seguinte. Embosca o homem enquanto ele entra no estúdio e diz:

— Mitch, eu consideraria um favor pessoal se pudesse achar um lugar para Amber no filme. Só uma ou duas falas.

Agora Mitch percebe que isso não vai passar. E ele aprendeu o suficiente do jargão de Rhode Island de Kevin e Sean para entender que "favor pessoal" significa "obrigação", e que, na mente de Kevin, se Mitch não conceder o favor pessoal, o relacionamento foi danificado de modo irreparável. E o fato é que Coombs e South vêm sendo bem úteis, dando todo tipo de dica sobre como os caras se vestiam, o que eles dirigiam, como falavam. Mais importante, como não faziam essas coisas. Todos os detalhes que Bobby Franja, de modo decepcionante, não tinha. Então Mitch não quer ofender Kevin.

Ainda assim, é um problema em um set que não precisa de mais nenhum.

— É complicado — responde Mitch. — Sabe, não se pode jogar uma fala sem motivo. E eu precisaria fazer os roteiristas incluírem isso, e então colocar no calendário de filmagens... Além disso, tenho uma diretora de elenco, e o trabalho dela é fazer esse tipo de coisa, e se eu avançar no terreno dela...

Mas ele vê que Kevin não vai aceitar nada disso. Apenas o mira com um olhar fixo, como se dizer a frase mágica, "favor pessoal", excedesse todas essas considerações. O que, Mitch precisa admitir, meio que excede.

— Não quero dar muito trabalho — fala Kevin —, mas significaria muito para mim.

— Está comendo a mãe dela.

Kevin sorri e dá de ombros.

— É.

— A menina tem o cartão do sindicato de atores? — pergunta Mitch, desistindo. Que se foda. Ele colocara namoradas, irmãs e mães de atores em filmes, sem mencionar a amante estrela pornô do último produtor, que levou a metade de um dia para filmar a única fala dela.

— Acho que sim — responde Kevin. Ele parece se lembrar de Kim falando alguma coisa do tipo para ele.

Mitch chama a assistente e pede que contate os roteiristas e veja se eles colocam uma fala para uma mulher branca de doze anos.

— Você conseguiu — declara Mitch. — Não é grande coisa.

Sim, mas é. É um grande erro, porque agora Kevin tem a impressão de que tem influência, de que pode fazer as coisas acontecerem.

Então os Coroinhas têm as mãos no volante de um filme de cem milhões de dólares e estão correndo na direção do abismo.

Sem pisar no freio.

Começa com Amber conseguindo sua fala e Kevin tendo a impressão de que tem alguma importância no set. Ele volta para o Oakwood naquela noite a fim de contar a Kim e à menina as boas notícias, e Amber fica tão empolgada que sai correndo pelo complexo gritando "Vou aparecer em um filme!", provocando parabéns insinceros e inveja verdadeira das outras crianças e suas mães. Kim deixa a criança com outra família, então leva Kevin para o apartamento dela e faz um boquete *speciale* nele, com todos os acompanhamentos.

A vida é muito boa.

Até que Kevin volta do estúdio certa noite, Kim não está disponível, e ele decide fazer uma migração para o sul com uma garrafa de Grey Goose. Vai ao set na manhã seguinte, de ressaca e desagradável.

O cozinheiro pergunta a ele o que vai querer de café da manhã, apesar de já serem dez horas e ele estar preparando as coisas para o almoço.

— O que posso comer? — pergunta Kevin.

— O que quiser.

Um mantra de Hollywood. Palavras para seguir sempre. É o motivo pelo qual todo mundo entra nos filmes, para ouvir as palavras "o que quiser".

O que Kevin realmente quer é café preto, um pouco de aspirina e talvez uma injeção de vitamina B12. Ele não sabe exatamente se teria conseguido isso se pedisse, então se contenta com café e uma omelete de queijo suíço na qual dá umas poucas bocadas. Mas está sob a impressão de que a vida pode ser muito, muito boa para ele no set de um filme, então, quando Mitch chega para a primeira cena, Kevin tem essa sensação de gratidão, e com gratidão vem lealdade. O que é bom, o que é ótimo, até mais tarde naquela manhã, quando Vince D'Alessandro, o ator interpretando Sal Antonucci, grita com Mitch.

Vince é o último *bad boy* de Hollywood, mais famoso por brigas em clubes noturnos, socos em paparazzi e acompanhantes de luxo do que por qualquer coisa que tenha feito na tela. De qualquer modo, ele se acha um ator sério, o herdeiro espiritual de Marlon Brando e De Niro, e leva sua arte a sério. Então, quando Mitch sugere que ele faça alguma coisa numa cena que vai contra a visão artística dele, Vince se opõe a isso como "besteira comercial".

Mitch responde que alguém precisa pagar a "cotação" inflada de Vince, e isso significa colocar bundas na plateia, e não só na tela.

— Quem você está chamando de bunda? — retruca Vince.

— Apenas faça a cena — responde Mitch. A última coisa que o diretor quer é um confronto tentador para os tabloides com uma de suas estrelas no set.

Ele começa a se afastar.

— Não vire as costas para mim, Mitch — diz Vince. — Se tem alguma coisa para dizer, seja homem o suficiente para falar na porra da minha cara,

Ele comete o erro de seguir Mitch.

Kevin entra no caminho dele.

— O quê, você é um cara durão?

— Isso não te diz respeito.

Mas aparentemente diz. Diz muito respeito a Kevin. Na cabeça dele, Mitch é o cara que deu a ele as chaves para o salão da primeira classe, e Kevin não vai deixar ninguém aprontar com seu benfeitor, especialmente não um ator inútil que se acha fodão porque um roteirista lhe deu algumas palavras fodonas para dizer.

Ele diz isso a Vince.

— Você pode *achar* que é um cara durão porque está *interpretando* um cara durão, mas isso não te *transforma* num cara durão. Então, se eu fosse você, calava a boca e fazia o que o homem pediu.

Vince está assustado, mas não pode recuar ali — não na frente dos outros atores e de toda a equipe. Então ele se mantém firme, mas a voz é um pouco fraca quando ele fala:

— Mas você *não* é eu!

— E você não é *eu*, cuzão — diz Kevin. — E, confie em mim, você também não é Sal Antonucci.

Se você fosse, pensa Kevin, *já teria sangue no chão*.

Isso atinge Vince no fígado. Ele *é* Sal Antonucci, ele está *canalizando* a porra de Sal Antonucci. Fez toneladas de pesquisas, assistiu a *Os bons companheiros* uma dúzia de vezes. Ele até chegou a exibir *Caminhos perigosos*, então foi pesquisa profunda. Ele está tão dentro de Sal, Sal está tão dentro dele, que ele responde, no seu melhor sotaque italiano da Costa Leste:

— Que porra você sabe de Sal Antonucci?

— Ele matou vários amigos meus — responde Kevin.

Vince está improvisando uma cena agora. Esquece que não está em alguma aula de atuação em West Hollywood e diz:

— Então talvez você não seja um cara tão durão.

Quando Vince volta a si, sua mandíbula dói pra caramba, ele está com náuseas, Mitch trancou todo mundo dentro do estúdio, e uma multidão, incluindo a equipe de segurança do lugar, está entre ele e Kevin Coombs.

Um deles é Sean South, o que é uma boa coisa, porque ele é a única pessoa ali que realmente poderia interferir sem terminar morto. Ele pega Kevin pela frente da camisa e o empurra para longe.

— Jesus, Kev.

— Ele pediu.

Então Hollywood fica ainda mais maravilhosa para Kevin Coombs. Ele está esperando a polícia chegar, acusação de agressão, um tempo na cadeia, mas nada daquilo acontece. O empresário de Vince está em cima do lance, e se certifica de que nada daquilo aconteça. A reputação de *bad boy* de Vince está baseada nele como o agressor, não o agredido, e toda a máquina de propaganda do estúdio entra em sobrecarga para se certificar de que nem uma palavra sobre esse nocaute com um soco se espalhe.

Sem policiais, sem advogados, sem imprensa.

Sem consequências.

A não ser para Mitch, que perde um dia de filmagens porque sua estrela está no trailer com um saco de gelo na mandíbula inchada, que por fim, graças a Deus, não está quebrada. Há certa satisfação em ver D'Alessandro ser socado, sem dúvida, mas Mitch tem um filme para fazer. Mitch não é nenhum covarde — ele confronta Kevin sobre aquilo, mas faz isso com cuidado.

— Aquilo não foi legal — diz Mitch.

— Ele te desrespeitou — responde Kevin.

— Desentendimentos artísticos acontecem em um set o tempo inteiro — fala Mitch. — Não pode deixar isso afetar você. Certamente não até o ponto de se tornar físico.

E isso prova que Mitch ainda não compreende o que tem em mãos ali. Vince tinha basicamente dito que, se Kevin fosse realmente durão, seus amigos ainda estariam vivos, e aquilo pedia uma resposta física. E aqui está Mitch a dois passos de aconselhar Kevin Coombs a "usar suas palavras".

— Sinto muito — diz Kevin. Ele não sente, só tem medo de ser expulso de um mundo no qual jogam dinheiro grátis, comida grátis e buceta grátis em cima de você. Se jogassem bebida grátis, Kevin jamais iria embora. (Na verdade, jogam, Kevin apenas não tinha descoberto como trabalhar esse aspecto ainda.)

— Não pode acontecer de novo — fala Mitch.

Ele anda de volta até a mesa do diretor, onde Larry Field, o produtor executivo, tirado de um café da manhã de negócios, já tinha chegado em resposta à ligação para a emergência.

— Que porra é essa, Mitch?

O filme é a tentativa de Larry de obter sucesso de verdade. Com trinta e três anos, ele fez quatro filmes independentes, dos quais o terceiro conseguira sucesso no circuito de festivais, mas o quarto fora um sucesso-surpresa que ele trouxe por belos dez milhões. Ele usou essa soma para fazer o estúdio lhe comprar *Providence*, infernizou Susan Holdt até que o contrato fosse fechado, então entregou o livro pessoalmente a Mitchell Apsberger e ligou para o homem duas vezes por semana até que este leu e concordou em dirigir, se gostasse da adaptação para as telas.

Larry então foi até o time de roteiristas da Kelmer and Hoyle, que acabara de receber uma indicação para o Oscar por *Aurora amarela*, os levou para um almoço e os instigou com seu entusiasmo ilimitado até que eles telefonaram para Sue Holdt, disseram-lhe que estavam no Osso com "o incansável Larry Field" e queriam que *Providence* fosse o próximo projeto deles.

O acordo foi fechado naquela tarde.

Três meses depois, Larry tinha um roteiro aprovado que levou a Mitch, que, por sua vez, pediu algumas mudanças, então Larry enviou o roteiro por mensagem para o empresário de Diane Carson. Ele gostou, achou que Diane deveria fazer, mas a atriz estava num centro de reabilitação e não estava lendo roteiros no momento. Larry, com o roteiro na mão, estava literalmente esperando do lado de fora dos portões da clínica em Malibu — junto a um monte de paparazzi — quando Diane saiu, abriu caminho empurrando, depois ajudou os seguranças de Diane a passá-la pela multidão e entrou no carro com ela.

"Eu te conheço?", perguntara.

"Sou o cara que tem o seu Oscar", respondeu Larry, colocando o roteiro no colo da atriz.

Dois dias depois, o empresário dela ligou e fecharam o acordo. Com Diane comprometida a interpretar Pam, Larry conseguiu Sam Wakefield para o protagonista masculino, Pat, com participação especial de Vince D'Alessandro interpretando Sal, e até tinha convencido Dan Corchoran — Oscar de melhor coadjuvante dois anos antes — a aceitar um papel pequeno, mas saboroso, como Danny.

Era o pacote dos sonhos com Apsberger dirigindo aquelas estrelas, e o estúdio deu prioridade ao projeto. Agora, com Diane de volta na reabilitação e dois gângsteres aprontando no set, a situação está ameaçando descarrilar.

— Quero esses caras fora do set — diz Mitch.
Larry fala:
— Acabamos de pagar cem mil para eles estarem *no* set.
— Então dê mais cem mil para botá-los para *fora*.
É, isso não vai acontecer.
Isso poderia funcionar com um empresário, que olharia a oferta e pensaria que tinha conseguido duzentos mil sem fazer nada e sairia da mesa.
Mas não é assim que um criminoso pensa.
Um criminoso pensa que, se você oferece duzentos mil dólares para ele não fazer nada, deve ter muito mais dinheiro para gastar, então ele deveria ficar e atingir a fonte principal. O criminoso quase se sente insultado se você lhe oferece um troco para não fazer nada. Ele realmente acha que merece muito mais por não fazer nada.
É nesse ponto que a indústria cinematográfica e a classe criminosa se cruzam.
Um coro sereno em uma harmonia perfeita de indolência e ganância.
Larry bate à porta do trailer de Kevin e Sean e ouve um emburrado "Entre".
Kevin está sentado em um banco estofado, com uma cerveja gelada na mão e uma dose de Walker Black na outra. Enquanto toma o uísque, está segurando a cerveja sobre a mão de socar, que está vermelha e levemente inchada. O produtor faz a proposta:
— Decidimos que vamos para uma direção um pouco diferente, mas queremos nos assegurar de que vocês sejam compensados de modo justo pelo trabalho até este ponto.
Sean e Kevin querem se assegurar de que sejam compensados de modo justo, também. Na verdade, querem se assegurar de que sejam compensados de modo *injusto*, assim decidem que querem ir para uma direção um pouco diferente.
— Queremos crédito de produtor — anuncia Sean.

— Crédito de produtor — repete Larry, realmente perplexo. Ele nem sabe como esses caras conhecem um jargão da área como "crédito de produtor". De qualquer modo, está fora de questão. Não é apenas colocar os nomes deles nos créditos na tela, eles teriam de receber uma bela taxa de produção. Poderiam até estar pedindo (é possível?) uma parte no filme. Esses dois empregados querem ser nossos sócios?

Sim.

Bem-vindo ao crime organizado.

Você quer realidade? Não tem como ficar mais real que isso.

Mas Larry ainda não entende isso. Ele olha para os dois caras como se fossem loucos. Claro, ele pode não conhecer o mundo deles, mas eles certamente não conhecem o de Larry. Não sabem que você não entra simplesmente em um filme grande como consultor e depois se torna produtor. E eles esperam isso por fazer o quê? Espancar uma das estrelas?

Aparentemente sim, pois Sean continua:

— Achamos que é justo. Veja, Bobby escreveu sobre isso, mas nós vivemos. Você está fazendo dinheiro com a nossa vida, e achamos que devemos ser recompensados por isso.

— Além disso — completa Kevin —, com a gente como produtores, tendo uma sensação de propriedade, você não precisaria se preocupar com o tipo de problema de segurança que teve hoje de manhã.

— Quê?

— Se eu não estivesse aqui — explica Kevin —, aquele ator, aquele Vince, teria dado um golpe limpo no seu diretor. Não sei onde seu segurança estava, mas não era onde deveria estar. Conosco no barco, você não vai ter mais preocupações.

Então agora o mafioso se dá crédito por ter socado a estrela, como se fosse uma coisa *boa*.

— Por outro lado — diz Sean —, sem a gente...?

Ele franze o cenho e dá de ombros, como se tentasse indicar que era uma proposta muito arriscada.

E isso é exatamente o que ele está tentando indicar. Chame de extorsão, proteção, do que quiser, a inferência é nítida: coloque a gente na ação, com um crédito de produtor — ou coisas ruins vão acontecer.

Larry está na estrada há tempo suficiente para se lembrar da última vez que a máfia tentou se infiltrar na área do cinema, no começo dos anos 1970, via sindicato dos assistentes de palco, e eles conseguiram um sucesso modesto até que a Comissão de Controle do Crime Organizado os expulsou. Mas esses dois marginais? Será que estão trabalhando por conta ou representam alguém maior?

É a mesma pergunta que a chefe do estúdio faz quando Larry conta o problema para ela. Ele havia ganhado tempo, dissera a South e Coombs que era complicado, que teria de falar com os executivos do estúdio, então tirou Mitch do set e o foi para o escritório da presidente.

Susan Holdt já está de saco cheio desse maldito filme. Claro, deve ser o Oscar há muito devido de Mitch, e uma dádiva nas bilheterias, mas até agora não foi nada além de dor de cabeça — a adolescência infinita de Vince D'Alessandro, a recaída de Diane, e agora os dois marginais que Mitch tinha contratado como consultores estão tentando arrancar mais dinheiro de um projeto que já está sobrecarregado com acordos de participação.

Susan conhece os acordos de participação. Ela mesma fez vários como produtora independente, e depois como executiva, conforme fazia sucesso atrás de sucesso, que finalmente a levaram até o grande cargo no estúdio avariado. Como mulher no topo de uma área que, apesar de fingir ser liberal e politicamente correta, é notoriamente machista, Susan foi chamada de todos os nomes que são aplicados a mulheres de sucesso — "vaca" e "megera" sendo as mais amenas. Aos quarenta e três, está acostumada com isso. Trabalhou muito para chegar até aquele lugar. Agora rica, atraente e poderosa, ela agarrou a vida pelo colarinho e não vai soltar. Uma casa enorme nas colinas de Hollywood, um marido escritor respeitável que sabe de onde vem o pão e assim tolera a fileira de amantes jovens que ela encontra no Hotel Beverly Hills, horários regulares no José Eber e, acima de tudo, um emprego que, embora tenha níveis altos de estresse, pelo menos nunca é tedioso.

Agora ela pergunta:

— Esses caras estão na máfia?

Mitch dá de ombros.

— Costumavam estar.

— Não foi essa a pergunta que fiz, Mitch — diz Susan. — Quero uma água. Alguém mais quer uma água?

Mitch balança a cabeça. Ele não quer uma água — quer um martíni duplo e uma semana em sua casa em Maui.

— Eu gostaria de uma água — fala Larry.

Susan chama a assistente e pede duas águas. Ela está tentando beber oito garrafas daquela merda todo dia, o que seu treinador assegura que vai levar embora aqueles últimos dois quilos teimosos. Donnie vai à casa dela às 5h30 da manhã às segundas, quartas e sextas para torturá-la até ficar em forma.

A assistente entra com duas garrafas sofisticadas de água.

— Eu preciso saber — prossegue Susan — se esses caras são ligados à máfia e se poderiam nos causar problemas nos sindicatos, caso em que vamos levá-los a sério; ou se são só dois marginais aproveitadores, caso em que só os expulsamos daqui e chamamos a polícia.

— Não quero acordar com uma cabeça de cavalo na cama — diz Larry.

— Mais um senhor Cabeça de Batata — fala Mitch.

— Quê?

— Piada ruim de irlandês.

— De qualquer jeito — retoma Susan —, não há como dar crédito de produtor a eles. O projeto já tem muita carga em cima. Só a parte de Diane...

— Você soube dela? — pergunta Mitch.

— Ela pode dar telefonemas agora — responde Susan. — Parecia bem. Alegre. Ela me convidou para a cerimônia de graduação.

— Você vai?

— Claro. — Ela e Diane Carson tiveram o primeiro sucesso comum juntas. De certo modo, devem sua carreira uma à outra, e ainda são amigas próximas. Fora Susan quem persuadira Diane a voltar para o centro de reabilitação dessa última vez.

Larry diz:

— Oi? E nosso pequeno problema de gângsteres?

Susan sorri.

— Um deles realmente deu um soco em Vince?

— Deu — confirma Mitch.

— Eu deveria mandar uma cesta de muffins para ele — fala Susan.
— Faça os advogados começarem a negociar com esses caras.
Larry diz:
— Você não vai de fato...
— Claro que não — interrompe Sue. — Mas vou ganhar um pouco de tempo para descobrir como lidar com eles de verdade.

Mitch se levanta do sofá. Ele tinha feito três filmes com Susan e sabe, pelo tom dela, quando uma reunião acabou. Além disso, já está duas horas atrasado, sem chance de completar o dia, e precisa se sentar com o assistente de direção para reconfigurar o cronograma de filmagens.

— Obrigado, Susan.
— De nada — responde Susan. — Da próxima vez, Mitch? Talvez um drama histórico sobre pessoas mortas?
— Pode contar com isso.

Susan termina a água e se pergunta como pode se livrar daqueles palhaços.

Os palhaços não vão a lugar algum.

Os palhaços em questão, vulgo Coroinhas, estão chocados e deleitados com a facilidade de arrancar dinheiro do povo do cinema.
— Um soco — diz Kevin.
— Incrível — Sean concorda.

Então é bom ser Sean South e Kevin Coombs.

Sean leva o papel de produtor a sério. Ele aparece no set na hora da primeira filmagem toda manhã, passa o dia inteiro oferecendo dicas e experiência para se certificar de que o filme seja realista, então vai para casa com Ana para um jantar quieto, um pouco de vinho e um pouco de sexo antes de dormir cedo para fazer a mesma coisa de novo no dia seguinte.

Kevin trabalha de um jeito um pouco diferente. Ele chega ao set na hora do almoço, vê uma tomada ou duas, então vai para o trailer e faz ligações para Larry Field ou para o departamento jurídico do estúdio a fim de descobrir como vão as negociações.

Ele não leva muito tempo para perceber que o estúdio está enrolando.

— O que você quer fazer? — Sean lhe pergunta quando Kevin dá as más notícias.

Kevin sabe exatamente o que fazer: vai até o representante do sindicato de auxiliares de palco no set, mostra o cartão da Associação Internacional de Estivadores e solta alguns nomes. Talvez também solte alguns milhares com a sugestão de mais de onde veio isso, irmão, assim que o acordo sair.

No dia seguinte, o representante encontra duas violações de segurança do trabalho no set; no dia depois daquele, mais duas. E o trabalho começa a desacelerar, os iluminadores não têm pressa entre cada posicionamento, e fica pior quando as filmagens saem do estúdio, usando o centro de L.A. para certas cenas de Providence. Os caminhões são lentos para chegar até lá, os descansos dos motoristas precisam ser na hora certa, o descarregamento é lento e exige cada peça do equipamento de segurança. Um aquecedor em um caminhão não está funcionando direito, então o caminhão não sai e é preciso achar um novo. Os atores ficam esperando nos trailers enquanto os motoristas das vans de transporte fazem pausas. Caminhões se perdem ou ficam presos no trânsito.

A produção começa a sufocar.

Com as mãos dos Coroinhas em torno do pescoço.

— As coisas estão realmente atravancadas — diz Larry para Kevin um dia, tentando abordar o assunto do modo mais sutil que pode. Estão numa viela do lado externo do Hotel Biltmore, no centro de L.A., fingindo que é uma viela de Dogtown. O produtor de arte tinha salpicado o local com lixo específico de Providence: copos do Del's, embrulhos do White Castle, latas amassadas de 'Gansett, até um programa de hóquei dos Providence Reds manchado de lama falsa. Se não fizesse sol e calor em vez de tempo frio e nublado, Kevin juraria que estava *mesmo* em Providence.

— Deve ser alguma coisa no ar — ele fala. — Minhas negociações estão demorando para sempre, também.

Tipo, "Ligue os pontos, idiota. Cigano liso de Hollywood, acha que pode roubar os brutamontes ignorantes que não sabem como as coisas funcionam e vão cair fora da estrada na curva de aprendizado. Bem, deixe-me ensinar a *vocês* como as coisas *realmente* funcionam na porra do mundo de verdade, seus filhos da puta bebedores de água, comedores de salada e fazedores de reuniões".

Mitch está arrancando o cabelo grisalho distinto. Ele bem poderia limpar a bunda com o cronograma de filmagens, o orçamento está inflando feito moeda de terceiro mundo, Vince D'Alessandro tem medo de sair do trailer (Deus sabe o que aquele idiota está sonhando lá dentro para tentar fazer o pau crescer de novo), Diane Carson vai sair da reabilitação para um set que não está pronto para ela, e a última coisa que você pode dar a Diane é tempo livre.

Ele faz uma ligação de emergência para Susan Holdt.

Ela é inteligente demais para ir ao set e dar a Kevin e Sean a ideia (correta) de que eles estão mexendo os pauzinhos.

O estúdio é propriedade de um conglomerado multinacional que envia um agente do FBI aposentado chamado Bill Callahan, o chefe de segurança deles.

Encontram-se no centro, no Clube Atlético de Los Angeles, do qual ela é sócia. Callahan a teria encontrado em Burbank, mas ela não quer colunistas de fofoca topando com o almoço de ambos, e nenhum colunista cobre o antiquado e bem fora de moda Clube Atlético. De qualquer jeito, ele reserva uma sala privada.

Callahan está impressionado com Sue Holdt. Ela projeta poder e confiança ao pedir um martíni e um filé malpassado em vez da merda fru-fru que ele esperava.

— Eles fazem um bom martíni — diz Holdt —, mas tenho um estoque privado de *scotch single malt* aqui.

— Desafio aceito — fala Callahan.

Ela não perde tempo com conversa-fiada.

— Preciso da sua ajuda com o meu problema Coombs e South — ela diz.

— Você não tem um problema Coombs e South — Callahan responde. — Você tem um problema Danny Ryan. Perdoe minha linguagem, mas Coombs e South nem mijam sem a aprovação de Ryan.

— Então, o que você vai fazer a respeito do meu problema Danny Ryan? — pergunta Holdt.

Callahan diz:

— Para o seu próprio bem, o do estúdio, o da empresa matriz... Inferno, Susan, para o *meu* próprio bem... Preciso te dizer que precisa ter um pouco mais de paciência com essa situação.

— Paciência? — retruca Holdt. — Bill, eu tenho um filme com hemorragia de dinheiro aqui. O tempo não está a meu favor.

— Entendo.

— Aparentemente não, porque...

— Vou cuidar do seu problema, prometo. Mas preciso de um pouco de tempo para preparar.

— Preparar o *quê*?

— Uma reunião sua com Ryan — responde Callahan. — Você aceita?

Por fim, ela aceita.

Callahan faz um telefonema para Madeleine McKay.

CATORZE

Se Danny se sente deslocado em Las Vegas, Bill Callahan parece um extraterrestre que bateu a espaçonave.

Danny o observa sair do carro de terno marrom, camisa branca apertada demais no pescoço e uma gravata que literalmente fecha o negócio. O homem já está suando, o rosto vermelho, embora Danny ouça o ar-condicionado funcionando quando ele abre a porta. Callahan é um cara de Boston transplantado para L.A., Danny sabe, então Las Vegas deve ser outro planeta.

Danny sabe como é a sensação.

O que ele não sabe é o que um ex-executivo do alto escalão do FBI quer com ele, ou por que pediu a Madeleine para arranjar o encontro. Ela compartilha informação e influência com uma série de políticos, agentes da polícia e magnatas dos negócios, então ele não está surpreso por ela conhecer Callahan.

Ela sai e cumprimenta o agente na entrada e o acompanha para dentro.

— Danny Ryan — fala Madeleine —, Bill Callahan.

Eles se sentam na sala. Callahan aceita uma cerveja gelada, então Madeleine diz:

— Vou deixar vocês conversarem.

Callahan dá o pontapé inicial.

— Primeiro de tudo, não estou interessado em nada que aconteceu em Providence ou qualquer coisa que pode ou não ter acontecido a respeito de Domingo Abbarca.

Jesus, pensa Danny, *ele sabe do acordo com Harris.*

— Certo. Mas por que está aqui?

— Dois membros da sua antiga equipe, Coombs e South, saíram fora do radar, certo?

Danny assente com a cabeça.

— Bem, eles apareceram.

Callahan conta o que os Coroinhas andaram aprontando em Hollywood, que Sue Holdt o procurou pedindo ajuda, por isso tinha telefonado para Madeleine para arranjar aquela conversa.

— Você quer que eu bote rédeas neles — conclui Danny.

— É o melhor para todos.

É, pensa Danny. *South e Coombs aprontando poderiam levantar muita poeira de um passado que é melhor deixar quieto.*

— Você ainda tem influência sobre eles? — pergunta Callahan.

— Acho que eles me dariam ouvidos.

— Então vai fazer isso?

— Gostaria de falar primeiro com Sue Holdt — responde Danny.

— Ela me mandou.

— Se ela quer que eu converse com o meu pessoal — fala Danny —, pode conversar comigo. Do contrário... quer dizer, não sou eu que estou pedindo, sou?

Ambos entendem a dinâmica de poder — Holdt precisa de Ryan, Ryan não precisa de Holdt.

— Vou falar com ela — diz Callahan.

Madeleine espera Callahan ir embora antes de voltar para a sala.

Quando ela se senta, Danny lhe conta sobre a conversa com o agente do FBI e pergunta:

— O que acha?

— Se os fatores permanecerem os mesmos — ela responde —, acho que deveria fazer isso.

— Por quê?

— Porque influência é poder — explica Madeleine. — Há coisas piores do que a chefe de um dos maiores estúdios ficar lhe devendo um favor.

— O que ela pode fazer por mim?

— Nunca se sabe.

Danny pensa por um momento e então fala:

— Odeio ter que deixar Ian de novo.
— Leve-o com você.
— Um menino de três anos em Hollywood?
Todo mundo em Hollywood *tem* três anos, pensa Madeleine. Ela diz:
— Existem babás em Los Angeles. Vou providenciar isso. Vai ser uma experiência de aproximação para vocês.

Ela odeia a ideia de Ian ir embora, mesmo por um período curto, mas tem outros interesses — Ian conseguir uma nova mamãe. Danny, um viúvo rico com um menininho fofo? Erva-de-gato para jovens mulheres disponíveis.

Irresistível.

Três noites depois, Danny Ryan está no banco do passageiro enquanto Callahan serpenteia pela rodovia estreita e sinuosa para Hollywood Hills.

Por recomendação de Sue Holdt, Danny está ficando no Peninsula, em Beverly Hills.

Ryan já tinha sido registrado quando ele e Ian chegaram ao saguão, e o concierge os levou para uma suíte, que tinha dois quartos grandes, uma sala e um terraço privado com vista para Los Angeles.

A babá chegou logo depois, uma jovem competente e profissional chamada Holly.

Madeleine estava certa sobre a aproximação — sem ela ali como mediadora, Ian se envolvera com o pai durante as novas experiências empolgantes e assustadoras do aeroporto e do voo e ficava encantado em dizer para Danny o nome de tudo o que via.

Ian também estava encantado — os tipos da educação infantil diriam "superestimulado" — com a suíte do hotel, e ele e Danny tinham subido para a piscina no topo e entrado na água juntos, o pai empurrando o menino de costas, ensinando-o a boiar, Ian até tentando nadar cachorrinho nos braços de Danny. Então sentaram-se à beira da piscina comendo cachorro-quente e batata frita, e quando o pai saiu naquela noite para o encontro, Ian chorou um pouco, mas logo se ajeitou contente com um dos jogos que Holly tivera a ideia de trazer.

Agora Callahan para em um portão de madeira polida. Ele abre a janela e fala em um interfone. Um momento depois, há um zumbido elétrico, o portão sólido desliza e Callahan estaciona na entrada.

A casa de Holdt fica à direita da entrada, numa parte mais baixa do terreno. É uma casa térrea moderna, com imensas janelas panorâmicas, um deque circulando toda a estrutura e um gramado amplo abaixo. Danny sai do carro e segue Callahan no caminho de pedras que beira a piscina suavemente iluminada.

Callahan toca a campainha e segundos depois Holdt aparece na porta, segurando um imenso galgo pela coleira. A cabeça do cachorro chega ao peito de Danny, e ele enfia o nariz na barriga dele.

— Ele é manso — diz Holdt. — Só exuberante. Vamos, Midnight.

Ela puxa o cachorro de lado enquanto estende a outra mão para Danny.

— Sou Sue Holdt.

— Danny Ryan. É um prazer conhecê-la, srta. Holdt.

— Susan — ela fala. — O prazer é meu. Por favor, entrem.

Ela aponta para uma sala rebaixada.

— Alguém gostaria de um café, um chá ou qualquer coisa?

— Não, obrigado — responde Danny.

Callahan acena que não.

Ele e Danny sentam-se em um sofá grande de frente para uma janela panorâmica com uma vista deslumbrante da cidade. As luzes de Los Angeles brilham sob eles, como se você estivesse sentado no céu, olhando para baixo.

Holdt está vestida de modo deliberadamente casual, uma blusa preta desbotada e calça jeans velha. Senta-se em uma poltrona grande e muito fofa, coloca os pés descalços debaixo do corpo e beberica uma caneca de chá verde. Um livro de capa dura está aberto em uma mesa lateral ao lado dela.

Ele não é o que ela havia esperado. Tinha pensado que encontraria uma versão um pouco mais velha de Kevin e Sean, ou um mafioso clássico. Mas Ryan é discreto — um homem de fala mansa com um terno cinza modesto, camisa branca aberta no pescoço, mas sem correntes. Os sapatos são simples oxfords pretos — engraxados, mas não brilhantes. O cabelo castanho é curto, limpo, recém-cortado.

— Danny — ela começa —, Bill me disse que você poderia me ajudar com um problema que estou tendo.

— Em primeiro lugar — diz Danny —, se Coombs e South causaram qualquer problema, peço desculpas. Não entro em contato com eles faz um tempo. Mas estou aqui agora. Seus problemas com eles terminam amanhã.

— Em troca de...

— Kevin e Sean têm certa razão — fala Danny. — De certo modo, vocês pegaram nossas vidas e pretendem, ou esperam, de qualquer modo, lucrar com elas.

Certo, pensa Holdt. *Meus problemas com Coombs e South terminam amanhã porque meus problemas com você começam hoje. Você simplesmente vai tomar a tentativa de extorsão e torná-la mais eficiente.*

— Nós compramos um argumento de cinema de modo legítimo — explica Holdt. — Assim, temos todos os direitos de lucrar com essa aquisição. Eu sugeriria que seu problema não é conosco, mas com Bobby Franja.

— Vou lidar pessoalmente com qualquer problema que possa ter com Bobby — diz Danny. — Você comprou os direitos ao trabalho dele. Isso não te dá os direitos à minha vida.

— Todos os personagens no nosso filme são totalmente fictícios.

— Nós dois sabemos que isso não é verdade.

— Você pode ir atrás disso na justiça — fala Holdt. — O que não pode fazer é extorquir dinheiro da minha produção.

Danny gosta dela. Não tem baboseira e não recua. Ele diz:

— Não sou uma pessoa litigiosa e não estou interessado em extorquir dinheiro, estou interessado em uma parceria.

Sue ri.

— Quer que eu te dê uma parte no filme. Dá no mesmo.

— Não quero que você me dê nada — responde Danny. — Eu quero comprar.

Danny fica feliz por ela parecer surpresa. Ele continua:

— Você está atrasada no cronograma e acima do orçamento. Tem uma estrela na reabilitação e outra que deveria estar. O conselho de diretores está no seu cangote porque você apostou o estúdio nesse filme. Sem mencionar sua carreira.

Ele tinha feito a lição de casa — pediu à mãe que colocasse o pessoal dela para pesquisar, e eles pesquisaram.

Bastante.

Holdt não sabe de onde Ryan está recebendo as informações, mas são verdadeiras. Naquela manhã ela tinha aventado a necessidade de mais dinheiro para os executivos e fora um desastre. Ela não tem fundos para terminar o filme e então promovê-lo de maneira significativa, e está a ponto de se lançar nas águas infestadas de piratas dos financiadores privados. Se *Providence* afundar, o estúdio afunda junto, e ela ficará no limbo profissional por ao menos cinco anos antes que o fedor do fracasso se dissipe.

— Estou escutando — ela diz.

— Tenho dinheiro disponível — prossegue Danny. — Mais que suficiente para compensar seu déficit. Vou investir no seu filme, um percentual direto do orçamento por outro do lucro total, desde a estreia.

— Essa é uma oferta que não posso recusar? — ela pergunta. — E se eu disser não?

— Você não vai, porque é muito inteligente — responde Danny. — Mas, se disser, ainda vou conversar com Kevin e Sean e nunca mais vai ouvir falar deles ou de mim de novo. Também não vai conseguir terminar seu filme, mas isso é problema seu.

— Essas verbas — ela fala. — Elas são...

— Limpas.

Callahan diz:

— O senhor Ryan não é alvo de nenhuma acusação nem pessoa de interesse em nenhuma investigação.

Sue se vira para Danny.

— Você deve ter outras condições.

— Eu tenho — continua Danny. — Meu contador vai para o seu escritório financeiro com acesso a todos os livros, e ele monitora cada centavo que entra e sai.

— Posso viver com isso — ela fala. — O que mais?

— Porque sempre precisa ter alguma coisa — uma namorada que ele quer no filme, uma atriz que ele quer namorar, uma taxa de consultoria, ingressos para o *The Tonight Show*...

— Quero ir ao set — responde Danny — para ver o que estou comprando. Se estiver uma bagunça total, o acordo está desfeito.

— Você quer dizer se Diane Carson estiver uma bagunça total — diz Sue.

— É o que quis dizer, sim — concorda Danny. — Conheci viciados a vida inteira, Sue. Não vou apostar uma fortuna em um deles.

— Diane não é uma "viciada".

— Ótimo — fala Danny. — Espero que eu pense isso depois de ter me encontrado com ela.

Eles se encaram por um momento, então Sue declara:

— Você é certamente bem-vindo no set. Qualquer hora.

— Então temos um acordo?

Sue assente com a cabeça.

Eles têm um acordo.

Danny vai ao estúdio.

Escoltado pessoalmente por Holdt desde o portão de segurança, ele também tem Jimmy Mac e Ned Egan de cada lado. É bom ter um pouco de ajuda se Kevin e Sean decidirem que querem ser desagradáveis.

Ned está em L.A. de qualquer jeito, e, ainda que Jimmy esteja no processo de mudar a família para San Diego, ele sempre estará disponível para Danny.

É bizarro, pensa Danny, andando pela "rua" que foi feita para parecer Dogtown. Como se alguém pegasse sua vida, suas lembranças, e as construísse como um set de brinquedo em tamanho real. Eles estão na frente da velha farmácia, da Charutos McKenzies, do restaurante chinês de *chop suey* de Wong. Ali está a casa de Pat Murphy, e então, porra, ali está a *dele*.

Danny para e olha. Quase pode ver o pai sentado ali, fumando um Camel e bebendo um copo de cerveja. Também pode se ver ali, como criança, lendo histórias em quadrinhos com Jimmy e Pat, falando merda, planejando como descolar cinquenta centavos para comprar aquela edição especial de aniversário de *Super-Homem*.

— Nós acertamos? — pergunta Holdt.

— Acertaram — responde Danny. — Sim, vocês acertaram.

Eles descem até o estúdio. O que impressiona Danny é o puro ar de *negócios*. Trabalhadores em todo lugar, movendo objetos com urgência, tentando manter o cronograma. Circulando com equipamentos que

Danny não reconhece — aparelhagem de iluminação, telas refletoras, câmeras, suportes de microfone. Fios e cabos se espalham por todo o lugar. Para todo lado, pessoas que se movem, movem, movem.

Indo rápido.

Pulsando de energia.

— Vocês trabalham duro — ele comenta.

— Trabalhamos, sim — concorda Holdt. Ela fala um pouco sobre o que ele está vendo, mas Danny mal a ouve. Está perdido na pura estranheza daquilo, ver a própria vida replicada, mas um pouco mais. Tudo é um pouquinho mais bonito, mais esfarrapado, mais colorido... só um tiquinho mais que a vida real.

Ou mais que as minhas lembranças, de qualquer jeito, pensa Danny. *O que levanta uma questão — a versão de Hollywood é mais viva, ou minhas memórias estão embaçadas?*

— Essa porra é realmente incrível — diz a Jimmy Mac.

— É, é sim.

— Não conseguimos escapar dos velhos tempos — fala Danny. — Não importa para onde vamos.

Jimmy parece deslumbrado, torcendo o pescoço para ver tudo. A cabeça de Ned está girando, também, mas por uma razão diferente — aglomerações de pessoas e muita atividade o deixam nervoso. Ele não gosta.

— Quer conhecer você mesmo? — Holdt pergunta a Danny.

— A vida toda — ele responde.

— Venha.

Danny a segue até a periferia de um set que é...

Merda, pensa Danny. *É o Glocca Morra.*

Metade dele, de qualquer modo. À direita dele está outro set que é a metade oposta. É esquisito pra caralho ficar na beirada, olhando através da pequena multidão de técnicos e outro grupo de pessoas em torno de uma câmera grande montada num carrinho, todos assistindo com atenção à ação no set.

Quatro atores estão sentados na mesa do fundo.

Aquela velha mesa de madeira, pensa Danny, *onde o Velho Murphy comandava a corte como um antigo rei celta.* E, de fato, o velho Harp está sentado ali, seu copo de uísque na mesa diante de si, um cigarro brilhando num cinzeiro lascado.

Os detalhes, pensa Danny. Alguém fez sua pesquisa.

O velho está conversando com...

Porra, aquele sou eu, pensa Danny. Ele olha para o ator, vestindo o que ele teria usado, cabelo comprido e bagunçado, o corpo embrulhado no velho casaco de marinheiro, embora esteja do lado de dentro. E o cara sentado ao lado dele — aquele é Pat. Aquele só pode ser Pat — bonito, carismático, sério. Danny reconhece vagamente o ator interpretando Pat, talvez o tenha visto em um ou dois filmes. Não reconhece nem vagamente o ator que o interpreta. *Faz sentido*, ele pensa, rindo sozinho. *Eu não era uma estrela em Dogtown. Não sou uma estrela agora.*

O quarto ator em cena só pode ser Liam Murphy. Um rapaz bonito com o sorriso matador de mulheres. Só pode ser Liam. Porra de Liam, que começou aquilo tudo. Porra, porra de Liam Murphy.

Danny olha de novo para "ele mesmo". Holdt o vê encarando o ator, sorri e aponta um dedo para o peito de Danny. Faz com os lábios: "É você".

Danny assente, então balança a cabeça, tipo "Isso é tão esquisito".

Holdt pega fones de ouvido do suporte da câmera, os coloca na cabeça de Danny, e agora ele pode ouvir o que os atores estão dizendo:

— *Você se importa mais com aquela buceta do que com a sua família.*

— *Não fale assim dela.*

— *Liam, é verdade. Se você conseguisse deixar a cobra dentro da gaiola...*

— *Eu a amo.*

— *"Amo". Que porra...*

"Eu" não digo nada, pensa Danny. Típico — o bom soldado. Ele olha para Jimmy, que olha de volta para ele e faz com a boca: "Do caralho".

— *Precisamos revidar.*

— *Eles só podem colocar mais uns tantos caras na rua.*

— *Não vou abrir mão dela, pai.*

Danny se lembra daquela conversa. Na verdade, foi mais ou menos daquele jeito, exceto que foi no jardim dos Murphy, não no Gloc, e o Velho Murphy não deu um tapa em Liam. *Mas imagino que desse jeito seja mais dramático*, pensa Danny.

— Corta!

Um zumbido agudo vem pelos fones e traz Danny de volta ao presente. O set está em movimento de novo, técnicos mudando luzes, cabos e lentes de câmera enquanto o cara que parece estar no comando diz:

— Vamos fazer o close.
— O que você acha? — Holdt pergunta a ele.
— Incrível.
— Vou apresentar você a você mesmo.

Ela o leva para o lado do set onde está o ator que o interpreta, bebendo de uma garrafa plástica de água.

— Dan Corchoran — Holdt diz com um brilho de prazer travesso no olhar —, conheça Danny Ryan.

Corchoran parece pasmo.
— Sério?

Danny estende a mão.
— Prazer em conhecê-lo.
— Prazer em conhecê-lo — diz Corchoran. — Quer dizer... Jesus... o quanto *isso* é esquisito?
— Esquisito o bastante — responde Danny.
— Escute — começa Corchoran —, eu adoraria ter a chance de me sentar e conversar com você. Entrar no seu cérebro. Ahn, você tem planos para o almoço?
— Ele tem — fala Holdt. — Outra hora?
— Claro.
— Danny, isso funcionaria para você? — pergunta ela.
— Claro.
— Legal — diz Corchoran. — Bem...
— É — fala Danny.
— Quero que conheça o Mitch — diz Holdt.
— Quem é Mitch?
— O diretor — responde Holdt. — Ele trabalha para você.

Eles vão encontrar Mitch. Fica evidente para Danny que o homem foi informado, que ele sabe que Danny está cuidando do problema com Kevin e Sean, que está fazendo uma transfusão de dinheiro para o orçamento hemorrágico deles. Então Mitch para tudo e tem uma conversa educada com ele.

— Estamos acertando?

— Acertando demais — responde Danny. — Para dizer a verdade, é um pouco dolorido.

— Ótimo.

— Não me deixe atrapalhar — fala Danny. — Sei que está num cronograma apertado.

— Falou como um produtor — diz Mitch. — Gosto disso. — Ele aperta a mão de Danny de novo e volta ao trabalho. Mesma cena, exceto que dessa vez a câmera está dando um close no Velho Murphy.

— Olhe o monitor — Holdt sugere.

Danny assiste. Ele olha para a pequena tela de televisão ao lado da câmera e assiste ao ator dizer:

— *Você se importa mais com aquela buceta do que com a sua família.*

Assiste à reação dele quando Liam retruca:

— *Não fale assim dela.*

E quando Pat diz:

— *Liam, é verdade. Se você conseguisse deixar a cobra dentro da gaiola...*

— *Eu a amo.*

O rosto do ator se retorce em um risinho enojado, amargamente entretido. Ele traga o cigarro, coloca-o com cuidado de volta no cinzeiro e rosna:

— *"Amo". Que porra...*

O Velho Murphy está igualzinho, pensa Danny. Ele amava dinheiro, e poder, e os filhos, e era isso e isso era tudo.

— Corta!

— Você fica ofendido — pergunta Holdt — por não ter muitas falas?

— Não — responde Danny. — Eu era bem quieto.

— Apreendendo tudo.

É tanto um desafio quanto uma observação. Ele não o aceita.

— Não, acho que simplesmente não tinha muita coisa a dizer naqueles dias.

Os Murphy faziam a maior parte da conversa, Danny se lembra. *Especialmente Liam. Liam gostava do som da própria voz; o que ele não gostava era de ver o próprio sangue. Por tudo que ganhou com isso. Não, Liam era o conversador, Pat era quem fazia as coisas. Pat era o irmão Murphy que levava tudo nas costas. Pagou pelos pecados de Liam.*

— Para onde você foi agora? — indaga Holdt.

— Ali atrás — diz Danny.

Uma luz vermelha se acende e o set fica em silêncio.

A câmera está focada no ator interpretando Liam, e Danny assiste enquanto ele diz:

— *Eu a amo.*

Eu me lembro, pensa Danny.

— *Não vou abrir mão dela, pai.*

Mas eu queria pra caralho que você tivesse feito isso.

Então uma haste de luz o atinge, e Danny fica, literalmente, zonzo com a luz das celebridades.

Diane Carson entra no set como uma rainha.

A porta do estúdio se abre e ela entra, iluminada por trás pelo sol. Sua corte — um séquito de cabeleireiras, maquiadores, um coach de diálogos, uma assistente, um segurança, dois agentes e um advogado — zumbe em torno dela.

Ela é linda.

Não, pensa Danny, *ela é mais que linda.* Subitamente ele entende o título "estrela", porque ela brilha de um jeito que as pessoas medianas não brilham. O halo dourado do cabelo, as bochechas altas e esculpidas, e olhos azul-lavanda que, bem, brilham. E o corpo dela é tão sexual, mesmo vestido em um simples suéter cinza-escuro de lã e uma calça jeans velha.

Ele vai diretamente até ela.

Estende a mão e cumprimenta:

— Senhorita Carson, sou Danny Ryan. É um prazer conhecê-la.

— *O* Danny Ryan? — ela pergunta.

A mão dela é morna e forte na dele, e ela não solta.

E a voz dela — profunda, rouca, inteligente. Desafio e boas-vindas ao mesmo tempo. Uma voz para a sala e para o quarto, uma voz que você quer ouvir de manhã.

— Sue me falou tanto de você — ela continua.

— Boas coisas, espero.

Ele a olha diretamente nos olhos, e ela gosta disso. Ela gosta dele, imediatamente. Tem a fala mansa e forte. Gentil, mas há um perigo não muito longe da superfície, e ele sabe quem é. A maioria das pessoas que ela encontra está tentando muito interpretar versões maiores de si mesmas, mas ele não está interpretando nada.

Ele apenas é.

E é bonito. Cabelo castanho e olhos castanho-escuros com um traço de tristeza neles. O nariz quebrado que perturba o que teria sido uma simetria quase feminina. Bochechas vermelhas irlandesas. Peito forte, braços fortes, uma mão forte que aperta a dela de modo quase protetor.

Ela diz:

— A maior parte é boa. Coisas ruins o suficiente para ser intrigante.

— Estou envergonhado em confessar que nunca vi nenhum filme seu — fala Danny.

— Viu, já temos uma coisa em comum — responde Diane. — Eu também nunca vi.

— Está brincando comigo.

— Não — diz Diane. — É sério, não suporto me ver na tela. Eu pareço gorda, pareço velha, atuo mal pra caramba...

— Duas indicações para o Oscar.

— Ah, você fez o dever de casa.

— Eu sempre faço o dever de casa, senhorita Carson.

— Diane.

— Danny.

O apelido no diminutivo precisa acabar, ela pensa. Ele não é "Danny" — ele é "Dan", talvez até "Daniel". Ela decide trabalhar naquilo, e então pergunta:

— Isso é de última hora, eu sei... falta de educação... mas você tem programa para a tarde de sábado? Vou fazer uma reuniãozinha na minha casa. Só uns poucos amigos, e estava pensando se talvez...

— Adoraria — diz Danny —, mas meu filho está comigo...

— Traga-o junto — oferece Diane. — Vai ser uma festa bem "classificação livre". Eu acabei de sair, você sabe...

— Ouvi falar.

— É. Vejo você lá, então. — Diane solta a mão dele com um pequeno aperto e entra no "Gloca Morra".

E Danny tem a sensação de que sua vida acabou de mudar.

Ele observa Mitch orientá-la sobre a cena, então ela se senta numa mesa ao lado de "Liam".

Liam sortudo, pensa Danny, então se vira e vê Kevin e Sean ali parados, parecendo envergonhados e culpados.

— Kevin — diz Danny. — Sean.

Os Coroinhas assentem com a cabeça.

— Precisamos ter uma conversa — fala Danny.

— Podemos ir para o meu trailer — oferece Kevin.

Seu trailer, pensa Danny.

Certo, que se foda.

Quando em Hollywood...

Kevin oferece uma bebida a Danny.

Danny recusa, sugere que Kevin também deveria.

— Você parece um pouco trêmulo, Kev — diz Danny. — Anda bebendo muito?

— Não, só estou surpreso por você estar aqui — responde Kevin.

— Aposto que está — fala Danny. — Sente-se, Kev, relaxe.

Kevin senta-se em um banco estofado, Sean ao lado. Dois aluninhos esperando na sala do diretor. Ned Egan não se senta. Apenas fica ali de pé e dá um olhar duro para Kevin. Jimmy se encosta na porta do trailer, para evitar intrusões.

— Então, vocês estão bem — conclui Danny.

— É, estamos bem.

Danny enfia a mão no paletó. Kevin estremece, mas Danny tira uma cópia da *Entertainment Weekly*, aberta em uma determinada página, a joga sobre a mesa e aponta.

— Vocês dois estão muito bem nessa foto.

Kevin olha para a revista. É um artigo sobre Diane Carson saindo da tranca sem droga, e no fundo do set estão ele e Sean, comendo na mesa de refeições. Sean está com um bagel na boca.

— Um cara precisa comer — fala Kevin.

Ned dá um passo na direção dele, mas Danny levanta uma mão para pará-lo. Ele se estica sobre a mesa.

— Isso é ser discreto? Uma foto numa revista?!

— Eu ia te contar, Danny.

— É mesmo? — pergunta Danny. — Quando?

— Não consegui te encontrar — responde Kevin. — Não sabia onde você estava, como falar com você.

Saco de merda mentiroso, pensa Danny. *Você saiu num porre, e, quando acordou, essa coisa de filme caiu no seu colo, e você sabia que eu não ia aprovar. Então apenas seguiu na moita, esperando que eu não fosse encontrá-lo.*

Ele dá um olhar longo e duro para Kevin, avisando-o de como ele é cascateiro.

— Estávamos com medo de que talvez você estivesse... — Sean para subitamente. Parece pouco diplomático.

— Morto? — completa Danny. — Vocês estavam com medo, ou estavam com *esperança*, Sean?

— *Medo*, Danny. Jesus.

— Porque me parece — diz Danny — que vocês dois têm uma bela operaçãozinha própria rolando aqui.

A verdade é que não se poderia esperar que eles resistissem à tentação daquela coisa esquisita de filme. Por outro lado, ele não pode deixar os dois saírem bancando o rebelde desse jeito, não sem consequências. Se você afrouxa o laço, nunca mais recupera.

— Eu tenho sua parte, Danny — fala Kevin. — Estava guardando para você.

— Não me insulte, Kevin. Não mais do que já insultou. — Danny deixa o silêncio pairar por um minuto, para aumentar a ansiedade. Então diz: — Não estou interessado no que já aconteceu, estou interessado apenas no que acontece a partir deste ponto. Um, acaba a extorsão. Ontem. Eu amo vocês dois como irmãos, mas juro pela alma imortal do meu pai que vou tirar vocês daqui e colocar numa cova.

Ele se certifica de olhar cada um deles nos olhos para reforçar sua sinceridade, então continua:

— Dois, vocês podem cair fora sozinhos, levar sua parte dessa mixaria e fazer o próprio lance. Mas façam sem mim: sem meu conhecimento, minha aprovação, meus conselhos, minha proteção. Vocês estão sozinhos. Nós nos despedimos hoje, sem rancor, mas se algum dia um trombar no outro na calçada, vocês atravessam a rua. Nós não nos conhecemos.

Ele pausa por um segundo para deixar aquilo assentar, então diz:

— Ou, vocês voltam para o negócio, investem *metade* das suas partes desse dinheiro fácil nesse filme. Nós viramos sócios, *conquistando* nosso caminho. Vamos pegar aquele lucro e reinvestir em outros negócios legítimos. Nossos dias de máfia acabaram.

Ele olha para eles por um segundo, então repete:

— *Acabaram.*

Danny abre o pequeno refrigerador, olha o conteúdo sem pressa, então pega uma garrafa plástica de água, do tipo que parece ser um vício do pessoal de cinema. Ele torce a tampa, a joga num cesto de lixo, dá um gole e então diz:

— Se vocês ficarem dentro, ficam sob minha orientação, proteção e *autoridade*. Espero lealdade e obediência de vocês.

Danny fica bem na frente deles e olha para baixo.

— Se acabou, então acabou — ele continua. — Vocês têm minha gratidão por tudo que fizeram. Se decidirem de outro modo, estou ansioso para trabalhar com vocês de novo.

Ele sai.

Passa pela farmácia, pela Charutos McKenzies, pelo restaurante chinês de *chop suey* do Wong e por sua antiga casa.

Para fora do portão e para o mundo real de Hollywood.

QUINZE

Se você me dissesse, lá em Dogtown, pensa Danny, *que eu compraria uma camisa que custa oitenta paus... inferno, se você me dissesse que existia uma camisa que custa oitenta paus... Eu teria dado risada na sua cara.*

De qualquer modo, ele veste a camisa de marca que comprou na loja de presentes do hotel. É preta e vai bem com calça jeans e mocassins.

Vestir Ian é outra questão; tentar enfiar uma criança se contorcendo e rindo em uma camisa, calças e sapatos é como brigar na lama, mas ele finalmente consegue, pede ao manobrista para trazer o Mustang alugado e vai à festa de Diane Carson.

Há um portão de segurança com um guarda no começo da entrada para a casa de Diane. Ele pergunta educadamente o nome de Danny e, quando o ouve, acena para ele entrar direto. Quando chegam à casa, outro manobrista pega o carro.

A porta se abre e eles entram, recebidos por um garçom com uma bandeja de canapés. Outro garçom se aproxima com uma bandeja de bebidas.

Danny pergunta:
— Essas são...
— Sem álcool — diz o garçom. — Todas são. É uma festa sóbria.
Danny pega uma Coca.

Diane os vê do outro lado da sala, faz questão de parar a conversa em que está e se aproxima. Está radiante num vestido branco de verão, o cabelo solto sobre um colar de turquesas.

Ela dá um abraço e um beijo no rosto de Danny, então estica a mão para Ian e fala:

— Oi, eu sou a Diane.

Danny diz:

— Pode dizer oi, Ian?

— Oi.

— Ian — diz Diane —, eu tenho um cachorrinho. Quer vê-lo?

Ian assente com a cabeça.

Ela os leva para fora, para um gramado onde um filhote de golden retriever mastiga um brinquedo alegremente.

— Este é o Pre, Ian.

— Pre? — pergunta Danny.

— Eu o batizei em homenagem a Steve Prefontaine, o corredor — responde Diane. — Fui corredora por um tempo.

— Entendi.

— Acho que ele realmente gosta de você, Ian — fala Diane.

— Eu gosto dele.

— Quer me ajudar a dar comida para ele?

— Quero.

— Vamos pegar a comida dele, então. — Diane pega a mão de Ian e, para a surpresa de Danny, o menino sai com ela sem nem olhar para o pai. Ela olha por cima do ombro para Danny.

Ele faz com a boca: "Obrigado". Ela balança a cabeça e sopra um beijo para ele.

Danny passeia pela "reuniãozinha". Há provavelmente cinquenta ou sessenta pessoas ali, todas vestidas casualmente, mas com roupas caras, algumas que ele reconhece vagamente de filmes ou da televisão. A conversa, sem a lubrificação do álcool, é baixa e um pouco contida, mas as pessoas parecem se divertir.

Então isso é Hollywood quando quer ser relaxada, pensa Danny. Bem diferente das orgias de cocaína que o estereótipo quer fazer parecer. Talvez todos estejam no seu melhor comportamento, com Diane tendo acabado de sair do centro de reabilitação. Ou talvez essa coisa de não ter bebidas seja novidade suficiente para mantê-los interessados por um tempo.

Mas é legal, pensa Danny. A atmosfera é legal, os amigos de Diane são solidários e estão felizes por ela estar de volta e em boa forma. E, embora esteja calmo, o riso é real, e a conversa é animada, mesmo que ninguém faça muito esforço para conversar com ele. Danny não se importa — tudo bem ser um fantasma na festa, o observador não observado.

Um grupo de pessoas está em torno da piscina. Outros estão nadando ou jogando com uma bola de vôlei. Um cozinheiro cuida de peitos de frango e filés de salmão em uma grelha.

Danny pega um copo de algum tipo de mistura de suco de frutas de um garçom e senta-se em uma cadeira na grama. Ele se recosta, deixa o sol bater no rosto e aproveita o calor. De súbito cansado, ele tem a sensação de que poderia simplesmente dormir.

Talvez eu não esteja cansado, ele pensa. *Talvez eu esteja somente de fato relaxado.*

Pode desacelerar um pouco.

A sensação é boa.

Ele fecha os olhos, só por um segundo.

Quando acorda, olha através dos óculos de sol e vê Ian e Diane sentados do outro lado da piscina em uma conversa animada. Ian está de fato falando — aceleradamente, a julgar pelos lábios dele —, e Diane balança um pé na água e escuta o menino, dando-lhe toda a sua atenção, assentindo com a cabeça e sorrindo, de vez em quando esticando a mão e tocando o topo da mão dele.

Subitamente Danny está faminto, grato porque o salmão e o frango estão sendo servidos, junto a pilhas de vegetais frescos, saladas, batatinhas em conserva e pão de milho. Ele pega um prato e entra na fila.

— Está se divertindo? — pergunta Holdt a ele, aparecendo atrás de seu ombro.

— Estou.

— É seu menino ali com Diane? — ela indaga.

Danny espeta um pedaço de salmão, depois um peito de frango, e os coloca no prato.

— É o Ian. Acho que ele está encantado.

— Ela também está — replica Holdt. — Tenha cuidado, Danny Ryan. Tenha cuidado com a minha amiga.

Seja lá o que isso significa, pensa Danny enquanto Holdt se afasta. Ele pega salada e algumas batatas e vai resgatar Diane de Ian.

— Não preciso dizer que você tem um filho maravilhoso — ela fala. — Ele é tão doce e engraçado. Você deve ter muito orgulho dele.

— Eu tenho — diz Danny. — Obrigado por ser legal com ele.

— É fácil.

— Você tem uma casa linda — comenta Danny.

— Acho que vou vendê-la — ela responde. — É grande demais para mim e estou tentando simplificar a minha vida. Tenho uma casinha na praia. Isso deveria ser o suficiente para qualquer um, certo?

— Seria o suficiente para mim.

— Estou meio que tentando me reinventar — conta Diane.

— É difícil fazer isso em Hollywood?

— Hollywood é toda sobre se reinventar — responde Diane. — É o sonho americano, não é? Você pode vir aqui e se tornar qualquer coisa que queira ser. Então, quando não gostar mais, pode mudar de novo. É algo esperado aqui, aceito.

— Estamos falando de você ou de mim?

— De nós dois, imagino.

Ela o pega pelo braço e faz questão de apresentá-lo aos outros. "Este é Danny Ryan, um investidor no meu projeto atual. Ei, pessoal, conheçam Danny, ele está ajudando com *Providence*." Ela desvia a conversa do passado dele, da conexão dele com os velhos tempos em Dogtown, mas Danny vê por trás dos sorrisos educados que eles sabem. Eles sabiam da fofoca sobre Bobby Franja e da tentativa dos Coroinhas de extorquir dinheiro, e que ele tinha sido chamado para botar um fim àquilo — e tinha botado. Eles o tratam com um tipo de curiosidade reverente — são agradáveis e educados, mas querem manter um pouco de distância do perigo.

Danny não se importa. Ele sabe que vai levar algum tempo para se "reinventar".

Mesmo naquela terra de metamorfoses.

Mais tarde, quando o sol está descendo sobre as colinas, um cara que aparentemente é uma grande estrela da música saca o violão e começa a tocar, e as pessoas sentam-se ao redor como faziam nos anos 1970, todos *relaxados, aproveitando* o som.

O violonista é um neo-hippie, cantando músicas sobre natureza — o oceano batendo ritmos, rios correndo por florestas de sequoias, amantes caminhando em praias rochosas, romance desaparecendo na neblina e emergindo com o sol da manhã. Ele canta sobre surfistas, bardos caroneiros, refeições à meia-noite em lanchonetes 24h, cigarros de manhãzinha em quartos de hotel solitários.

Mas é legal, é bonito, e Danny aprecia sentar-se na grama perto de Diane. A luz suave, o cheiro dela — ele não sabe se é perfume ou só ela —, a sensação da proximidade dela, quente e real, tudo está funcionando para ele.

Danny gosta dali.

Calma, garota, pensa Diane.

É cedo demais, muito cedo mesmo, e o que disseram no centro de reabilitação e nas reuniões? "Não entre em um relacionamento por dois anos"? Não duas semanas, idiota, dois anos.

"Dois anos sem amor, sem sexo?", ela tinha perguntado.

"Seu vibrador não vai deixá-la bêbada", sua madrinha, Patty, respondeu. Na verdade, tinha lhe dado um. "Sempre vai te fazer gozar e não quer café da manhã, só pilhas." Mais sabedoria de Patty. Sim, Patty, mas um brinquedo não vai abraçar, beijar seu pescoço, trazer café pela manhã. Não vai lhe dar filhos. "Outra coisa boa sobre ele", Patty disse.

Mas eu quero filhos, quero uma família, ela pensa enquanto lava o rosto.

O homem é pai, ela pensa enquanto se deita na cama. *Você o convida para uma festa de Hollywood e ele pergunta se pode trazer o filho. E não é divorciado, é viúvo. Tem algo tão envolvente — admita, sexy — naqueles olhos castanhos tristes. Sem síndrome de Peter Pan ou medo de compromisso com esse cara.*

Calma, calma. Devagar. Patty está certa, eles todos estão certos, sempre foi o sexo que te causou problemas. Sempre foi desse jeito, desde que...

Diane tira aquela lembrança da cabeça. Basta dizer que sexo e amor sempre lhe causaram problemas. *Você é sua própria música country.*

Então vá com calma.

Ela puxa o lençol até o queixo.

Sua subida ao estrelato não foi rápida nem estável.

Quando chegou a Hollywood, Diane foi logo contratada e fez três filmes com apelo sexual de baixo orçamento em rápida sucessão. A câmera a amava. Vestida, nua ou no meio do caminho entre os dois, quando estava na tela Diane era tudo o que se via, e os filmes estouraram a bilheteria.

Mais dois filmes ruins se seguiram, então o protesto muito previsível dela para a mídia de que queria ser considerada uma atriz séria. Uma gafe atraiu as piadas e a chacota costumeiras dos apresentadores de *talk-show* noturnos, mas aí Diane fez uma coisa corajosa — apareceu no programa de um de seus atormentadores usando provocativamente um vestido apertado e decotado, e ela *arrasou*.

Ela tirou sarro de si mesma e dele, o provocou, o fez ficar vermelho e gaguejar; o segmento dela terminou com aplausos estrondosos da plateia do estúdio e elogios nos programas de rádio da manhã seguinte. Colunistas de Hollywood fizeram referências a Marilyn Monroe.

Da noite para o dia, as mulheres a *entendiam*, gostavam dela, torciam por ela.

Um diretor famoso, "sério", telefonou para ela mais tarde naquela semana e ofereceu um papel em seu próximo filme. Era um papel pequeno, uma participação especial — a prostituta tristemente engraçada, com o coração de ouro, que o herói escritor visitava tanto para conversar quanto para sexo, embora tivesse uma cena de amor de uma sexualidade sutil, mas poderosa que se tornou o papo de bebedouro da América, e não apenas entre homens.

O papel conseguiu para ela um Globo de Ouro e uma indicação ao Oscar de melhor atriz coadjuvante. Ela não ganhou o Oscar, mas ganhou o tapete vermelho e as entrevistas, e as piadas de Diane Carson viraram história, especialmente depois que o diretor famoso perguntou à imprensa: "Você sabe o quanto precisa ser inteligente para interpretar alguém estúpido?".

Agora a imprensa a comparava com Marilyn Monroe *e* Judy Holliday. Diane esquadrinhava as montanhas de roteiros que recebia, à procura daquele próximo papel crítico que definiria o futuro de sua carreira. Precisava ser perfeito — uma protagonista sexy, mas não apelativa; séria, mas não sem senso de humor; acima de tudo, inteligente. Alguma coisa que lhe permitisse mostrar sua versatilidade. Ela recusou loira burra atrás de loira burra. Recusou papéis de prostituta, papéis de amante, recusou tantos papéis que seu agente na Creative Artists Agency a alertou de que precisava aparecer na tela de novo antes que o público esquecesse quem ela era.

A imprensa cuidou desse problema, ligando-a romanticamente a cada ator emergente na área, quarterbacks famosos e cantores de rock. Ela interpretava aquele papel — ia aos clubes, às festas, aos tapetes vermelhos de estreias que a mantinham na visão do público.

Então *o papel* veio até ela.

Sue Holdt o trouxe. Recém-saída de três sucessos consecutivos, Sue era a nova produtora do momento — inteligente, ambiciosa, obstinada. Ela literalmente levou o roteiro até a casa de Diane em Doheny, ao sul da Sunset. As duas mulheres se sentaram no pequeno gramado de Diane, e Sue leu o roteiro em voz alta para ela.

Era o oposto de glamoroso — um filme de época que se passava na Depressão. Diane deveria interpretar Jan Hayes, uma jovem esposa em uma fazenda com problemas. Dois filhos pequenos. O marido morria na página quinze, quando o trator virava e o prendia debaixo dele. Jan era deixada para tentar segurar a terra. Não conseguia viver com o que a fazenda produzia, então foi trabalhar no frigorífico local — salário-mínimo, condições de trabalho inseguras. Com relutância, Jan começou a organizar os companheiros trabalhadores. Ela foi demitida, ela processou, ela por fim venceu.

Não havia interesse amoroso, nenhuma possibilidade romântica a não ser a amizade com uma colega lésbica que não ia, porém, além de uma conversa ambígua em uma pausa para o café. O figurino era deliberadamente puído e pouco atraente — camisas e calças jeans nas cenas do início, macacões brancos sujos de sangue depois, guarda-roupa da Kmart para as cenas de tribunal.

Mas era a história de Jan — um roteiro de uma só protagonista.

Um filme para Diane carregar.

O agente dela *implorou* que ela não fizesse o filme. Literalmente, de joelhos no escritório dele, dizendo que *Jan Hayes* arruinaria a carreira dela.

Ela aceitou o papel.

Aquilo quase a matou. Sue insistiu que gravassem *in loco* na Dakota do Sul. O clima era brutal, o cronograma de filmagens de um filme com um só protagonista era ainda mais. Diane ficava no set por doze, catorze horas por dia, seis dias por semana. No sétimo dia ela descansava, sim, mas estava tão acelerada dos seis anteriores que era difícil relaxar e dormir. Ela começou a tomar remédio para apagar, então mais para levantar.

Ela e Sue foram a Nova York para a estreia. Dá para saber como um filme vai se sair nas primeiras três horas — das seis às nove na primeira noite de sexta em Manhattan. As mulheres esperaram juntas no saguão do Cinema 1 na Terceira Avenida, do outro lado da Bloomingdale's, seus futuros mutuamente em jogo.

As filas começaram a se formar às cinco horas. Às cinco e meia, elas se estendiam em torno do quarteirão. Às seis, as pessoas estavam comprando ingressos para a sessão das dez. Diane e Sue ficaram na parte de trás do cinema. O filme terminou com aplausos estrondosos da plateia. Ficou em segundo durante o fim de semana, um sucesso-surpresa atrás apenas de um grande filme de ação com dois protagonistas homens.

Ganhou no fim de semana seguinte.

Outro Globo de Ouro, outra indicação ao Oscar, dessa vez de melhor atriz. *Jan Hayes* venceu melhor filme, melhor diretor. O burburinho na mídia era que Diane tinha sido roubada, que a estátua fora para uma atriz mais velha como compensação por não ganhar antes.

Não importava — o filme era um grande sucesso comercial e de crítica.

Diane Carson era uma atriz séria.

Uma estrela de primeira linha.

Os homens a amavam pelo seu visual e pela sexualidade; as mulheres, por sua inteligência e beleza.

Mas a vida pessoal de Diane era um desastre. Ela se casou com o diretor de *Jan Hayes* — o casamento durou sete meses. A seguir, ela se envolveu com um cantor de música country que bebia e a traía. Diane finalmente terminou a relação quando ele engravidou uma coelhinha de vinte anos. Ela se casou de ressaca emocional com um ator em Vegas — era amor de verdade daquela vez, a coisa real —, duas semanas depois mandaram anular.

"Nós estávamos bêbados", o ator dissera com um sorriso malicioso para as câmeras.

Ela era pasto para os tabloides, o tesão dos paparazzi. Diane não podia ir a lugar algum sem um bando deles caindo sobre ela como corvos famintos e, cada vez mais, ela se escondia na casa de praia em Malibu que *Jan Hayes* tinha comprado.

Al Jolson construíra a casa, Roy Orbison tinha morado ali, depois, Bobby Vinton. Diane ficava em sua casa, olhava para o oceano e se perguntava por que ninguém a amava com a intensidade que ela os amava.

Os rumores de costume, nenhum dos quais era verdade, começaram a circular: ela tinha conseguido os primeiros papéis em filmes de joelhos, fazendo boquetes para cada produtor de filme B na cidade; ela fizera filmes pornô que circulavam em festas privadas. Diane os ignorava. Entendia que ser uma estrela de cinema era ser simultaneamente uma virgem vestal e uma prostituta sagrada do templo na religião secular da América.

A resposta dela foi trabalhar, seguindo *Jan* com uma comédia romântica na qual ela brilhou, então um suspense sombrio e sexy no qual ela fez outra cena tórrida de nudez.

"Eu não queria que as pessoas se esquecessem de que eu tenho peitos", ela dissera no mesmo *talk-show* noturno. Foi engraçado, a audiência riu, aquilo causou simpósios nos bebedouros na manhã seguinte, mas também começaram as especulações de que ela estava bêbada ou chapada quando falara aquilo.

Possível, muito possível, porque Diane estava usando a trinca: remédio para dormir, metanfetamina e vodca. Ela começou a ser um desafio para a equipe de maquiagem — o rosto inchado de manhã cedo, linhas deixadas por dormir tão pesado e por tanto tempo sem se mover. Vodca engordava, o que a câmera registrava, então ela começou a adicionar pílulas para emagrecer à mistura, parou de comer, começou a vomitar.

Seguiu-se mais fofoca — anorexia, bulimia, alcoolismo, vício em drogas. A comparação com Marilyn ganhou um novo ângulo: "Quando vamos encontrar Diane Carson morta em sua casa na praia?". Não encontraram, mas a acharam jogada no trailer quando ela não apareceu para uma filmagem. Uma ambulância a levou para o pronto-socorro, chegando pouco antes dos paparazzi. Ela ficou lá por dois dias, então foi para um centro de reabilitação perto da casa dela em Malibu.

Quando saiu, dois meses depois, Larry Field a encontrou com o roteiro de *Providence*.

Tanto Diane quanto Sue acham que é o Oscar dela.

Dormir sem o remédio e o álcool é difícil, e Diane fica acordada por um longo tempo.

Parte dele é pensando em Danny Ryan.

Calma, garota, ela aconselha a si mesma.

Devagar.

Danny descobre que um set de filmagens é um dos lugares mais chatos da Terra.

A maior parte do tempo é gasta montando a iluminação, então não há muita coisa para ver. A não ser que você esteja ativamente envolvido na produção do filme, não há nada para fazer, e Danny logo se cansa de se sentir inútil.

Às vezes ele vai ao escritório financeiro para ver Bernie, que está aninhado decifrando as complexidades aparentemente impenetráveis da contabilidade de Hollywood, que ele descreveu como "um assombro".

Mas a técnica de Bernie é persistência pura, o pinga-pinga-pinga obstinado da tortura chinesa com água, e ele simplesmente cansa o pessoal do estúdio até alcançar uma contabilidade genuína de números reais.

Danny não entende metade do que Bernie lhe diz, então sente-se um tanto inútil ali também. E manter os Coroinhas em suas raias é simplesmente uma questão de aparecer, então há pouca coisa para manter Danny ocupado no estúdio.

Ele se muda do Peninsula (Bernie não vai justificar as despesas e Danny sente-se deslocado lá de qualquer modo) para um complexo de apartamentos em Burbank. É bom ter um espaço maior para Ian e uma cozinha também, para que um sanduíche de manteiga de amendoim e geleia não precise vir do serviço de quarto. O complexo tem uma piscina e uma quadra, o que mantém o menino feliz e ocupado, e a sempre eficiente Holly vem por algumas horas por dia para dar uma pausa para Danny e uma mudança de rostos para Ian.

Sim, mas uma pausa para fazer o quê?

Vagar pelo set e ficar por ali feito um babaca? Ir perturbar Bernie? Dirigir por L.A. só para... dirigir por L.A.?

Ele está irrequieto e sabe a razão.

Diane Carson.

Danny não quer ser aquele cara, o idiota patético que acha que tem uma chance com uma estrela de cinema. Ou o cara "Coloquei milhões no seu filme e você precisa sair comigo".

Mas ele não consegue tirá-la da cabeça.

Ele pensa em telefonar para ela, convidá-la para sair, pensa melhor naquilo, pensa de novo, dirige por L.A. um pouco mais.

Então Diane telefona para ele.

— Você conheceu Pam Murphy pessoalmente, não conheceu?

— Claro.

— Eu estava me perguntando se você poderia me dar algum insight sobre ela — diz Diane. — Como ela era de verdade, o que a impulsionava. Kevin me disse algumas coisas, mas, você sabe...

— Eu sei — fala Danny. — Quer que eu vá para o set?

— Na verdade — ela responde —, não vou filmar no sábado. Achei que talvez pudéssemos sair para um passeio, você poderia me falar de Pam, eu poderia mostrar L.A. para você, uma coisa tipo dois coelhos com uma cajadada só.

— Parece bom.

— Venha me pegar, não sei, por volta do meio-dia? — pergunta. — Vamos almoçar?

— Estarei lá.

Ela está deslumbrante em sua simplicidade.

Uma camisa jeans roxa desbotada, calça jeans branca, o cabelo loiro preso num rabo de cavalo debaixo de um boné azul dos L.A. Dodgers.

Maquiagem sutil, se é que está usando.

Ele abre a porta do carro para ela.

— Minha nossa — diz ela. — Os caras de L.A. não fazem isso.

— Os caras de Rhode Island fazem — fala Danny. — Estou sendo machista?

— Não, eu gosto.

Ele segue as instruções de Diane para dirigir até a estrada Pacific Coast, então para o norte na direção de Malibu.

— Os Dodgers, hein? — ele pergunta.

— Imagino que seja torcedor do Red Sox.

— É um destino triste — diz Danny —, mas é o meu.

Destino triste, certo, pensa Danny. *Estou dirigindo um Mustang conversível pela costa com o oceano à esquerda e uma bela mulher à direita.*

Califórnia.

Diane pergunta sobre Pam Murphy.

Parece outra vida; era *outra vida*, ele lembra a si mesmo. Mas ele conta a ela suas lembranças de Pam, como a viu pela primeira vez saindo da água na praia, como ela era bonita, e como ele tinha ficado surpreso ao descobrir que era a namorada de Paulie Moretti.

— Por que isso? — pergunta Diane. — Por que acha que essa menina aristocrática de Connecticut, cria de fundo fiduciário, namorava um mafioso?

— Rebeldia? — Danny dá de ombros. Ele então conta sobre aquela noite, quando um Liam Murphy bêbado apalpou Pam e os irmãos Moretti e alguns comparsas bateram em Liam até deixá-lo meio morto.

— E então Pam apareceu no hospital — diz Diane.

— Eu estava lá — fala Danny. — Quase engoli a língua quando a vi.

Ele conta como Pam saiu com Liam quando ele recebeu alta, como ela foi morar com ele, se casou com ele numa viagem rápida a Vegas.

— E isso começou a guerra — conclui Diane.

— Essa era a desculpa, de qualquer modo — diz Danny. — Os Moretti sempre quiseram o que os irlandeses tinham: as docas, os sindicatos. Pam só providenciou um pretexto conveniente.

— Por que Liam?

— Liam era charmoso — explica Danny. — Bonito, engraçado. Ele era um merda, mas as mulheres pareciam amá-lo. Acho que Pam amava, até certo ponto. Até que ela se virou contra ele.

— Quê?

— Bobby não colocou isso no livro dele? — pergunta Danny. — Acho que ele não sabia. É, Pam denunciou Liam para a polícia federal. Foi como pegaram ele.

— Pensei que ele tinha se matado.

— Essa é uma teoria.

— Qual a outra?

— Que foi um "suicídio assistido por terceiros" — diz Danny. — De qualquer jeito, você sabe que Pam voltou para Paulie.

— O que eu não sei é por quê.

Danny fala:

— Não sou psiquiatra, mas sei que Pam sempre sentiu culpa por todos os assassinatos que aconteceram. Ela se culpava. Acho que voltar para o Paulie foi um tipo de... penitência.

— Autopunição — diz Diane. — Sei um pouco sobre isso.

Ela lhe explica o caminho até a casa de praia dela em Malibu Colony.

— Achei que poderíamos almoçar lá, se estiver tudo bem. Fiz minha assistente deixar algumas compras.

Pode ser um transtorno, ela explica, comer em um restaurante.

A casa, como a maioria delas em Colony, é comprida e estreita, apertada entre os vizinhos, mas de frente para a praia, com uma varanda grande. Diane vai direto para a cozinha e faz para eles uma salada e sanduíches de peito de peru. Ela pega uma garrafa de chá gelado, mas oferece cerveja a ele.

— Vou tomar chá — diz Danny. — Você realmente deveria ter cerveja em casa?

— Provavelmente não — ela responde. — Mas nunca fui de beber cerveja.

O mar está lindo em um clássico dia ensolarado da Califórnia.

— Acho que eu poderia morar aqui — comenta Diane.

Danny ri.

— Muita gente daria o braço direito para morar aqui. É o sonho de todo mundo, certo?

— É o seu?

— É — fala Danny. — Meio que sempre foi. Eu amo o oceano.

Depois do almoço, saem para uma caminhada na praia.

— Eu trouxe um presente para você — diz Danny.

— Você não precisava fazer isso.

— Eu quis, mas...

— O quê? — ela pergunta.

— Talvez seja pessoal demais.

— Ah, então eu realmente quero — fala Diane.

Ele fuça no bolso e coloca um pequeno disco de metal na mão dela.

— Uma medalha de noventa dias — ela diz. — Como sabia?

Danny responde:

— Achei que estava perto, de qualquer jeito.

— Você acertou na mosca — ela revela. — Noventa dias hoje. Mas como você sabia disso? É do AA?

Ela espera que ele não seja. Dois alcoólatras em um relacionamento — não é bom, não é bom. Não naquela fase, de qualquer modo.

— Não, sou irlandês — ele diz.

Diane ri.

— Certo. Entendo.

— Espero que isso não tenha sido... presunçoso.

— Não — ela fala. — É perfeito, obrigada.

Ela se inclina e o beija no rosto.

A tempestade chega rapidamente.

Um enegrecimento súbito do céu e então um dilúvio.

Danny e Diane ficam ensopados em segundos.

Rindo, eles dão as mãos e correm pela praia para baixo do deque dela. As roupas encharcadas colam em suas peles.

De modo tão súbito quanto a tempestade, tão inevitável quanto, Danny a beija, ela o beija de volta. Ele desabotoa a blusa dela, apalpa embaixo, então abre a calça dela e a puxa para baixo. Ele a levanta, a encosta contra um pilar enquanto ela abre a calça dele, e então está dentro dela.

A chuva bate no deque, afogando os sons deles.

E é isso, estão apaixonados.

DEZESSEIS

Eles são discretos no começo.
Danny e Diane mantêm uma distância cordial quando ele vai ao set, o que acontece cada vez menos. Encontram-se apenas na casa de praia dela, depois do horário de filmagem ou nos dias livres dela.

No começo, essa é a graça, a emoção clichê e barata de se esgueirarem por aí.

Danny não tinha sido um marido perfeito, mas tinha sido um marido perfeitamente fiel. Era Terri e somente Terri. Ele havia sido aquele cara jovem casado em uma cidade pequena onde todos conheciam uns aos outros, casavam-se uns com os outros, socializavam uns com os outros, iam à igreja, a casamentos, batizados e funerais uns com os outros. Ele vivia em um círculo fechado, sexual e socialmente, e, se fosse honesto consigo mesmo, uma inquietação se instalara no momento que vira Pam sair do oceano.

Agora ele está em L.A., nada menos que Hollywood, saindo com uma estrela de cinema (a ironia de que ela está interpretando Pam não passou batido para ele), o sexo é incrível, a intimidade é intensa, o segredo é um frisson.

Eles decidem manter o romance na discrição porque não querem interferência, conselhos, sorrisos insinuantes, risinhos maliciosos. Diane não quer especialmente as histórias de tabloide e os paparazzi; de sua parte, Danny está tão acostumado a viver fora do radar que o sigilo vem como instinto natural.

Mas aquilo logo perde a graça.

Eles estão apaixonados, querem mais. Querem ir a restaurantes e ao cinema, a clubes, a festas.

Eles são como crianças, querem gritar aquilo ao mundo.

Não precisam.

O mundo descobre sozinho.

Uma troca de olhares no set é notada. A especulação se transforma em rumor, o rumor se torna fato. Um assistente de produção liga para um tabloide, que manda fotógrafos ficarem de plantão nas casas de Diane. Um deles dá sorte na casa da praia, consegue uma foto de Danny entrando.

A fotografia aparece no jornal naquela semana com a legenda O homem misterioso de Diane.

Eles sabem o nome dele, mas o viés de Homem Misterioso é bom demais para deixar de lado, e eles o mantêm quando publicam uma foto granulada de Danny dirigindo pelo portão do estúdio abaixo do título Quem é o cavalheiro visitante de Diane?

— Você é meu "cavalheiro visitante" — diz Diane a Danny certa noite na cama. — Meio que gosto disso.

Diane pode gostar; Sue Holdt não tem tanta certeza.

Ele vai almoçar um dia no trailer de Diane e diz:

— Você e Danny Ryan?

— O que tem?

— Então é verdade?

— O *National Enquirer* publicou — responde Diane —, então deve ser.

— É um romance de estúdio — pergunta Sue — ou é sério?

Diane fala:

— Ainda não sei. Posso dizer que *sinto* que é sério.

— Tenha cuidado, hein? — alerta Sue. — Não quero que se machuque.

Os tabloides já se alimentam do passado de Diane, pensa Sue. *Junte o passado de Ryan a isso e é um banquete completo.*

Não leva nem um pouco de tempo, porque estúdios de filme têm mais vazamentos que canoas velhas de madeira. Os tabloides recebem a notícia de que um personagem menor em *Providence* é na verdade baseado em Danny Ryan.

Diane Carson — namorada de mafioso na vida real
Em *Providence*, Diane Carson interpreta a namorada de um mafioso, mas agora ela parece estar levando o método de atuação a outro patamar, namorando um gângster real saído diretamente do roteiro. É pesquisa ou romance?

Sue termina de ler em voz alta e então joga o jornal na mesa. Mitch Apsberger está sentado em um sofá no escritório dela. Assim como o diretor de publicidade e o advogado contratado do estúdio.

O advogado dá início.

— O estúdio não tem bases para processar. Isso precisaria vir de Diane ou do próprio Ryan. A descrição dele como "mafioso" e "gângster" é legalmente dúbia, já que ele nunca foi acusado por nenhum crime, muito menos condenado. Ao mesmo tempo, é retratado assim no livro do Franja, e tem esse personagem no filme baseado nele. Mas eu recomendaria ficar longe dos tribunais, já que a exibição de provas pode levantar informações danosas e/ou expor Ryan ao risco de falso testemunho.

— Um processo de Diane colocaria um holofote ainda maior nisso — diz Sue. — Ben?

O chefe de publicidade diz:

— Posso ser sincero aqui? Eu amo isso. Quer dizer, não se pode comprar esse tipo de mídia. Um pouco mais disso e vamos precisar aumentar seiscentas telas.

— Se Ryan for algum tipo de gângster adorável de Damon Runyon, de *Garotos e garotas* — diz Sue —, isso funciona a nosso favor. Mas, se coisas mais sombrias aparecerem, isso pode virar num piscar de olhos.

— Se for *O Poderoso Chefão*, é uma coisa — comenta Mitch —, se for *Os Bons Companheiros*, é outra.

— Danny Ryan não é Al — fala Ben —, mas ele também não é Ray. E certamente não é Bobby.

— Não estamos colocando Ryan no elenco — retruca Sue.

— Nós meio que estamos — argumenta Ben. — Quer dizer, Diane o colocou no elenco para nós.

— O filme ainda nem está finalizado — declara Mitch. — Não vai sair por mais seis meses. A essa altura, todo mundo vai ter se esquecido de Danny e Diane.

— A não ser que eles ainda estejam juntos — fala Sue.

— Mesmo se estiverem — rebate Mitch.

Sue não tem tanta certeza. E ela não está preocupada apenas com revelações a respeito de Danny Ryan e Diane Carson. *O que*, ela pensa, *vai acontecer quando descobrirem que Ryan investiu dinheiro no filme?*

Os executivos vão sangrar pelo nariz de nervoso. É o tipo de coisa que faz diretores de estúdio serem demitidos.

— Use um de nossos repórteres aliados — ela orienta a Ben. — Solte umas histórias diferentes. "Danny Ryan era um participante menor que precisou fugir da máfia. Ele é viúvo com um filho pequeno." Esse tipo de coisa. E, Mitch, veja se consegue blindar seu set. Parar com a falação.

O advogado e o cara da publicidade vão embora.

— Vou falar com Diane, pedir a ela para baixar a bola — diz Sue. — Pode falar com Ryan?

Mitch diz que vai tentar.

Danny é um cara decente.

A última coisa que quer fazer é atrapalhar Diane, prejudicar a carreira dela. Andando na praia com ela e Ian depois da conversa com Mitch, ele diz:

— Olha, se isso é um problema para você, entendo. Vou me afastar.

— Não! — protesta Diane. — Não quero que se afaste. Quero estar com você.

Nenhum deles disse a palavra "amor" ainda, mas está no ar entre eles como um céu pesado e úmido sob ameaça de chover.

— Passei a maior parte da minha vida fazendo o que as outras pessoas queriam que eu fizesse — ele diz a Diane. — Chega. Isso acabou.

Então eles não vão baixar a bola.

Danny sendo Danny, e Diane sendo Diane, eles vão na direção oposta.

Tudo às claras.

A todo vapor.

Vão almoçar no Château Marmont, jantar no Musso and Frank, fazer compras na Rodeo Drive. Nem tentam despistar os paparazzi, apenas deixam que tirem as fotos.

É um mundo novo para Danny.

Ele tinha passado a vida inteira nas sombras. Agora está exposto, no sol de L.A., nos holofotes, sem esconder nada.

É estranho no começo, esquisito, desconcertante.

Ele não gosta.

Danny sente a tentação de empurrar os fotógrafos para fora de seu caminho, enfiar as câmeras de volta na cara deles; sente-se especialmente protetor em relação a Diane. Mas ela apenas ri e lhe diz que deixe para lá.

— Ignore — sugere. — É o que eu faço.

É mais difícil ignorar quando fotografam Ian, que fica cada vez mais com Danny e Diane. Os fotógrafos assustam o menininho, e numa tarde Danny se vê indo até os fotógrafos e dizendo em um tom razoável:

— Ei, pessoal, Diane e eu somos alvos legítimos, mas precisam deixar meu filho em paz, certo?

Ele fica surpreso quando eles de fato se afastam e usam lentes de longo alcance quando Ian está ali.

E Danny é inteligente o suficiente para perceber que a mídia pode ser tanto aliada quanto inimiga, que uma pequena cooperação consegue uma cobertura melhor para ele, que ele vê cada vez menos "mafioso" e "gângster" e cada vez mais "sobrevivente" e "viúvo".

Um colunista escreve: "Quem, entre nós, não tem um passado? Danny Ryan certamente tem um, mas o deixou para trás".

Se aquilo é uma guerra, parece que Danny e Diane estão ganhando.

Eles estão em todos os lugares — com Ian no Píer de Santa Mônica e na Disneylândia, atrás do *home plate* em um jogo dos Dodgers (Danny visivelmente usando seu boné dos Red Sox), rindo juntos no Comedy Store, dançando no Café Largo.

É Danny libertado.

Por tantos anos o bom soldado, o marido fiel, o filho dedicado, o pai responsável, pela primeira vez na vida ele está fazendo exatamente o que quer.

Até Danny vai admitir que ficou um pouco maluco.
Mas ser um pouco maluco é uma sensação boa.
Estar exposto é uma sensação boa.
Amar Diane é uma sensação boa.

É para ela, também, e ela diz isso a Sue durante uma conversa na casa da executiva.

— Estive com tantos babacas — fala Diane. — Estive com tantos moleques de L.A. Danny é um homem.

— Com um passado — completa Sue.

— Sou a última pessoa que julgaria alguém pelo passado.

Sue tenta outra abordagem.

— Diane, se esse filme afundar, nossa carreira vai com ele.

— Então é disso que se trata.

— Estou apenas sendo realista — retruca Sue. — Não estou dizendo para não ficar com ele. Estou apenas pedindo para ser discreta por um tempo.

Tarde demais para isso.

Está exposto.

Eles estão expostos, e não vão voltar para alguma caverna escura.

Estão felizes demais na luz do sol.

Mas nada é mais persistente, mais paciente, que o passado.

Afinal, o passado não tem nada além de tempo.

Chris Palumbo está na fila da mercearia da cidade.

Ele gosta de fazer compras. Quem diria? Gosta de planejar as refeições, andar pelos corredores, falar merda com os caixas. E ele gosta de ir sozinho, assim não se apressa e Laura não reclama dos Jimmy Deans dele.

Então agora ele está esperando com a cesta de plástico vermelha — que contém seus Jimmies, vários vegetais para ela, um par de caixas de penne que ele convenceu o dono a vender (antes de Chris, os moradores locais achavam que macarrão era apenas espaguete), uma dúzia de ovos, arroz integral — e olha para o suporte com revistas e jornais.

Então ele vê.

O rosto sorridente de Danny Ryan.

Chris pega o tabloide.

E, puta merda, ali está Ryan com o braço em torno de uma moça loira maravilhosa. Danny elegante, grita a manchete, e Diane charmosa, e conforme Chris lê, descobre que Danny Ryan está namorando uma estrela de cinema.

Porra de Danny, pensa Chris, balançando a cabeça. Aquela mula irlandesa poderia cair de cara numa pilha de merda e ainda assim sair com um diamante na boca. Chris não sabe que tipo de anjo Danny tem sentado no ombro, mas precisa ser um com muita atitude.

— Joe?

— Hã?

— *Joe*. Você quer esse jornal? — pergunta Helen. O cabelo grisalho dela, que parece um pouco azul, recebeu um permanente forte.

— Ahn, quero.

Ele começa a colocar as coisas dele no balcão.

— Danny e Diane — diz Helen enquanto passa a compra. — Que casal. Acho que ele era algum tipo de gângster. Que mundo, hein?

— É o mundo que a gente tem — fala Chris.

Ele gosta de Helen. Ele gosta basicamente de todo mundo na cidade, e eles retribuem o sentimento. Tiram sarro do sotaque dele, dizem que ele não pronuncia os *R*, perguntam se ele vai "bebêh no bah", e Chris sempre responde: "É, vou bebêh lá", e todos dão risada, mesmo que seja a milésima vez que fizeram isso.

Chris leva as compras para o carro, senta-se e lê o artigo.

Cristo, estão fazendo a porra de um filme sobre a guerra?! E Danny está envolvido nisso? Que porra esse filho da puta idiota está pensando?

Então ele pensa: *Será que estou no filme?*

Se estou, quem vai me interpretar?

É melhor ser algum filho da puta bonito.

Reggie Moneta lê a pilha de tabloides em sua mesa.

E ri.

Danny Ryan, o homem que ninguém conseguia encontrar, então o homem que ninguém *queria* encontrar, ressurge como uma estrela da mídia.

Dizem que não há segundos atos na vida americana, mas Ryan está tendo uma beleza de um. Namorando uma estrela de cinema, vivendo isso tudo em L.A., um queridinho dos tabloides, ele é a porra do Joe DiMaggio agora.

Ótimo, ela pensa.

Deixe que ele se divirta.

Todo segundo ato, Reggie sabe, é seguido por um terceiro.

Ela pega o telefone.

Em Washington, Brent Harris e Evan Penner saem para outra caminhada, dessa vez no parque Rock Creek.

— O que seu menino Ryan pensa que está fazendo? — pergunta Penner.

Harris não gosta da descrição de Ryan como "seu menino". Por uma série de razões — primeiro, Ryan não é o menino de ninguém; segundo, ele não quer as ações de Ryan ligadas a ele.

— Vivendo a vida dele, imagino.

— Às vistas do público? — pergunta Penner. — Não acha que é um problema?

É lógico que acho que é um problema, pensa Harris. Os tabloides são uma coisa, mas se a imprensa séria entrar naquilo, vão cavar mais fundo, além da empolgação superficial óbvia da história do gângster e da estrela de cinema. Se o *Times* ou o *Post* souberem do investimento de Ryan no filme, vão querer saber de onde aquele dinheiro veio. Então, sim, é um problema.

Como de costume, Penner está adiante dele.

— Minhas fontes me dizem que Ryan colocou uma quantia considerável de dinheiro no projeto do filme. Isso deixa os tipos corporativos muito nervosos.

— Talvez eles devessem ter pensado nisso antes de aceitar o dinheiro — pontua Harris.

— Infelizmente — fala Penner —, poucas bugigangas brilhantes são mais irresistíveis que dinheiro disponível. Permanece a realidade, porém, de que não podemos nos dar ao luxo de ter Danny Ryan ligado a nós.

— Entendo.

— Entende? — questiona Penner. — Eu me pergunto.
Harris também se pergunta.

Bernie mostra a Danny as contas.
— Eles estão roubando você.
O velho contador explica tudo. A empresa que entrega as refeições para a produção quando as filmagens são na rua está cobrando por refeições que não entrega.
— Como sabe? — pergunta Danny.
— Fui ao set, verifiquei — responde Bernie, como se fosse óbvio. — Olha, está vendo aqui? "Sete dúzias de peitos de frango"? Não, cinco. Filé, patas de caranguejo, mesma coisa. Estão até entregando menos macarrão com queijo. Agora olhe para isso...
Bernie mostra a ele contas da UR Peein'.
— Que merda é essa?
— Banheiros químicos — explica Bernie. — Eles cobram cinco, entregam três.
— Por que os contadores do estúdio não pegaram isso?
— Eles não saem do estúdio — diz Bernie. — Eu rastreei as duas empresas, ambas são do mesmo dono, Ronald Faella.
Na manhã seguinte, exatamente às cinco horas da manhã, Danny está esperando no set de locação quando a van das refeições estaciona. Danny vai até o encarregado.
— Vocês estão despedidos.
— Quê?
— Que parte de "despedidos" você não entendeu? — pergunta Danny. — Vocês andaram nos roubando. Tenho outra empresa a caminho.
— Preciso ligar para o meu chefe.
— Ligue para quem quiser — diz Danny. — Mas tire as vans do meu set.
Quarenta e cinco minutos depois, um Ronald Faella muito irritado estaciona e procura Danny. Parece ter sido acordado por alguém, o cabelo está bagunçado e ele não se barbeou.
— Você é Ryan?
— Sou.

— Então, qual o problema, chefe?
— O problema é que você é um bandido.
— Uou.
— Eu pareço um cavalo para você?
— Obviamente há algum tipo de mal-entendido aqui — diz Faella.
— Nenhum mal-entendido — fala Danny. — Eu pago sete, recebo sete. Eu pago três, recebo três.
— É melhor você conversar com alguém no estúdio — alerta Faella.
— Quem? — pergunta Danny. — Com quem eu deveria falar? Dê-me um nome.
Faella olha para ele, mas não responde.
— Foi o que eu pensei — continua Danny. — De qualquer modo, acabei de te demitir.
— Nós temos um contrato, amigo.
— Chame seu advogado — diz Danny. — Eu vou chamar o nosso. Tenho certeza de que todo mundo vai se divertir examinando seus livros.
— Você sabe quem eu sou? — pergunta Faella.
— *Você* não se lembra quem você é? — retruca Danny. — Nós temos um problema de amnésia aqui?
— Você sabe com quem eu *estou*?
Merda, pensa Danny. *É sempre a mesma coisa.*
— Não me importa quem você é, não me importa com quem você está. A festa acabou, a sacola de brindes fechou. Não me importa de quem mais você roube, só não será de mim.
Faella não está pronto para desistir.
— Vinte minutos depois que eu for embora, o representante do sindicato vai achar violações de segurança.
— Não, não vai — diz Danny.
Já expliquei isso para ele.

— Danny *quem*? — pergunta Angelo Petrelli.
— Ryan.
— Não me lembro.
Angelo e Ronnie Faella estão sentados no décimo nono buraco do campo de golfe de Westlake Village bebendo Long Island Ice Teas e comendo *club sandwiches*.

A máfia da Costa Oeste não é a máfia da Costa Leste.

— Você lembra que uns anos atrás — diz Faella — o pessoal de Providence teve problemas com um grupo irlandês? Ryan era um deles.

— Aquilo foi Peter Moretti?

— É.

— Ele está morto, certo?

— Acho que sim — responde Faella. — Acho que ainda tem um irmão. Sério, você não leu sobre esse cara? Está em todos os jornais. Ele está comendo Diane Carson.

— Um *salut*. — Angelo levanta o copo. — Além do fato de ser ele em vez de mim, por que me importaria?

Ele está com sono. A combinação de sol, exercício, comida e bebida faz com que ele queira tirar uma *siesta*.

Faella conta a ele o que aconteceu no set.

Agora Angelo se importa. Ronnie Faella o instiga, então agora esse cara Ryan está esvaziando os bolsos dele.

— Nós temos um cara do sindicato, não temos?

— Dave Keeley — diz Faella. — Fui falar com ele, dois caras do Ryan estavam lá.

— O que eles falaram?

— Nada, só olharam para mim — responde Faella.

— Eles *olharam* para você?

— Você sabe o que quero dizer — diz Faella. — Keeley basicamente me disse que não havia nada que ele pudesse fazer.

Angelo não gosta nem um pouco daquilo. Uns caras vêm da Costa Leste — nada menos que Providence — e montam acampamento em L.A.?

Não.

— Você está recebendo um telefonema de um interno do Centro Correcional El Dorado. Aceita a cobrança?

— Aceito — diz Diane.

Faz muito tempo.

Então ela escuta:

— Oi, querida.

★ ★ ★

Danny assiste ao pôr do sol do deque de Diane.

Na praia abaixo, Ian está correndo em círculos com Holly, e Danny pensa que vai descer em um minuto para se juntar a eles.

Mas foi um dia difícil, e isso o deixa triste e cansado.

Vim para cá para escapar de toda essa besteira de máfia, ele pensa, *e aqui está ela esperando por mim. Vim para cá para ser uma pessoa diferente, e aqui estou eu de novo no meio disso.*

Ele só espera agora que esse Ron Faella desista e apenas vá embora. De qualquer modo, ele fez os Coroinhas darem uma verificada nele, verem o quanto é uma ameaça, *com quem* ele está, se estiver com alguém. Talvez seja apenas outro aspirante bocudo como os que Danny costumava encontrar o tempo todo em Rhode Island, o tipo que está sempre se gabando de conhecer um cara.

Diane entra pela porta de correr e senta-se ao lado dele.

Eles dão um beijo rápido, um selinho, e ela pergunta:

— Então, como foi seu dia?

— Foi bom. E o seu?

— Bom.

Estão mentindo um para o outro.

É assim que começa.

Kevin Coombs não está impressionado com Ronnie Faella e Angelo Petrelli. Ele levou dois dias, mas os rastreou até uma padaria em Westlake Village onde costumam se encontrar para um café da manhã tardio.

— Adivinha o que eles estão comendo — ele diz a Sean.

— Eu preciso?

— Croissants — fala Kevin com nojo. — Que porra de cara da máfia come croissants?

— O que você quer que eles comam?

— Bacon e ovos — responde Kevin. — Caras da máfia comem bacon e ovos, certo, talvez linguiça, os italianos. Mas *croissants*? Ah, Sean, vamos. E sabe o que eles estão vestindo? Camisas polo de cor pastel.

— E daí?

Kevin balança a cabeça.

— Caras da máfia usam preto. De capitão para cima, ternos pretos. Abaixo, jaqueta de couro preta.

— Está fazendo trinta graus lá fora.

— Não importa — diz Kevin. — Existem padrões. E na manhã seguinte, juro por Deus, um come *mingau de aveia*, com *frutas vermelhas*, e o outro? *Iogurte*. Um suposto chefe. Iogurte. Como vamos levar esses caras a sério?

— Danny os leva a sério — responde Sean.

— Tudo o que precisamos fazer é colocar Ned na frente deles — fala Kevin —, vão mijar nas calças.

— Iogurte *é* bom para o trato urinário — fala Sean.

Na manhã seguinte, Kevin está sentado em um carro no estacionamento do centro comercial onde fica a padaria e observa Faella e Petrelli comendo *muffins*. Ele está enjoado e nem um pouco feliz naquela hora da manhã porque está com uma ressaca maldita.

Então Faella se levanta e começa a andar na direção dele.

Kevin coloca a mão na arma.

Faella faz um gesto para ele abrir a janela. Quando Kevin abre, ele fala:

— Você é South ou Coombs?

Então eles fizeram um pouco da lição de casa, pensa Kevin. *Bom para eles.*

— Coombs.

— Meu chefe gostaria de conversar com o seu chefe — diz Faella. — Uma reunião amigável. Acha que podemos conseguir isso?

— Posso perguntar.

— Faça isso — responde Faella. — Pergunte.

Ele volta para o maldito muffin dele.

Kevin baixa a arma.

Diane se encolhe.

— Corta! — grita Mitch.

Estão filmando a primeira cena de amor entre Liam e Pam naquele dia — na verdade, provavelmente pelos próximos três dias. Mitch esperou até relativamente tarde no cronograma para marcar aquela cena porque é difícil e delicada e ele queria dar tempo a Diane para ficar confortável com Brady Fellowes, o ator interpretando Liam. E ela esteve confortável, as cenas anteriores deles demonstraram boa sintonia e química sexual, mas agora, quando Brady toca o ombro dela, tirando a blusa, ela se encolhe pela terceira vez seguida.

— Desculpe — diz Diane.

— Não tem problema — responde Mitch. — Vamos parar por cinco minutos.

O set está quase vazio, porque Mitch o fechara — manteve a equipe essencial apenas — para a cena de sexo.

Diane senta-se na cadeira para retocar a maquiagem.

— Você está bem? — pergunta Ana.

— Estou.

Mas ela não está. Diane sente-se horrível. Sabe que está deixando todo mundo na mão, custando dinheiro para a produção, deixando Mitch para trás num cronograma de filmagens que já está atrasado. E ela sabe como os rumores podem começar rápido, as perguntas. Diane está chapada de novo? Voltou para as drogas? Para o álcool?

Ela não voltou, mas é a primeira vez em um bom tempo que sente vontade.

Mitch se aproxima.

Ana não precisa ser avisada para se afastar.

— Como você está? — Mitch pergunta.

— Há uma velha piada — diz Diane. — Na noite de núpcias, o noivo pergunta à noiva se é a primeira vez dela. E ela responde: "Por que todo mundo fica me perguntando isso?".

— Engraçado — fala Mitch. — Mas você parece, não sei, assustada. É o Brady? Você tem algum problema com ele?

— Não. Brady é ótimo.

Mitch deixa a questão no ar.

Diane continua:

— Eu não sei, Mitch. Eu não... Só estou assustada.

— Tá, olha — ele diz —, talvez a gente possa trazer os dublês de corpo para os closes. E você sabe, para o resto, vou enquadrar acima dos ombros.

— Obrigada.

Mas, pensa Diane, *a paixão precisa estar ali. Sem a atração sexual, a compulsão, a história de Pam e Liam não faz sentido. Sem isso, o filme inteiro não funciona.*

E eu preciso entregar isso.
A dublê de corpo não pode.
É minha responsabilidade.
Ela tenta se concentrar, entrar em Pam, deixar-se para trás. Mas a voz no telefone continua voltando à sua cabeça.
"Oi, querida."

Danny vai para o lugar de café da manhã de Petrelli.
Ele não se importa, não está a fim de entrar no jogo do status e combinar um lugar neutro. E não há risco em ir para lá — nada vai acontecer em Westlake Village às dez e meia de uma manhã de quinta-feira.
Westlake Village nem se parece com Los Angeles, se parece mais com um subúrbio rico.
Danny fez sua pesquisa.
Angelo Petrelli é o chefe da máfia de L.A., o que não é dizer muito em si. Nos velhos tempos, os tempos sendo dos anos 1920 até os 1950, a família de L.A. era alguma coisa, com caras poderosos como Jack Dragna, Mickey Cohen, Benny Siegal e Johnny Roselli.
Aí, nos anos 1970 e 1980, os caras começaram a trair uns aos outros, muitos foram para a prisão, jogando a família numa queda livre da qual ela nunca se recuperou. Agora algumas daquelas pessoas estão em liberdade, incluindo Petrelli, e a família está tentando voltar à ativa, em grande parte infiltrando-se nos estúdios e movimentando-se para tomar parte de Las Vegas.
Mas o que L.A. é na verdade, Danny aprendera, é uma colônia semioficial do Chicago Outfit, e isso é um problema.
Danny não quer problema com Chicago.
Ninguém quer.
Então Danny vai ao encontro.
Ele vai sozinho. A equipe é contra, mas Danny achou que na verdade pareceria mais forte se fosse confiante o suficiente para aparecer sozinho.
Petrelli já está do lado de fora, sentado a uma mesa com Faella. Ele fica de pé e cumprimenta Danny de modo afetuoso.
— Danny, obrigado por vir.

Porque Angelo também fez a lição de casa. Ele sabe que Danny Ryan é uma pessoa séria, que ele roubou quarenta quilos de heroína de Peter Moretti, que tirou dois caras, talvez mais, do jogo, e, acima de tudo, é um velho amigo e protegido de Pasco Ferri. O antigo chefe da Nova Inglaterra está aposentado na Flórida, mas segue em contato com todas as famílias principais, incluindo Chicago.

Então Angelo demonstra respeito a Danny.

— Quer alguma coisa, Danny? — pergunta. — Um café? Uma torta? Ronnie, pegue um café para Danny. Sente-se, Danny.

Danny se senta.

Faella entra na padaria.

— Danny — diz Angelo —, se você tinha um problema, queria que tivesse vindo falar comigo antes.

— Eu não sabia — responde Danny.

— Mas veja, esse é o problema — fala Angelo — de simplesmente aparecer num lugar. Você não sabe o que não sabe.

— Você tem razão.

Angelo sorri.

— Então, olha, vamos esquecer isso. Você deixa o Ronnie voltar, a vida segue, tudo está esquecido.

— Não.

O sorriso desaparece.

— Não o quê?

— Não, não vou deixar Ronnie voltar — afirma Danny. — Você deixaria um ladrão voltar para a sua casa?

Danny mostra tudo — custos falsos de comida, cobranças a mais para equipamento que não estava lá, cobranças por empregados que nunca apareciam. Chegava a dezenas de milhares de dólares.

— Por que você se importa? — pergunta Angelo. — Não é seu dinheiro. Mas olha, se é porque quer molhar o bico, podemos falar sobre isso. Se quer um pedaço do que tiramos, posso convencer Ronnie, talvez você possa telefonar para Pasco e dizer que tratamos você bem aqui.

— Você não está falando com Pasco — diz Danny —, está falando comigo.

Faella volta com um café e um pão doce que coloca na frente de Danny. Então ele se senta.

Angelo diz:

— Danny e eu estávamos só resolvendo as coisas.

— Os filmes são uma mesa grande — comenta Faella. — Todos nós podemos comer. Desde que não fique ganancioso, Danny.

Danny retira a tampa de plástico do copo de café, dá um gole e coloca a tampa de volta.

— Esse filme é minha mesa. Não convidei vocês.

— Nós estávamos lá antes de você — diz Faella.

— E agora não estão — retruca Danny.

— Nós vamos mesmo discutir por causa de macarrão com queijo? — pergunta Angelo, começando a ficar bravo. — Essa coisa de bufê, sem ofensa, Ronnie, é café pequeno. Mas é meu território. Você quer ganhar no meu território, isso me aborrece.

— Não estou entrando no seu território — fala Danny. — Não quero parte do seu jogo, das suas drogas, das suas mulheres, dos sindicatos, da agiotagem, nada.

— O que você *quer*?

— Só meu negócio nos filmes — diz Danny. — Esse filme ou qualquer filme que eu decida fazer.

— Nós temos interesses em sindicatos de filmes — afirma Angelo.

— Vão com Deus — responde Danny. — Só não nos meus sets.

— Se quer proteção — diz Faella —, pague por proteção.

— Exceto que eu não quero e não vou pagar — retruca Danny. Ele se levanta. — Obrigado pelo seu tempo. Obrigado pelo café.

Ele volta para o carro.

Telefona para Jimmy.

— Quero alguém no set o tempo inteiro. Fale para todo mundo ficar de olho aberto.

— Quer alguém com você?

— Não, estou bem.

Mas não estou, pensa Danny.

Sou um merda.

Isso é a última coisa que eu queria.

Quando estaciona no complexo de apartamentos, um carro espera por ele.

Vinte e três tomadas.

E ainda não está bom, pensa Diane ao ir embora do estúdio. *Vinte e três tomadas e eu fui péssima em cada uma delas. Mitch tenta disfarçar a infelicidade, mas ele é um ator ainda pior que eu. Os cochichos começaram, o telefone vai tocar no escritório de Sue.*

Diane está exausta.

Tudo o que quer fazer é ir para casa e dormir.

Harris entra no carro de Danny.

— Quando seria preciso manter uma discrição extrema — ele diz —, você adotou uma exposição extrema.

— O que quer que isso signifique.

— Significa namorar uma estrela de cinema e sair em público — explica Harris. — Eu não entendo. Você não é burro. Poderia ter pegado aquele dinheiro e vivido uma vida feliz, sossegada.

— É o que eu quero.

— Apesar de todas as evidências do contrário? — pergunta Harris. — Você contou alguma coisa para ela? Qualquer coisa que ela não devesse saber? Conversa de travesseiro?

— Pelo amor de Deus...

— Ela é instável — interrompe Harris. — Tem um histórico de drogas e álcool, depressão, doença mental na família. O irmão dela...

— Eu sei disso — diz Danny. — Não, não contei nada para ela.

Ficam em silêncio por alguns segundos, então Harris continua:

— Algumas pessoas em Washington estão muito preocupadas.

— Que pessoas?

— Vamos, Danny.

— Eu não trabalho para você — fala Danny. — Eu não trabalho para "algumas pessoas em Washington". Fizemos um acordo. Cumpri minha parte.

Harris diz:

— Você precisa ficar fora da mídia. Precisa terminar esse relacionamento, ou...

— Está me ameaçando agora? — Danny pergunta.
— Estou tentando ajudar você.
— Não tente.
Harris abre a porta.
— Você precisa terminar com ela, Danny. Precisa terminar agora.
Ele sai.

Danny, o traficante de drogas?
O estômago de Danny se revira quando ele vê a manchete. Então ele lê:

O charmoso Danny Ryan pode estar menos para Sky Masterson e mais para Scarface. Fontes confiáveis na polícia dizem que, enquanto Danny está acompanhando nossa bela Diane pela cidade, ele pode estar fazendo isso com o dinheiro de um acordo gigante de heroína.

A história segue falando da apreensão no Glocca Morra, dos doze quilos de heroína e da prisão de John Murphy.

Nossas fontes dizem que Danny é genro de John Murphy, e era soldado da gangue irlandesa que lutou uma longa guerra contra a máfia em Rhode Island. Danny foi "pessoa de interesse" em vários assassinatos, embora os promotores jamais tenham conseguido conectá-lo a eles.
Agora ele pode ser traficante de drogas, também.
Nossa querida Diane sabe do passado do namorado?

Danny sente vontade de vomitar.

Sue Holdt também sente náusea.
É um desastre.
Os caras da publicidade não acham mais que é uma coisa tão boa, e os advogados dizem que ainda não têm base legal para se envolverem,

que é entre Ryan e aqueles jornais. E mesmo se Ryan decidir processar, é uma faca de dois gumes, porque faria a história continuar.

E se for verdade?

Ela olha para Mitch, do outro lado do escritório.

— Eu vi as gravações brutas recentes. Diane está péssima.

— Não sei o que está acontecendo com ela — diz Mitch. — Não são drogas nem álcool. Ela está limpa. Mas a cabeça dela...

— Ela consegue terminar o filme? — pergunta Sue. — Mais quantos dias de filmagens você tem com ela?

— Nove ou dez se a cabeça dela estiver boa — responde Mitch. — Se não estiver, quem sabe?

— Isso não vai ajudar — fala Sue.

— Não, não vai.

— É verdade? — Diane pergunta.

Ela foi direto ao apartamento dele após outro dia de merda no set.

— Partes são verdade — responde Danny.

Ele está feliz por Ian estar na cama.

— Eu li sobre a heroína no livro de Bobby — conta Diane. — Está no roteiro. O que eu não sabia é que você estava envolvido.

— Tem coisas sobre a minha vida — fala Danny — que quero manter longe de você.

— Por quê?

— Porque se eu mostrar a você aquelas partes de mim — afirma Danny —, você vai embora.

— Danny — ela diz —, se *não* me mostrar essas partes suas, vou embora.

Danny conta a história inteira para ela. Como ele deixou Liam convencê-lo a roubar o carregamento de heroína dos Moretti. Quarenta quilos. Como tinha sido uma armadilha, uma armação. Como ele estava no hospital com a esposa quando a apreensão do Glocca Morra aconteceu.

Então lhe conta o resto, como foi lá e pegou sua parte na heroína.

— Então é verdade — ela diz.

— Eu joguei fora — ele fala. — Joguei no oceano.

— Espera que eu acredite nisso?

— Não sei no que espero que você acredite — responde Danny. — Só posso dizer a verdade.

No livro, no filme, tudo termina com o suicídio de Liam.

Depois que Pam o deixa.

— Aquilo não é o que aconteceu de verdade — diz Danny. — Pam traiu Liam, o entregou para um agente federal chamado Jardine. Jardine o assassinou para ficar com a heroína.

— Como sabe disso?

— Jardine me contou.

— Ele foi assassinado.

— Ele foi morto — corrige Danny.

— Foi você?

— Diane, não me faça perguntas com respostas que não quer ouvir — fala Danny.

— Então é um sim.

Você diz a ela?, Danny pergunta a si mesmo. Que deu uma chance para que Jardine fosse embora, que ele decidiu atirar em você, que em vez disso você ganhou?

Não, você não diz.

Você não a transforma em uma testemunha.

— Há muita coisa que você não entende — ele declara.

— Faça-me entender.

Ele balança a cabeça.

Ela diz:

— Então agora você me deixa de fora?

Danny sabe que é um engano quando abre a boca e fala:

— Você sabia que eu não era um escoteiro quando se envolveu comigo.

— Entendi.

Ela se vira e sai pela porta.

Fica pior no dia seguinte.

DANNY RYAN MATOU UM POLICIAL?

A história entra no assassinato de Phil Jardine. Não implica Danny diretamente, mas dá a entender que ele poderia ter estado lá na praia naquela manhã, que talvez fosse um informante de Jardine, que talvez tivesse traído os amigos e então o relacionamento azedara.

Ou que talvez Jardine tivesse encontrado a heroína com ele, e Danny o tivesse matado.

Não sai dizendo diretamente isso, apenas faz as perguntas.

Então se volta para Diane. Reconta a história dela com drogas e álcool, e então...

"Então, será que Diane Carson, cujo próprio irmão assassinou o marido, agora está namorado com um matador de policiais?"

Os telefones começam a tocar como sirenes.

Madeleine espera que Evan Penner atenda o telefone.

Ela não precisa esperar muito e vai diretamente ao assunto.

— Quem está fazendo isso com o meu filho, e por quê?

— O que quer dizer?

— Alguém está plantando histórias falsas sobre Danny e quero que isso pare — diz Madeleine.

— Estamos tentando encontrar o vazamento.

— Bobagem — ela fala. — Você sabe quem é a fonte, essa tal de Moneta.

— Preciso dizer, Madeleine, que Danny não ajudou se colocando em evidência. Ele se transformou num alvo.

— Acabe com isso — ordena Madeleine. — A srta. Moneta não é a única que tem histórias para contar.

A ameaça é muito real, Penner sabe.

Madeleine McKay poderia contar muitas histórias. Os pecadilhos sexuais de figuras públicas talvez sejam as menos importantes. Ela também poderia falar sobre contribuições políticas por debaixo dos panos e uso de informações confidenciais.

Ela poderia destruir carreiras, até colocar pessoas atrás das grades.

— Vamos fazer ela parar — garante Penner. — Mas, Madeleine, não sei como reverter essa situação.

Madeleine também não sabe.

Ela desliga ciente de que as informações estão públicas, que Danny está exposto e vulnerável.

E Evan está certo, o primeiro passo é tirá-lo dos holofotes.

Tirá-lo de Hollywood.

De perto de Diane Carson.

Pasco Ferri também recebe telefonemas.

Todos sobre Danny Ryan.

Há apenas dois dias, algum idiota de L.A. chamado Angelo Petrelli telefonou e reclamou sobre Danny entrar em seu território e então se recusar a demonstrar respeito.

Pasco ficou irritado porque: um, ele estava tentando desfrutar da aposentadoria; dois, ele nem conhecia esse tal Petrelli, e a família de Los Angeles mal se qualifica como família, é mais como a ala da Costa Oeste de Chicago; e três, Danny Ryan deveria estar caindo fora desse negócio.

Ele só atendeu o telefonema por causa de Chicago, e Petrelli estava em cima dele, querendo que usasse sua influência para fazer Danny pagar ou cair fora. Pasco disse que conheceu Ryan um pouco nos velhos tempos, nem tinha o telefone dele, mas prometeu dar uma olhada na situação e fazer o que pudesse.

Pasco tinha a intenção de fazer absolutamente nada.

Para o inferno com esse paisan, ele pensou. *Se ele tem um problema com Ryan, é problema dele, não meu. Ele que lide com as próprias coisas.*

Exceto que naquela manhã ele recebe ligações dos chefes em Chicago, Nova York, Detroit e Kansas City, todos perguntando que porra é essa com esse cara Ryan e por que estão lendo sobre ele nos jornais.

Porque ninguém precisa dessa merda.

Todas as famílias estão sendo atacadas com a Lei de Repressão ao Crime Organizado, os caras estão virando a casaca, as porras dos chefes indo para a cadeia, e a última coisa de que qualquer um precisa são manchetes sobre drogas e assassinato.

Pasco sabe muito bem que é melhor deixar os corpos na Nova Inglaterra enterrados, e agora, porque Danny está enfiando o pinto em alguma buceta de Hollywood, as pessoas estão lá fora com pás escavando o passado.

Ele se lembra dos anos 1960, *era isso*?, quando Momo Giancana estava transando com uma das irmãs McGuire e saindo nos jornais, e o Chicago Outfit não gostou daquilo e o tirou do posto de chefia.

Então Momo se misturou com os Kennedy, a CIA, os cubanos, sabe Deus o quê. Tem gente que diz até que ele estava envolvido no assassinato de JFK.

Ele estava nos holofotes.

Por fim, o Outfit precisou enfiar uma bala na cabeça dele.

O pobre filho da puta estava fritando uma *sausiche* ou alguma coisa assim quando foi morto.

E agora Danny.

Inferno, mafiosos fodem atrizes desde antes que existissem filmes — é esperado —, mas a coisa era mantida debaixo dos panos.

Essa coisa, você pode ter uma maldita de uma bela vida, se for esperto.

Danny está sendo burro.

E a maioria dos telefonemas a respeito dele são sobre a mesma coisa — querem Danny morto. Eles não dizem isso — ninguém fala nada no telefone esses dias —, mas é o que querem.

Mas não é, pensa Pasco.

Se pensassem direito naquilo, perceberiam que a última coisa que querem são manchetes sobre o corpo de Danny Ryan sendo encontrado de bruços no rio Los Angeles.

Os jornais amariam aquilo.

Não, o que querem — o que todo mundo quer — é que Danny abandone essa merda, suma e deixe a coisa morrer.

Danny vai escutar a razão.

E se não escutar...

Reggie Moneta nem tenta se declarar inocente.

Tampouco cede à pressão não tão sutil que Evan Penner coloca nela durante um almoço *tête-à-tête* em Georgetown, referente a seu futuro no FBI ou no setor privado.

— Se quer mexer nesse vespeiro — ela declara a Penner —, vamos mexer em todos eles. Vamos mexer no vespeiro América Central, vamos mexer no vespeiro Operação Aetna, vamos até mexer no vespeiro Domingo Abbarca. Então, se quer todas essas vespas voando ao redor de Washington, senhor Penner, faça mais ameaças veladas.

— Esses vazamentos precisam parar — fala Penner.
— Precisam — concorda Moneta.
Ela está satisfeita. Não há mais nada a dizer. O vinho foi servido e não podem colocar de volta na garrafa.
— Até onde sei — prossegue Moneta —, Danny Ryan é um traficante de drogas e um assassino, e o que acontecer de ruim com ele é pouco. E, a propósito, pode falar isso para a mãe dele. Sim, nós todos sabemos sobre Madeleine McKay, e há certas investigações nas quais podemos trazê-la como testemunha, se quiser que a gente faça isso.
Falando em ameaças veladas.
Ou desveladas.
Ela sabe que o que está dizendo não vai fazer com que Danny Ryan seja acusado.
Vai fazer com que seja morto.

Angelo Petrelli não tinha ficado feliz com o telefonema para Pasco Ferri.
Ele sabe quando está sendo ignorado, e aquele carcamano velho o tinha deixado de lado.
Angelo pensa em levar aquilo até Chicago, mas sabe que não vai pegar bem. Já o acham fraco, e se precisar procurá-los a cada coisinha, isso só vai fazer com que pareça mais fraco.
Além disso, pensa, *esse babaca Ryan está ferrado agora, com a cara em todos os jornais e sendo ligado ao assassinato de um policial. Ele se transformou em um problema, e os chefes das grandes famílias podem ficar bem-dispostos se eu resolver um problema para eles.*
Fazer aquilo desaparecer.
O que Angelo quer de verdade é um pedaço do movimento de volta a Las Vegas, que Chicago está liderando. Impressioná-los lidando com esse negócio de Ryan poderia ser seu convite para a festa.
— Passe isso para alguém — ele diz a Faella.
— Quem?
Angelo o encara sobre sua batida de frutas.
— Eu quero saber?
Alguém bom.

★ ★ ★

Nem a própria equipe de Danny está feliz com ele.

Kevin está puto, primeiro porque é Danny transando com Carson em vez dele, e fica ainda mais puto quando Kim, agora que ele conseguiu um papel para Amber no filme, dá um pé na bunda dele.

— Não é nada pessoal — ela diz a Kevin depois do que seria a foda de despedida. — Estamos nos mudando para Nova York.

— Nova York?

— Amber recebeu a oferta de um papel recorrente em uma série de televisão — explica Kim. — É filmada lá. Achamos que é um passo bom para ela. Ela quer ser atriz de verdade, não só essa coisa superficial de L.A. O cronograma de filmagens vai permitir que ela faça Off Broadway.

A questão principal é que Kevin está entediado.

Claro, o dinheiro do roubo das drogas é bom, a vida no set vem sendo boa, mas Kevin quer ficar ativo novamente, quer trabalhar, e Danny não está permitindo nada daquilo porque quer que fiquem fora do radar.

Então, ele fica realmente maluco quando Danny se torna um imenso sinal na tela de todos enquanto diz para as pessoas serem discretas.

— É... qual a palavra? — pergunta a Sean.

— Hipocrisia — responde Sean. — Hipócrita.

Sean, ele não está muito feliz com Danny basicamente pelos mesmos motivos, mas sua maior preocupação é talvez ser acusado por coisas que fez em Rhode Island, e também o fato de Ana estar em cima dele por Danny não tratar Diane bem.

"Ele vai destruir a carreira dela", Ana dissera na outra noite.

Ele vai destruir a carreira de todo mundo, Sean pensa agora, sentado no Burger King com Kevin. Ele vai fazer todo mundo ser apagado se as famílias grandes decidirem acabar com aquela merda.

Bernie Hughes só está preocupado.

É o que Bernie faz, ele se preocupa, mas dessa vez ele realmente tem alguma coisa para se preocupar. Danny estava perturbado e poderia derrubar todos eles junto. Mas principalmente está preocupado com Danny, porque Danny é filho de Marty.

É Jimmy Mac quem confronta Danny. Ele vai trazer Angie e os filhos para lá. Encontrou uma casa bacana em um subúrbio em San Diego, em um bom distrito escolar com bons parques.

Agora já não tem tanta certeza.

— Eu e os caras andamos conversando — ele fala certo dia em um lugar que serve peixe com batata frita, que Danny encontrou em Burbank e que é passável.

— Você e os caras? — pergunta Danny. — Sobre o quê?

— Você sabe.

— É, acho que sei — diz Danny. — Mas por que não fala para mim?

— Certo — responde Jimmy. — Acho que talvez seja hora de se afastar.

— De...

— De tudo isso — completa Jimmy. — Dessa coisa de Hollywood.

— Ei, se quiserem ir, vão.

— Você também precisa ir — diz Jimmy. Ele coloca mais vinagre nas batatas fritas e as contempla.

— Por que isso?

Jimmy perdeu a paciência.

— Porque você é o problema, Danny. Essa coisa com Diane, você nos colocou nos jornais, até na TV. Isso precisa parar. Você vai acabar fazendo com que todos nós sejamos mortos. Você deveria ser o chefe da família, e está nos desapontando.

Vá se foder, pensa Danny. *Eu coloco o dinheiro no bolso de vocês, a comida na mesa de vocês. Sou o chefe aqui, não você, não "os caras". Eu digo quando e para onde vamos, o que fazemos. Se não gosta disso, não tem tranca na porta.*

Então ele pensa melhor naquilo.

Jimmy é seu amigo mais antigo, ele sempre esteve do seu lado.

Você deve a ele. Honestidade, de qualquer forma.

Então ele diz:

— Eu a amo.

— Sabe quem foi o último cara que ouvi dizer isso?

Sei, pensa Danny.

Liam.

A porra do Liam.

Eu sou ele agora.

— Peça-me qualquer coisa — fala Danny. — Peça dinheiro, me peça para fazer um trabalho, mas não me peça isso.

— O que você disse a Liam — pergunta Jimmy — sobre Pam?

— Disse para terminar com ela.

Jimmy dá de ombros.

Aí está.

O telefone de Danny toca.

— Sim.

— Danny Ryan — diz o cara —, você não me conhece, mas nosso amigo em comum em Pompano Beach me pediu para vir falar com você.

Pasco, pensa Danny.

— Certo.

— Há um horário e um local em que a gente possa se encontrar?

— Conhece L.A.?

— Conheço o aeroporto — ele fala. — Acabei de chegar.

— Píer de Santa Mônica — diz Danny. — Duas horas. Como vou saber quem você é?

— Você vai saber.

Ele sabe.

Danny tinha acabado de pisar no píer quando um cara baixo, magro, talvez com cinquenta e poucos anos, em um elegante terno de linho cinza-carvão, vai diretamente até ele.

— Obrigado por vir, Danny. Sou Johnny Marks.

— Do que isso se trata? — pergunta Danny.

— Nosso amigo quer que você saiba que está fazendo as coisas do jeito errado aqui — responde Marks. — Ele acha que está na hora de você seguir em frente.

— Eu não acho.

— Deixe-me colocar de outra maneira — diz Marks. — Sabe as placas de limite de velocidade?

— Sei. — *Que porra é essa*, pensa Danny.

— Pensamos nelas mais como sugestões, não pensamos? — indaga Marks. — Isso não é uma placa de limite de velocidade, é uma placa de pare. E na placa de pare, você para.

— Por favor, diga a Pasco, com todo amor e respeito — fala Danny —, que aprecio a preocupação, mas isso não é da conta dele.

— Mas é — retruca Marks. — Ele defendeu você para as grandes famílias. Não o coloque numa situação difícil.

— Tenho negócios aqui.

— O negócio dos filmes — argumenta Marks. — Não é para você. Olha, você conhece Pasco, ele não viria até você de mãos vazias. Há alguns amigos nossos se mudando de volta para Vegas. Sei que tem conexões fortes lá. Pasco está oferecendo parte disso.

— Não quero.

— Você tem um filho — continua Marks. — E precisa pensar em Ian, no futuro dele. Essa coisa de Vegas, estamos falando de riqueza de gerações.

— Estou fazendo negócios legítimos.

— Hollywood? — Marks pergunta. — Por favor. Acha que os mafiosos são como esses malandros? Quando fazemos negócio, há limites; esses *ladri* de filmes comem com as duas mãos. Quer ficar com estranhos em vez de ficar com pessoas que amam você?

Claro, pensa Danny, *os italianos me amam*.

— Esta foi uma conversa amigável — prossegue Marks. — Se você me encontrar de novo, não será uma conversa. E se me encontrar de novo, *não* vai me ver. Não leve muito tempo nisso. Tenha um bom dia.

Danny o observa andar pelo píer.

Sean vai pegá-lo ali, segui-lo para onde for.

Então, pensa Danny, *estou na porra de uma enrascada*.

Três pessoas ameaçaram me matar — *Petrelli, Harris, e agora Marks, nessa ordem de perigo*.

Petrelli será o ataque de máfia básico, vai mandar um subalterno, provavelmente Faella, que vai atrás de outro mafioso para dar o tiro.

Coisa padrão.

Harris é uma coisa diferente. Merda de governo, CIA. Eles têm os próprios matadores, tipos militares, mas não estão acima de trabalhar com o crime organizado.

Então há Marks, que fala por Pasco, que fala pelos grandes chefes. Se eles me querem morto, estou morto. Mesmo se enfrentar Marks, vão mandar outra pessoa, então outra pessoa, e nunca vai terminar.

Mas você pode terminar com isso, ele pensa enquanto anda para o carro.

Pode terminar com isso hoje.

Termine com Diane.
Vá embora de L.A.
Que é o que você deveria fazer. Salvar a si mesmo, salvar seus caras, porque mesmo se disser para Jimmy Mac e Ned e o restante para irem embora, eles não vão. Vão para o buraco com você porque são caras da Nova Inglaterra e é o que eles fazem.
Então vai fazer com que eles terminem mortos também.
Assim como Liam fez caras terminarem mortos por causa de uma mulher.
E você o odiou por isso.
Então termine isso agora.
Então ele pensa: *Não, foda-se isso.*
Eu a amo.
Nós devemos ficar juntos.

Danny percebe o carro que o segue antes de chegarem à rodovia Pacific Coast. Não se importa, eles sabem onde ele mora de qualquer modo, e além disso Jimmy Mac está a alguns carros atrás do cara, com Kevin no banco do carona.

Esses caras, pensa Danny. *Acham que estão brincando com crianças? Acharam que eu ia aparecer sem cobertura?*

Ele decide levar o cara para um passeio, por toda a Malibu Canyon, depois de volta à 101 para o Oakwood.

O cara o ultrapassa, como se estivesse procurando um lugar para estacionar.

Danny vai diretamente para a piscina, onde sabe que vai encontrar Ian e Holly. Ele a paga, então brinca com Ian na piscina por cerca de uma hora.

Puxando Ian pela água, Danny olha para uma elevação artificial com uma cerca e várias árvores e vê um cara aparando os arbustos. Um cara branco, que seria o primeiro cara que tinha visto na Califórnia trabalhando no jardim que não era mexicano.

Ele não está aparando os arbustos, pensa Danny.
Ele está alinhando o tiro, fazendo sua pesquisa.

Eles sobem e Danny faz empanados de peixe e purê de batatas instantâneo, que Ian ama, o irlandesinho.

Ele recebe um telefonema de Sean.

— Marks te deixou e foi encontrar outra pessoa. Quer adivinhar quem?

— Por que não me conta, Sean?

— Harris.

Danny absorve aquilo.

Faz sentido que Pasco e Harris fossem encontrar um ao outro, trabalhar juntos nisso, pensa. *Eles têm um interesse em comum — eu. E se Harris vai mandar me apagar, ele precisa fazer parecer que não está envolvido, ou então vai precisar lidar com Madeleine. Se for um ataque da máfia, ele não precisa.*

E Pasco, ele trabalha com o governo, consegue proteção por isso. E sabe Deus o que mais.

É uma boa e uma má notícia. Má porque são uma combinação poderosa com recursos ilimitados, boa porque reduz as ameaças com que precisa lidar de três para duas.

— Certo — diz Danny. — Para onde ele foi?

— O Biltmore — responde Sean. — No centro.

— Fique em cima dele.

— Você manda.

Danny liga para Jimmy.

— O cara que estava atrás de você se registrou em um Best Western em Santa Mônica — fala Jimmy. — Kevin está de olho nisso. O carro é alugado.

— Então ele veio de avião.

— Acho que sim.

— Acha que ele está com Petrelli ou com esse Marks, que eu encontrei? — Danny pergunta.

— Difícil dizer. Mas temos fotos.

— Passe-as para Bernie — diz Danny. — Veja se alguma de nossas conexões consegue identificá-lo.

— Ele já está fazendo isso.

Se Danny precisar apostar — e ele precisa —, vai com Petrelli. Marks não teria a conversa e instantaneamente colocaria alguém para segui-lo.

Jimmy diz:

— Se quiser, eu e Kevin podemos ir resolver isso.

— Não — fala Danny. — Quero que venham até aqui, peguem Ian e o levem para Madeleine.

Ele sabe que o pessoal de Pasco não machucaria uma criança, e desconfia que o de Petrelli também não faria isso. Os italianos não são Domingo Abbarca, eles não machucam famílias. Mas nunca se sabe — um tiro errado, um ricochete.

Danny não vai correr riscos.

Ele desliga e diz:

— Ian, gostaria de ir ver a vovó?

O rosto de Ian se ilumina.

— Vovó!

— Tio Jimmy vai levar você de carro — fala Danny. Ele vê o menino franzir o cenho, os olhos cheios de lágrimas. — Não se preocupe, vou estar lá em dois dias.

— Dormir duas vezes?

— Dormir duas vezes — repete Danny.

Ele empacota algumas roupas de Ian e alguns brinquedos, então lê uma história para ele até que Jimmy chegue.

Poucos minutos depois, Bernie telefona.

— O nome do seu homem é Ken Clark, de Phoenix. Ele tem conexões com a família de L.A, mas todos os figurões o usam. Atirador do Exército, Vietnã; ele é bom, Danny.

— Certo, obrigado.

Meia hora depois, Danny está sentado com Harris no carro do agente no estacionamento do Oakwood.

— O que é tão urgente, Danny? — Harris pergunta.

— Por que *você* não *me* fala?

— O que quer dizer?

— Tem alguma coisa para me dizer? — questiona Danny.

— Essas últimas histórias — diz Harris — ligando você a Jardine. Elas são ruins, Danny, o que quer que eu diga?

Que tal a verdade?, pensa Danny. *Que tal que você e as grandes famílias estão juntas e a conversa é sobre me matar? Que tal isso?* Mas ele não diz a Harris o que sabe. *Deixa ele pensar que estou vivendo na bênção da ignorância.*

— Já viu *Sindicato de ladrões*? — pergunta Harris.
— Não sei. Talvez. Por quê?
— Tem uma cena famosa — responde Harris. — Brando e Rod Steiger estão em um carro, e Steiger diz para Brando: "Pegue o dinheiro, garoto, antes que a gente chegue...". E Brando pergunta: "Antes que a gente chegue aonde? Antes que a gente chegue aonde?". Porque ele sabe que quando chegarem lá, Steiger, seu próprio irmão, vai mandar matá-lo.
— E?
— Então, pegue o dinheiro, garoto, antes que a gente chegue lá.

Danny sai do carro.

Ken Clark sai para comprar frango.

Popeyes.

Tempero extra.

E isso é um erro, porque, quando ele volta para o quarto, Kevin Coombs o acerta com um porrete na cabeça, e quando Clark acorda no chão, Danny Ryan está sentado em uma cadeira olhando para ele.

Danny pergunta:

— Quem contratou você, Ken?
— Eles me matariam.
— É a menor das suas preocupações no momento — diz Kevin.

Então Danny lança um olhar de "cala a boca" para ele, e Kevin cala a boca e volta a comer o frango de Clark. Ned Egan não diz nada, mas ele raramente fala. Apenas segura seu .38 na cabeça de Clark.

— É simples — fala Danny. — Conte quem te contratou ou vamos te matar.
— Vocês vão me matar de qualquer jeito.
— Não — retruca Danny.
— Como vou saber?
— Não vai — diz Danny. — Mas, se nos contar, tem a chance de viver. Se não contar, não tem. Faça as contas.
— Ronnie Faella.
— Certo — fala Danny. — Levante. Vá para o banheiro.
— Não, você disse...

— Faça o que eu digo.

Kevin levanta Clark do chão e meio que o arrasta até o banheiro. O cara ainda não consegue fazer as pernas funcionarem.

Danny aumenta o volume da televisão e então vasculha a mala de Clark.

— Ei, Ken, você tem alguma meia limpa? Deixe para lá, aí vamos nós.

Clark tem um par de meias brancas de academia, cuidadosamente enroladas. Danny entra no banheiro.

— Abra a boca.

— Vamos, por favor. Eu lhe disse o que...

Danny enfia as meias na boca de Clark.

— Quer que eu o mate? — pergunta Kevin.

— Ken, aqui está a questão — diz Danny. — Se eu deixar você viver, você pode vir atrás de mim de novo.

Clark balança a cabeça, tenta dizer:

— Não.

— Não posso correr esse risco — continua Danny. — Coloque a mão na porta.

Clark balança a cabeça de novo.

— É isso ou uma bala na cabeça — ameaça Danny.

Clark coloca a mão na abertura da porta.

Danny fecha a porta com um chute.

Clark grita debaixo das meias. Seus dedos estão estilhaçados. Dois dos ossos saem pela pele. Ele cai de joelhos, segura o pulso e geme.

— A outra — diz Danny.

Kevin agarra o outro pulso de Clark e coloca a mão dele no vão da porta. Danny a chuta de novo. Será um longo tempo até Clark apontar uma arma.

Danny espera até que os gritos parem e então tira as meias da boca de Clark.

— Esses caras vão deixar você na frente do pronto-socorro. Diga a Faella e Petrelli que se eu não quisesse paz, você estaria morto, e eles também.

Ele pega as chaves do carro de Clark e olha dentro, abre o porta--malas.

Sem fuzil.
Então, um a menos.
Ainda sobrava um.

Danny vai até a casa de praia. Diane vai para os braços dele.
— Sinto muito.
— Eu também.
— O mundo inteiro quer que a gente se separe — ela diz.
— Foda-se o mundo — ele fala. — Estou pensando mais em ir na direção oposta com isso.
— Que direção oposta?
— Depois que você terminar o filme — ele sugere —, vamos para Vegas, para uma daquelas capelas de casamento...
— Isso é um pedido de casamento?
— Não tenho um anel comigo — diz Danny. — Mas vou comprar um. Fazer isso certo.

Mais tarde, deitados na cama lado a lado, um de frente para o outro, bem abraçados, o rosto dela no peito dele, ele sente cada centímetro da pele dela contra ele.
Então ela fica dura.
Rígida.
Diz suavemente:
— Sabe que meu irmão, Jarrod, matou meu primeiro marido.
— Sei.
— Sabe por quê?
— Seu irmão estava drogado ou algo assim — responde Danny.
— Não — ela fala —, não foi por isso.
Pela próxima meia hora, Danny a ouve contar a ele, a voz dela como um riacho lento, suave, mas constante, fluindo.
Ele a ouve dizer que sempre tinham sido próximos, Diane e Jarrod, sempre um time, unidos contra as brigas e a gritaria que acontecia no andar de baixo, o pai alheio deles, a mãe hipercrítica. Costumavam deitar na cama à noite e contar histórias para o outro, fazer o outro rir, mas aquilo começou quando ela tinha uns doze anos, o irmão dezesseis, como um tipo de brincadeira, ela e Jarrod praticando beijo, preparando-

-se para os namorados e namoradas que teriam, e era engraçado e eles riam mas a sensação era boa para ela e é isso que você precisa saber, Danny, eu preciso que você saiba que nunca fui estuprada, isso seria a mentira fácil, era bom, sempre foi, mesmo quando eu sabia que era errado e ele sabia que era errado e na primeira vez que tocou nos meus seios foi empolgante, eu estava empolgada e estava molhada e quando ele me tocou lá embaixo pela primeira vez eu gozei pela primeira vez e amei aquilo e o amei e a primeira vez que ele entrou em mim foi por trás então eu podia fingir que era outra pessoa e ele me chamou de "querida", mas eu não fingi, eu sabia quem era eu sabia que era ele e sussurrei o nome dele, e isso continuou por anos, continuou por anos, não toda noite e às vezes parávamos por meses, mas nunca mais tempo que isso pois nos amávamos e mesmo se tivéssemos outras pessoas às vezes nós nos amávamos e sempre voltávamos para nossa cama e se não quiser mais me tocar, Danny, eu entendo se não me quiser mais, eu entendo, entendo mesmo é nojento é horrível é doente o que fizemos, mas não quero mentir porque parei de mentir para mim mesma menti para mim mesma até a bebida e os comprimidos eu gostava eu deixei acontecer porque gostava e o amava.

 Danny fica perfeitamente imóvel, com medo de que, se ele se mexer, Diane vá desmoronar, e ele escuta enquanto ela conta que foi embora de casa, foi embora de casa e se casou e quando se casou disse a Jarrod que precisava acabar e ele disse que claro que precisava, é claro, mas ele estava com raiva estava ferido ela nunca percebeu nunca soube como ele era doente e quando a família se reunia ele ria e fazia piadas horríveis e quando a encontrava sozinha dizia que sentia falta dela que Scott não precisava saber nunca ninguém precisaria saber, mas ela disse que não iria, ela não podia mais, e ele ficou cada vez mais bravo e uma noite ela voltou para casa e Scott estava no chão morto havia sangue em todo lugar e Jarrod estava sentado na poltrona reclinável com a faca nas mãos e ele olhou para ela e disse: "Isso é culpa sua, querida."

 Na audiência de prolação de sentença, Jarrod inventou uma história de que tinha pedido um empréstimo a Scott e ele não queria emprestar o dinheiro e então perdeu a paciência e simplesmente ficou maluco, mas da tribuna ele olhava para Diane como se tivessem um segredo engraçado, e Danny, entendo se você não me quiser mais eu entendo.

As lágrimas dela eram úmidas contra a pele dele, o corpo dela duro e rígido, e enquanto estão ali deitados juntos, apertados um contra o outro, cada um deles entende que são duas pessoas feridas que se encontraram.

— Isso tudo vai vir à tona agora — ela fala.
— O que você quer dizer?
— Ele telefonou outro dia.

"Oi, querida. Venho lendo sobre você. Você está levando uma vida ótima, não está? Encontrou outro cara. Enquanto estou aqui neste buraco. Neste inferno. Bem, isso vai terminar, querida. Vou contar ao mundo sobre nós. Vou contar a eles como fodia você, ano após ano. Seu próprio irmão. Então vamos ver que tipo de vida você tem. Tchau, querida."

Danny a abraça mais forte.

DEZESSETE

Danny se levanta cedo, quando o nascer do sol é apenas uma promessa.
Vai e senta-se no deque.
Não conseguiu dormir porque não sabe como ajudá-la.
Danny não conhece ninguém em El Dorado.
Se Jarrod estivesse na Instituição Correcional de Adultos de Rhode Island, em qualquer cadeia da Nova Inglaterra — até numa cana federal em algum lugar —, seria um telefonema, talvez dois, e o problema seria resolvido.
Mas El Dorado fica em Kansas, um centro estadual, e Danny não conhece ninguém lá.
Diane sai e diz:
— Você ainda está aqui. Achei que ia fugir durante a noite.
— Não vou a lugar algum — ele diz. — Quer dizer, vou, preciso voltar para o Ian, mas de modo geral… Nós todos temos um passado, Di, nós todos fizemos coisas das quais não nos orgulhamos.
— Danny, quando isso se espalhar — ela fala —, quando Jarrod…
— Vamos pular dessa ponte quando chegarmos a isso — ele interrompe. — Ainda não aconteceu. Ele poderia estar apenas provocando você.
Danny diz isso, mas não acredita. Se o irmão quisesse somente torturá-la, já teria feito isso, teria feito isso ao longo dos anos.
Preciso descobrir como chegar a ele, pensa Danny.
Diane vai se vestir. Um carro virá para levá-la ao estúdio. Eles dão um beijo de despedida, e Danny sai para uma caminhada na praia.

Ele não sabe o que fazer.

As pessoas que eu poderia procurar normalmente, ele pensa, *não estão com vontade de me fazer nenhum favor, e eu não tenho nenhuma vantagem, nada para negociar.*

Sim, você tem, ele pensa.

Você tem tudo para negociar.

Chris acha que videntes são besteira.

Mas ele não quer irritar Laura, então coopera quando ela traz uma amiga do coven para uma "leitura".

"Gwendolyn é *maravilhosa*", dissera Laura. "Ela previu que eu ia te conhecer."

É, pensou Chris, *ela provavelmente disse que você ia conhecer um homem, o que, dado o seu histórico sexual, era uma aposta de alta probabilidade.* Chris teria pegado aquele número e apostado como favorito.

De qualquer modo, agora ele está sentado na mesa da cozinha de frente para Gwendolyn, que tem um cabelo mais bagunçado que o de Laura e está vestida como uma drag queen que entrou em um brechó da Goodwill em San Francisco lá por 1969.

— Você é um exilado — ela diz. — Um refugiado.

Sim, pensa Chris, *meu carro tem placa do Arizona e estou morando em uma cidadezinha em Nebraska, então não estou impressionado.*

— Eu fico vendo a letra *P* — continua Gwendolyn. — Isso quer dizer alguma coisa para você?

— Pneumonia? — fala Chris. — Psicologia?

Mas Laura lança um olhar, e ele para.

— É, talvez — admite Chris.

— Consegue ver o futuro dele? — pergunta Laura.

Gwendolyn entra no que Chris chuta que deveria ser um transe, e então diz:

— Posso lhe dizer que vai voltar para casa. Estou vendo um tipo de trono lá... talvez um cargo...

Agora talvez Laura não ache que Gwendolyn é tão maravilhosa.

— Quando? Quando ele vai voltar para casa?

— Não sei dizer — responde Gwendolyn. Então ela se lembra de qual lado precisa agradar e completa: — Não logo.

Mas agora Chris acha que talvez essa coisa de vidente não seja tanta bobagem, afinal. O *P* poderia ser de Providence. E ele tomando um trono? Um cargo? Bem, não enquanto Vinnie Calfo estiver vivo e fora da cadeia, mas quem sabe o que acontece?

— Há pessoas do outro lado que querem contato com você — diz Laura.

— O outro lado? — Chris pergunta.

— Os mortos — Laura sussurra.

Ótimo, pensa Chris. *Tem várias pessoas mortas que, se podem falar, ele espera que mintam.*

— Sua mãe quer que você saiba que ela está bem — fala Gwendolyn. — Mas sentir saudades de você a matou.

Claro que a velha ia querer enfiar a faca e torcer, pensa Chris. *Até da maldita cova...*

— Vejo outro *P* — prossegue Gwendolyn. — Talvez Paul? Ou Peter?

— Provavelmente Peter — diz Chris, agora totalmente envolvido.

— Ele quer dizer que a mulher dele... Ah, isso é horrível.

— O quê? — pergunta Chris.

— Bem, que a mulher dele mandou matá-lo — responde Gwendolyn. — Isso faz algum sentido para você?

Faz, se você conhece Celia, pensa Chris. *Mas o que essa moça sabe?*

— Não.

— Estou vendo Sally — continua Gwendolyn. — Mas é um homem.

— Sal — fala Chris.

Sal Antonucci. Um capitão da família Moretti e um bom amigo. A porra do Liam Murphy enfiou um tiro nele enquanto ele saía do apartamento de alguma bicha.

Quem diria que Sal sentava no quibe?

— Ele quer agradecer você por tomar conta das coisas.

Chris e Frankie tinham enfiado a bicha no porta-malas de um carro e jogado em um lago.

— Diga a ele de nada.

— Ele está preocupado com os filhos dele — diz Gwendolyn.

— Diga que estão bem — responde Chris.

Chris não tem ideia de como os filhos dele estão, mas, se Sal também não sabe, qual o problema de fazer com que ele se sinta bem?

Depois que Gwendolyn vai embora, Laura está *puta*.

— Você vai me deixar — ela diz.

— Não vou.

— Gwendolyn disse...

— O que aquela *chiacchierona* sabe?

Mas de novo e de novo e de novo: "Você vai me deixar", "Você vai me deixar", "Você vai me deixar", com as lágrimas e as fungadas. E de novo e de novo e de novo Chris diz: "Não vou embora", "Não vou embora", "Não vou embora", ainda que agora meio que esteja pensando nisso, depois do que Gwen disse sobre o trono e tal.

Na cama, Chris estica a mão para tocar Laura, mas ela se afasta. Ele vai tocar o peito dela, ela rola para longe; vai tocar a mão dela, ela mexe; tenta beijá-la, ela vira a cabeça.

É a primeira vez desde que ele chegou aqui que ela não quer trepar loucamente.

Videntes são besteira, pensa Chris.

Ou talvez não.

Danny deixa o carro com o manobrista no Hotel Biltmore, na esquina da Quinta com a Grand.

O Biltmore é Los Angeles das antigas, a Los Angeles de Raymond Chandler. Estrelas de cinema costumavam dançar no salão, faziam o Oscar ali; Elizabeth Short, vulgo "a Dália Negra", foi vista pela última vez naquele saguão.

É o tipo de lugar onde um cara da velha guarda como Johnny Marks ficaria.

Danny atravessa o saguão até os elevadores e sobe até o oitavo andar. Bate na porta do quarto 808.

Ele sabe que Marks está olhando para ele através do olho mágico.

A porta se abre pela extensão da corrente do trinco.

— Só quero conversar — diz Danny.

Marks o deixa entrar. Ele se senta na cadeira da mesa e faz um gesto para Danny na direção do sofá.

— Vou ficar de pé — fala Danny. — Não vou demorar.

— Como quiser. — Marks levanta uma sobrancelha, perguntando "Sobre o que você quer conversar?".

— Vou embora de L.A. — anuncia Danny. — Não vou continuar no negócio de cinema.

— E a mulher?

— Vou largá-la também.

— São boas decisões — diz Marks.

As pessoas vão ficar felizes. Aliviadas.

— Quero uma coisa em retorno — diz Danny. — Não é negociável.

Jarrod Groskopf sai para a quadra de basquete onde costuma jogar com os caras da Irmandade Ariana.

Eles estão lá, seis dele, batendo bola.

Jarrod tira o agasalho para se juntar a eles, faz um cumprimento com a cabeça, estica as mãos para a bola.

Então ele nota uma coisa estranha.

Os guardas vão embora.

Os dois simplesmente viram as costas e se afastam.

Jarrod solta a bola. Começa a correr, mas é tarde demais.

Os caras vão para cima dele, o cercam, o esfaqueiam com armas feitas com lâminas de barbear, metal da oficina de ferramentas, cabos de escovas de dente derretidos e afiados em pontas.

Quando os guardas começam a correr de volta, gritando em seus rádios, Jarrod já morreu de hemorragia.

— Você fez isso? — pergunta Diane.

— Não — responde Danny.

Eles estão de pé no deque da casa de praia dela.

Ela está chorando.

— Só me conte a verdade — insiste Diane. — Por favor, Danny. Você tem alguma coisa a ver com o assassinato do meu irmão?

Danny a olha diretamente nos olhos.

— Não.

— Então foi só coincidência.

— Pelo visto, foi.

Ela vira para o outro lado.

— Não sei mais o que pensar. Não sei mais o que pensar de você.

— Você não precisa pensar nada — fala Danny.

Diane se vira para ele.

— O que quer dizer?

Então ela lança um longo olhar sobre ele e diz:

— Você vai me deixar, não vai? Posso ver no seu rosto. Já vi esse rosto antes.

— Acabou para nós — diz Danny.

A dor nos olhos dela é brutal.

Mas não pode haver nada entre nós agora, pensa Danny. *Ela sabe que eu mandei matar alguém por ela. Tem sangue na nossa cama. E eles estão certos — estou destruindo a carreira dela. Não há razão para salvá-la do irmão se eu mesmo vou destruí-la.*

Seja honesto, ele diz a si mesmo. *Esse amor está destruindo você, também. Vão te matar, matar sua equipe, e você deve mais que isso aos seus caras. E deve ao seu filho mais do que deixá-lo sem pai.*

O rosto dela se retorce em dor.

— É por causa do que lhe contei, não é? Sobre meu irmão e eu.

Não é, pensa Danny.

Não é aquilo mesmo.

Você poderia dizer isso a ela, contar que fez um acordo para salvá-la, mas isso também a mataria. Ela ainda te amaria, mas morreria por dentro.

Melhor ela odiar você.

Então ele não diz nada.

Diane tem um ataque de fúria.

— Então, vá! Saia! Saia daqui! Eu te amei, seu filho da puta! Eu te amei!

Danny não diz nada.

Ela berra:

— Saia! Vá embora! Nunca mais quero ver você de novo. Espero que você morra! Está me escutando? Espero que você *morra!*

Ela volta para dentro da casa.

A porta de correr estremece ao bater.

★ ★ ★

Danny dá as ordens.

Eles vão sair de L.A.

— Graças ao bom Deus — diz Kevin.

Ele tinha cansado de Hollywood. Os caras são todos meio bichas e as mulheres se assistem transando para ver se estão bem.

Ele está pronto para alguma coisa nova.

— Para onde estamos indo? — ele pergunta quando Jimmy o avisa.

Jimmy responde:

— Danny quer ir ao túmulo de Marty em San Diego e se despedir dele do jeito certo.

Kevin aprova.

— O chefe está voltando a si. O veneno de buceta deve estar saindo.

— Não deixe que ele ouça você falando isso — alerta Jimmy. — Não deixe que ele ouça você nem pensando nisso, filho.

Sean, ele também está pronto para ir embora. Agora que Danny terminou com a chefe dela, Ana terminou com Sean; ela não vê como podem ficar juntos. Está tudo bem para Sean; foi bom, mas estava perdendo a graça, e ele está em busca de algo novo.

Uma farra em Daygo parece boa.

Bernie está feliz, ansioso para voltar para a bela e sossegada Rancho Bernardo, com suas calçadas e restaurantes limpos.

Jimmy está totalmente extasiado.

A família vai voar para San Diego e então ficar. Ele vai encontrar um lugar legal nos subúrbios.

Graças a Deus que Danny recuperou o juízo.

DEZOITO

Alguém, provavelmente Paulie, um dia dissera que Frank Vecchio não era a pessoa mais inteligente do mundo.

Qualquer idiota de merda (bem, aparentemente não *qualquer* idiota de merda) que tivesse passado pelo que Frankie passara colocaria tantos quilômetros quanto fosse possível entre ele e a organização Abbarca. Ele sairia de San Diego — quintal de Popeye — assim que conseguisse o dinheiro do ônibus. Ele iria para Seattle, Duluth, Ulan Bator, qualquer lugar onde tivesse menos chances de ser encontrado.

Em especial quando ele deve saber que o pessoal de Abbarca na grande área metropolitana de San Diego-Tijuana só pode estar procurando pelo único forasteiro que conhecem que estava no esconderijo antes do *tombe*, e que não estava depois.

A única coisa que Frankie tem a seu favor, embora não por virtude própria, é que Neto Valdez não vai torná-lo um alvo de destaque porque Neto fora o responsável pela presença de Frankie no esconderijo em primeiro lugar, e ele não necessariamente quer que isso se torne conhecimento geral.

Então Neto está mantendo sua busca por Frankie pessoal e discreta.

Mas está atrás dele.

Ele não esperava que estivesse tão perto.

Frankie estava sem rumo na Califórnia, sem dinheiro e sem maneiras de ganhar nenhum. Não dinheiro de verdade, de qualquer jeito. Claro, ele conseguiu uns trocos fazendo trabalhos avulsos aqui e ali. O problema é que aquele troco fazia com que ele se sentisse um jumento.

Essa é a coisa com os empregos — eles são trabalho.

E mafiosos não viram mafiosos para trabalhar.

Não é a maneira deles de estar no mundo.

Frankie havia tentado, ele tinha.

Conseguira um EM-PRE-GO no McDonald's e um quarto no Golden Lion, um hotel de estadia prolongada no centro de San Diego, e sua gratidão por simplesmente estar vivo durou mais de um mês. Sua sorte continuou quando o gerente diurno do hotel teve um derrame, assim criando uma vaga de emprego que Frankie ficou feliz em preencher. Ficou ainda mais feliz ao perceber que, na verdade, poderia vender a correspondência a alguns dos residentes, especialmente aqueles que não falavam inglês tão bem.

Mas todas as coisas boas chegam ao fim, e o estado de graça de Frankie diminuiu conforme o tédio chegou e as expectativas pouco razoáveis que ele colocara nas horas regulares e programadas atrás da recepção se tornaram onerosas.

Em Providence, Frankie aparecia quando queria aparecer. E o que ele fazia na maior parte do tempo era ficar no escritório da Vending Machine falando merda com Peter e Paulie ou enfiando o nariz nos negócios de todo mundo. Ele tinha seus jogos de cartas, sua agiotagem, seu esquema de proteção. Tivera suas *gumars* e o ocasional boquete de stripper que era cortesia.

Ele era feliz.

Agora passa os dias lidando com bêbados, malucos, imigrantes e outros indesejáveis; não há antibiótico suficiente no mundo para que ele possa foder as putas craqueiras de quem cobra uma comissão para usar os quartos vagos; e ele não tem a grana para levar uma mulher classuda para um encontro classudo, mesmo se conseguisse encontrar uma mulher assim naquele pardieiro de merda, o que ele não consegue. Ele se reduziu a levar rolos de moedas de 25 centavos para as lojas pornô em Gaslamp e enfiá-las no buraco com uma mão enquanto bate punheta com a outra em uma cabine, assistindo a algum vídeo granulado.

Isso que é se sentir um jumento.

Todo o mundo de Frankie cheira a vômito, mijo, porra e Lysol.

E, mesmo se tivesse grana para voltar a Rhode Island, ele não pode ir porque o rumor é que ele entrou para o Programa de Proteção à Testemunha, o que não funciona muito bem em Providence, na verdade — que tem mais um Programa "Proteja-se contra uma testemunha" —, e, de qualquer forma, seu protetor na polícia federal tinha batido as botas.

A porra do Danny Ryan tinha estragado tudo.

E então Chris, aquele filho da puta de duas caras, o deixara desamparado com os mexicanos. Foi embora e nunca mais voltou, e Frankie espera que aquele ruivo de merda esteja morto e numa vala em algum lugar, com corvos bicando seu fígado pelo que ele fez.

Não há nenhuma porra de amizade nesse mundo, não há lealdade.

Então ele faz uma coisa desesperada.

Desesperada e burra.

Ele vai atrás de Neto.

É assim que Frankie pensa, é assim que sua mente de mafioso funciona — ele acha que tem alguma coisa que Neto quer, algo de valor pelo qual Neto está disposto a pagar um bom dinheiro.

Frankie tem informação, e isso sempre foi seu ganha-pão.

Mas qualquer idiota de merda (bem, aparentemente não *qualquer* idiota de merda) sabe que, quando um milagre aparece do nada e o tira de uma situação ruim, você fica fora. Quando pessoas que deveriam tê-lo matado por direito o deixam viver, você dá graças a Deus e deixa essas pessoas em paz.

Bem, não Frankie.

Coloque na conta do desespero.

Ou de ser um burro de merda.

O que Frankie faz é andar pelo East Village até uma esquina onde estão obviamente vendendo heroína e perguntar a esse moleque mexicano na esquina se ele conhece Neto Valdez.

O moleque é esperto demais para responder a isso.

— Tanto faz — diz Frankie. — Diga a ele que Frankie V quer falar com ele.

E então Frankie literalmente conta que está morando no Hotel Golden Lion.

Não a pessoa mais inteligente do mundo.

Duas noites depois, Frankie está pendurado em um gancho de carne em um frigorífico em Chula Vista.

— Quem foi? — Neto pergunta a ele. — Quem roubou o esconderijo? Foi Chris?

Frankie tem colhões, é preciso reconhecer.

Mais colhões do que cérebro.

Ele diz:

— Cem mil e eu conto.

— Frankie, você vai morrer — fala Neto. — Mas você tem uma escolha. Pode morrer devagar e com imensa dor, ou pode morrer rápido. Depende de você, não me importo. Mas vai me contar quem roubou o depósito e vai me contar a verdade, porque eu vou saber. Agora, o que vai ser?

Vai ser Danny Ryan.

— Quem? — pergunta Neto.

Neto não lê tabloides nem assiste a muita televisão.

Mas dentro de alguns dias a notícia se espalha por todo o mundo da droga.

Ficar de olho em Danny Ryan.

Diane faz uma fogueira na praia.

Ana a ajuda a juntar madeira, e elas constroem uma pequena pira. Então Diane a enxarca com fluido de isqueiro, joga um fósforo, e ela acende em chamas satisfatórias.

O fogo crepita.

Cinzas sobem em espiral para o céu noturno.

Então Ana a ajuda a reunir as poucas coisas que Danny deixou para trás — uma escova de dente, um par de camisas, uma roupa de banho — e elas as jogam no fogo. Os últimos itens são fotos dela com Danny, e Diane observa a própria imagem se retorcer, enegrecer e então derreter no fogo.

— Ótimo — anuncia Diane. — Ele acabou, nós acabamos.

— Você está bem? — pergunta Ana.

— Estou bem — responde Diane. — Na verdade, estou ótima.

Então Ana vai embora.

Diane fica perto da fogueira até o fogo apagar, então volta para dentro da casa.

Ela achou que estava bem, achou que estava ótima, mas então o vazio a atinge, aquele buraco no coração, e a solidão profunda cai como a neblina à noite, pesada e gelada, e ela vai até o fundo do armário e fuça até encontrar uma garrafa de Smirnoff escondida ali, e antes que consiga parar, antes que sinta medo, ela a abre, a inclina nos lábios e bebe.

E sabe que não vai ser suficiente, não é suficiente, nunca é suficiente, e enquanto ela bebe mexe nas roupas, entre jaquetas, suéteres, calças jeans, até que encontra um frasco de Valium escondido e coloca um na língua e o engole com vodca, e depois disso perde a conta de quantos toma ou de quanto bebe mas a neblina gelada se dissipa, a solidão implacável suaviza, ela se deita na cama querendo apenas dormir, dormir e esquecer que está sozinha, está sozinha e sempre estará porque é uma coisa quebrada, uma boneca destruída demais para consertar e suas mãos ficam dormentes e os lábios formigando, e ela cai no sono e é assim que Ana a encontra na manhã seguinte, estirada na cama, imóvel e sem vida.

PARTE TRÊS

O DESEJO DAS ALMAS
SAN DIEGO
ABRIL DE 1991

"...por que tal concurso de sombras nas margens do rio? Qual o desejo das almas?"

— VIRGÍLIO, *ENEIDA*, LIVRO VI

DEZENOVE

I wish I was in Carrickfergus,
Only for nights in Ballygrant...

De pé ao lado do túmulo, Danny pensa em uma das velhas canções prediletas de Marty, uma que deve ter ouvido mil vezes ao longo dos anos.

O cemitério Rosecrans é bonito, localizado em um longo cimo de frente para o Pacífico, como se muitos dos corpos enterrados ali pudessem olhar através do oceano e ver onde tinham morrido.

Harris cumpriu sua promessa, pensa Danny. *Ele cuidou do enterro do meu pai.*

But the sea is wide,
And I can't swim over,
And neither I have the wings to fly...

Bem, você sempre disse que amava San Diego, pensa Danny, *provavelmente porque ficou bêbado aqui a caminho da guerra. Você sempre disse que gostava do sol. Então aqui está você agora, espero que goste.*

I've spent my days in ceaseless roving.
Soft is the grass and my bed is free,
Oh, but to be back now in Carrickfergus,
On that long winding road down to the sea...

Danny sabe que seus sentimentos são complicados, conflituosos. Durante a maior parte de sua criação, o pai fora um bêbado negligente, abusivo. Quando Danny cresceu, Marty era apenas um velho amargo. Foi só depois do nascimento de Ian que Marty começou a demonstrar um pouco de coração, e ele fora mais pai no último ano da vida do que em todos os anos anteriores.

Ainda assim, são naqueles últimos meses em que Danny pensa agora.

Ele não vai chorar por Marty; inferno, Marty apenas riria dele por isso, o chamaria de fracote.

Mas ele quer chorar.

Agora derrama Bushmills na cova do pai.

Não a garrafa inteira, a maior parte ele guarda para si mesmo. Nunca tinha sido de beber muito, a doença irlandesa parece não ter sido passada por Marty, mas agora Danny bebe bastante.

Passaram-se dois dias desde que ele soube da morte de Diane.

Ele se pergunta sobre o próprio papel naquilo. *Clássico Danny Ryan*, ele pensa, *tentou salvá-la e terminou por matá-la*.

Os jornais têm o cuidado de escrever que foi overdose, não suicídio, os tabloides que tanto a crucificaram recentemente retiraram os pregos da prosa e publicaram elegias, o estúdio sabe que o filme terminado vale muito mais do que valia ontem, e o público sente a tristeza e a satisfação de saber que uma mulher que encontrou amor foi punida por isso.

> *Now in Kilkenny is reported*
> *On marble stone there as black as ink*
> *With gold and silver I would support her*
> *But I'll sing no more now till I get a drink...*

Danny dá outro gole e então derrama um pouco mais sobre o túmulo.

— *Sláinte*.

Ele passa a garrafa para Ned e este dá um gole, então a passa para Jimmy Mac, que por sua vez a passa para Bernie.

Então para Sean, então Kevin.

Todos ficam respeitosamente em silêncio enquanto Danny diz seu adeus. A garrafa volta para Danny e ele dá outro longo gole.

Ouve a voz do pai:

> *Because I'm drunk today and I'm seldom sober*
> *A handsome rover from town to town,*
> *Ah but I'm sick now, my days are numbered,*
> *Come on, you young man, lay me down.*

Danny derrama o resto da garrafa no túmulo.

— Descanse em paz, velho.

A luz do sol entra pela janela como uma agressão.

Atinge os olhos de Danny e ele sabe que deve ser de tarde para que o sol atinja uma janela virada para o oeste em um quarto de hotel na praia. Danny fecha bem os olhos, mas então desiste e desliza para fora da cama. A ressaca assume o lugar do sol, esfaqueando-o na lateral da cabeça. Ele vai para o banheiro e joga água fria no rosto.

O funeral de Marty tinha continuado na suíte do hotel.

Danny se lembra de alguns detalhes da noite. Houve um nado improvisado sob o luar no oceano, uma corrida pela praia, em algum momento Sean e Kevin entraram numa briga de socos que não parou até que Danny ameaçasse bater no vencedor.

Envergonhado, ele relembra que teria acontecido uma competição de pontaria com garrafas colocadas no gradil da sacada, mas um Bernie relativamente sóbrio havia colocado um fim àquilo antes que começassem a atirar.

Jesus, Danny, ele pensa.

Recomponha-se.

Perguntas culpadas são um tema constante com pequenas variações...

Por que você está vivo e ela não? Por que você está vivo e ela está morta?

Danny não tem respostas.

Está se barbeando quando Angie MacNeese telefona perguntando se pode passar por lá para uma conversa.

Sentam-se no deque.

— Jimmy ficaria puto da vida se soubesse que vim falar com você — declara Angie.

— O que está rolando, Angie? — Eles se conhecem desde o ensino médio.

— Jimmy não quer ir para Las Vegas — fala Angie. — Quer ficar aqui.

— Por que ele não me disse isso? — pergunta Danny.

— Você conhece Jimmy — responde Angie. — Ele é leal demais. É um seguidor. Primeiro foi Pat, agora é você. Mas, Danny, ele vem se mudando por anos já, de lugar para lugar. Não tem sido bom para nós, para nossa família. Estamos cansados de mudar, só queremos nos assentar.

— Não podem se assentar em Las Vegas? — questiona Danny.

— Mais uma mudança, Angie. A gente se estabelece lá, e seremos totalmente certos.

— Vocês iam ser certos aqui — ela diz. — E o que aconteceu?

Ela tem razão, pensa Danny.

— Jimmy quer pegar o dinheiro dele — continua Angie. — Abrir um negócio pequeno, viver a vida e criar a família.

— Não é como se ele estivesse na máfia — fala Danny —, nem como se tivéssemos furado o dedo dele e ele tivesse feito um juramento. Ele pode ir embora quando quiser.

— Mas ele precisa da sua bênção, Danny — afirma Angie. — Precisa escutar você dizendo que está tudo bem, ou não vai ficar tudo bem.

Ela está certa de novo, pensa Danny.

Mas viver sem Jimmy?

Eles estavam juntos desde o jardim de infância.

— Vou falar com ele — afirma Danny.

Por fim, Bernie também não quer ir embora.

— Gosto daqui — diz Bernie. — Tem um clima mediterrâneo. No deserto, se você quer caminhar, precisa ser de manhãzinha. Sem ofensa, Danny, mas eu sou um velho. Não quero mais trabalhar.

Danny não se ofende, mas é irônico. Ele tomou tantas decisões com base na proteção da equipe, e agora ela está se desfazendo sozinha. Vai sentir falta de Bernie, da habilidade dele com os números, mas o homem tinha conquistado o direito de ditar os termos de sua aposentadoria.

Ned está indo, é claro. Ele tinha passado a maior parte da vida protegendo Marty Ryan; vai passar o que resta dela protegendo o filho de Marty Ryan.

Não importa onde.

Os Coroinhas também vão. Está brincando? Vegas? Bebida, jogatina, putas — é uma trinca, a trindade do pecado.

Danny faz um alerta, porém. Precisam se endireitar. Ele vai entrar em negócios legais e vai encontrar cargos para eles, mas os Coroinhas precisam ficar limpos.

Antes de ir embora, Danny vai conversar com Jimmy. Encontram-se na frente de uma loja de rosquinhas em um pequeno centro comercial no subúrbio de San Diego.

— O que eu não daria por uma do Dunkin' — diz Jimmy.

— Você é um cara da Califórnia agora — fala Danny. — Starbucks, In-N-Out Burger, vai estar comendo sushi na próxima vez que nos encontrarmos.

— O que quer dizer "próxima vez"? — pergunta Jimmy. Os olhos dele se apertam com suspeita, as sardas enrugam no rosto.

— Você não quer ir para Las Vegas — responde Danny. — Você ia odiar aquilo. Tudo é falso, e você é a pessoa mais real que eu conheço.

— Não me quer com você? — Ele parece magoado.

— Claro que quero — diz Danny. *Na verdade*, ele pensa, *não sei o que vou fazer sem você.* — Mas é provavelmente melhor que a gente se separe agora. Mais seguro. Você faz suas coisas aqui, deixa tudo esfriar.

Jimmy sabe o que Danny está realmente fazendo. Ambos sabem. Ele fala:

— Você sabe que se precisar de mim algum dia...

— Eu sei disso.

— ...é um voo de quarenta e cinco minutos.

Param por ali.

Sem despedidas, sem abraços.

Apenas:

— Cuide-se, hein, Danny?

— Você também, Jimmy.

Então Danny entra no carro e sai.

VINTE

Peter Moretti Jr. volta da guerra. E agora ele está em casa em Providence. Dispensado, sua colocação terminada, mas faltando dois anos para completar seu período na corporação.

Um fuzileiro naval condecorado.

Ele estava lá na linha de frente na noite em que os blindados iraquianos entraram no Kwait. No começo, ele ficou apavorado quando os tanques chegaram perto deles, teve vontade de mijar nas calças, mas manteve a posição e atirou de volta.

Cumprira sua obrigação, fizera seu trabalho.

Semper Fi.

E agora ele está em casa, em Providence.

A primeira vez que volta desde o funeral do pai. Foi uma época difícil para Peter Jr.; ele tinha enterrado a irmã e o pai e lutado numa guerra.

Um colega fuzileiro, dispensado meses antes, o pega no aeroporto. Tim Shea estava bem ao lado dele quando os iraquianos atacaram, ainda estava bem ao lado dele quando eles fugiram.

Peter Jr. ainda não está pronto para ver a família. O que restou dela, de qualquer modo. Sabe que deveria ir direto para casa ver a mãe, é o que ele deveria fazer, mas por alguma razão não quer fazer isso. Talvez ele não queira vê-la com o novo marido, Vinnie.

Meu padrasto, pensa.

Jesus.

Tim entende. O padrasto dele fora um dos motivos pelos quais tinha entrado nas Forças Armadas, ele estava tão cansado das besteiras intermináveis do babaca.

— Para onde, então? Quer tomar uma bebida, ir para um clube de striptease? Lembrar como é uma buceta americana?

— Eu queria ir ao túmulo do meu pai — diz Peter Jr. — Isso é esquisito?

— Não é nem um pouco esquisito — fala Tim.

Eles dirigem para o cemitério Gate of Heaven, em East Providence.

— Então, o que vem fazendo desde que saiu? — pergunta Peter Jr.

— Um pouco disso, um pouco daquilo — responde Tim. — Mais daquilo. Bebendo e batendo punheta. Se acha que vai ter uma grande recepção de herói, esqueça. Ninguém dá a mínima.

— Mas não foi por isso que fomos pra guerra, foi?

— Então por que fomos?

— Liberdade — responde Peter Jr.

— Claro. — Tim ri.

— Quê?

— Você é engraçado pra caralho, Pete — fala Tim. — Você nunca muda.

Eles chegam ao cemitério.

— Vou esperar no carro — avisa Tim.

Peter pode ver a lápide, mais um monumento, do estacionamento. É grande, com anjos e querubins e merdas assim gravados, e a Virgem Maria entalhada olhando para o pai.

Então Peter vê uma mulher colocando flores no túmulo.

— Heather? — pergunta Peter.

Ela se vira.

— Irmãozinho. Quando voltou para casa?

— Faz uma hora.

— Olhe só para você — diz Heather. — Mal o reconheci. Todo crescido, um fuzileiro naval.

É verdade. Ele é a epítome do fuzileiro naval esguio e bem-apessoado. Cabelo curto, barbeado, endurecido. Um jovem homem, não mais um adolescente.

Eles se abraçam.

— Já esteve em casa? — pergunta Heather.

— Não — responde Peter Jr. — Como está?

— É estranho — diz Heather. — Com Vinnie lá. Bancando o homem da casa. Não vou muito lá.

— Eles *estão* casados, Heather.

— Rápido demais, na minha opinião — ela retruca.

— Quer que a mamãe fique solitária? — Ele não sabe por que sente a necessidade de defendê-la.

Heather solta um risinho.

— Eu não me preocuparia com Celia ficando solitária.

— O que *isso* significa? — E quando ela havia começado a chamar a mãe de "Celia"?

— Não quero brigar com você, irmãozinho — ela fala. — Como chegou aqui?

— Um amigo me trouxe — diz Peter Jr. — Ele me pegou no aeroporto.

— Por que não me chamou? — pergunta Heather. — Estou magoada.

— É só estranho, sabe? — responde Peter Jr. — Estar de volta aqui.

— Foda-se este lugar — diz Heather. — É assustador e triste. Vamos pegar umas bebidas.

Peter Jr. e Tim a encontram no Eddy, no centro, e começam a virar doses.

— Celia sabe que você está em casa? — pergunta Heather.

— Eu disse para ela que estava vindo — responde Peter Jr. — Não contei exatamente quando.

— Ela vai ficar puta da vida quando descobrir que não foi direto para lá — fala Heather.

— Não sei se ela se importa tanto — diz Peter Jr. — Sabe quantas vezes ela me escreveu quando eu estava no exterior?

Ele levanta um dedo.

— Não leve isso para o lado pessoal — aconselha Heather. — Ela está meio bêbada na maior parte do tempo.

Eles pedem outra rodada.

Lá pela quarta dose, Tim diz:

— Vou deixar o irmão e a irmã colocarem a conversa em dia. Você leva esse marinheiro burro para casa, Heather?

O irmão e a irmã falam das recordações do pai, do luto, da tristeza, sobre Vinnie tomar o lugar dele, tanto na casa quanto nos negócios. Peter nota que Heather parece mais raivosa que triste, e está se segurando.

— O quê? — ele pergunta.

— Nada.

— O quê?

Ela hesita, pensando se quer mesmo dizer aquilo, e então se inclina sobre a mesa, de modo que o rosto fica a centímetros do dele.

— Eles o mataram, você sabe.

— Sei que alguém matou.

— Não — diz Heather. — Vinnie e a vaca da nossa mãe. *Eles* o mataram.

— Heather, Jesus. — Ele não consegue acreditar que ela falou aquilo.

— É verdade — fala Heather. — Se não acredita em mim, pergunte ao seu padrinho.

— Tio Pasco sabe disso?

— *Do que* Pasco não sabe? — retruca Heather. — Escute, não sei se a mãe realmente o matou. Mas ela praticamente empurrou o Vinnie pela porta. Ela quase admitiu isso para mim uma noite, quando estava bêbada.

A cabeça de Peter Jr. está girando, não apenas por causa das doses.

— Jesus Cristo, Heather.

— Esqueça isso — ela diz. — Esqueça que eu disse qualquer coisa.

— Como posso esquecer?

— Olha, o que vamos fazer a respeito, de qualquer jeito? — pergunta Heather. — Vá para casa, irmãozinho, deixe-a mimar você, fazer uma festa... Tenho certeza de que Vinnie vai achar alguma coisa para você, se é o que quer.

Peter não vai para casa. Em vez disso, ele liga para Tim e pede uma carona até a praia.

Para a casa de Pasco.

Pasco fica surpreso ao vê-lo, mas o deixa entrar imediatamente. Senta-o no balcão da cozinha e lhe oferece sambuca.

— Estamos todos orgulhosos de você, Peter Jr., do que você fez lá.

— Obrigado.

— Está querendo se instalar agora? — pergunta Pasco. — Tenho certeza de que se falar com Vinnie...

— Ele matou meu pai?

— Peter...

— Você é meu padrinho — diz Peter Jr. — Precisa me contar a verdade.

— A verdade — fala Pasco — é que eu não sei. Ouvi isso, sim. Mas não posso provar.

Peter Jr. absorve aquilo.

— Ouvi dizer que a minha mãe está envolvida.

Pasco suspira.

— Seus pais tinham um casamento problemático, você sabe disso. Era complicado.

E isso era Pasco confirmando que é verdade.

Peter Jr. balança a cabeça, segura as lágrimas.

— O que você faria, tio Pasco? Se fosse eu?

Pasco dá uma resposta simples a ele:

— Você é filho do seu pai.

Peter Jr. está partido em dois. *O que eu fizer, estou fodido*, ele pensa. *Se eu matar Vinnie, sou um assassino. Se não matar, sou um vagabundo. "Você é filho do seu pai"* — *isso foi Pasco me dizendo para fazer isso, me dando a luz verde. Se eu não fizer, sou um merda.*

Ele se despede e sai para o carro, onde Tim está esperando.

— Para onde agora, chefe?

— Minha casa — diz Peter Jr. Então ele pergunta: — Tem ferro aí?

— Tenho umas ferramentas no porta-malas — diz Tim. — Uma calibre .12 e uma Glock nove. Por que, vai roubar uma loja de bebidas ou alguma coisa assim?

— Não — responde Peter. — Você ouviu alguma coisa sobre a morte do meu pai?

— É Rhode Island — fala Tim.

Significando que todo mundo ouve tudo.

— Preciso cuidar disso — diz Peter Jr.

— Você precisa fazer o que precisa fazer.

É uma viagem curta, talvez dez minutos até a mansão em Narragansett. Não dá a Peter muito tempo para pensar, é como se o carro continuasse a seguir naquela direção, levando-o consigo.

— Só me deixe lá — diz Peter Jr. quando chegam perto da casa.

— Não — retruca Tim. — Vai um, vão todos. *Semper Fi*. Se ele tem caras aqui, eu cubro você.

— Tem certeza?

— Não é meu primeiro rodeio, caubói — fala Tim. — Lembra?

Peter Jr. lembra. Deitados no escuro, a boca dos canos brilhando vermelho, Tim rindo como um filho da puta.

Tinham matado à noite antes.

Há um quiosque em um portão de pedra agora.

Desde quando, pensa Peter, *minha mãe colocou a porra de um portão? E um guarda?* O guarda sai e para o carro. Peter se recorda dele como um dos soldados rasos do pai. O guarda também reconhece Peter Jr. no banco do passageiro.

— Peter Jr.! Bem-vindo de volta! Sua mãe sabe que está aqui?

— Quero fazer uma surpresa para ela — diz Peter Jr.

O guarda aperta um botão e o portão se abre. Eles estacionam diante da porta da frente.

Tim abre o porta-malas e Peter Jr. pega a arma, vai até a porta e toca a campainha. Leva alguns minutos — o casal feliz está lá em cima na cama, o rei e a rainha.

Peter Jr. coloca a arma atrás das costas.

O buraco do olho mágico se abre.

Então a porta.

Vinnie usa um roupão sem nada embaixo, e Peter Jr. tem o pensamento rápido, obsceno, de que o cara estava fodendo a mãe dele.

— Peter Jr. — diz Vinnie —, não sabíamos que estava aqui. Quando...

Peter Jr. saca a arma.

Vinnie se vira e tenta fechar a porta.

Peter Jr. atira.

O tiro acerta Vinnie na parte de trás do pescoço, quase arrancando a cabeça.

Peter Jr. entra na casa, olha para cima e vê a mãe de pé na escada. Ela segura um roupão de seda azul em torno do corpo, o cinto pendendo solto. O cabelo está desarrumado.

Tim entra e fecha a porta atrás de si com um chute.

Celia sobe as escadas correndo.

Peter Jr. corre atrás dela, a encontra no quarto, fuçando na gaveta da penteadeira. Ele a puxa da penteadeira e a vira. Ela se encosta na penteadeira, sem notar que o robe se abre, ou talvez sem se importar.

O quarto cheira ao perfume dela.

É nauseante, e ele acha que vai vomitar. Há borboletas no robe dela, borboletas e flores, e ele vê o triângulo de pelos entre as pernas dela.

— O que você está fazendo? — ela pergunta, chorando. — Peter Jr., o que está fazendo? Ah, meu Deus...

— Ele matou meu pai. Seu marido.

— Não.

— Não minta. — Ele coloca um cartucho na câmara.

— Sou sua mãe — ela fala. — Eu te dei à luz.

— Você matou meu pai! — grita Peter Jr. — Eu estou fodido! Estou tão fodido!

— Meu bebê. Meu menininho.

Ela abre os braços para ele, chamando-o.

Ele congela.

Ela dá um passo na direção dele.

Ele puxa o gatilho.

O tiro a joga contra a penteadeira. Ela desliza para baixo, deixando um rastro de sangue, senta-se com um baque, olha para os intestinos saindo nos dedos, então olha para ele.

Ele coloca outra munição e estoura a cabeça dela.

Então corre escadaria abaixo.

— Precisamos sair daqui — anuncia Tim.

Ambos entram no carro e passam correndo pelo guarda, que está correndo para dentro.

Peter Jr. enlouquece.

— O que eu fiz? *O que eu fiz?*

Agora ele vomita. Vomita e vomita de novo.

Pasco atende às batidas frenéticas.

Ele já sabe quem vai ser, recebeu os telefonemas — alguém assassinou Celia e Vinnie Calfo.

E ele sabe quem foi.

Agora Peter Jr. está na entrada de sua casa, chorando, a camisa manchada de sangue e sabe Deus o que mais.

— Você precisa me ajudar, precisa me ajudar.

Pasco não o deixa entrar.

— *Ajudar* você?!

— Você me falou — diz Peter Jr. — Você me falou para fazer isso.

— Eu falei para você matar sua mãe? — pergunta Pasco. — Que tipo de animal faz isso?

— Eu não sei o que fazer. — Peter Jr. soluça. — Não sei o que fazer. Por favor...

— Entregue-se — sugere Pasco. — Ou fuja. Ou exploda o cérebro. Mas não venha mais aqui.

— Tio Pasco... Padrinho...

— Você não é meu afilhado — fala Pasco. — Tenho vergonha de você. Você é um *animale*. *Bruto*. Um animal doente.

Peter Jr. se afasta da casa cambaleando.

Não há carro na entrada. Tim foi embora.

Peter Jr. corre.

VINTE E UM

Danny dirige pelo deserto.
Em uma estrada secundária para Las Vegas, longe da rodovia principal, uma estrada de pista simples através do deserto de Anza-Borrego.

Ele tinha saído de San Diego pelo interior, através da cidadezinha montanhosa de Julian e depois por vinte e quatro quilômetros de rodovias em ziguezague até o deserto.

Talvez não a rota mais inteligente, ele pensa, *apenas cinquenta ou sessenta quilômetros ao norte de onde fiz o* tombe *dos Abbarca, mas Popeye está morto e enterrado, ninguém sabe que estou aqui, e preciso de espaço para desanuviar a mente.*

Ele quer ficar sozinho, e o deserto é vazio e lindo.

Seus pensamentos não são.

Os "se" o torturam. No vazio imenso, eles têm espaço para correr com as rédeas soltas. *Se eu estivesse lá... se não a tivesse deixado... se não a tivesse abandonado...*

Ela estaria viva.

A culpa o atormenta.

Ele imagina os cenários "e se", vê-se voltando para casa, encontrando-a inconsciente, ligando para a emergência, fazendo os primeiros socorros, sentindo o coração dela bater de novo, vendo-a respirar.

Ou ele chega lá mais cedo, *antes* que ela pegue a garrafa, os comprimidos.

Ou, ele pensa, *você nunca chegou a deixá-la.*

Ele tem imagens do lado contrário, outras coisas que não viu, mas agora imagina: Diane pegando os comprimidos, abrindo a garrafa, deitada morta na cama.

Danny havia matado cinco pessoas na vida.

Mas agora ele conta seis.

Ele não sente culpa pelos outros, foram em legítima defesa.

Isso também foi, Danny diz a si mesmo.

Certo, você a matou para se salvar.

A poucos quilômetros da cidade de Borrego Springs, ele vê uma jovem ao lado da estrada.

Ela usa uma bata, calça jeans desbotada e sandálias. O cabelo loiro comprido esvoaça sob um chapéu de pescador de couro. Há uma mochila aos pés dela. Ondas de calor tremeluzem em torno dos tornozelos da moça.

Ela está com o polegar esticado.

Danny para.

Ela levanta a mochila, corre para o carro, abre a porta e entra.

— Obrigada!

— É perigoso por aqui — diz Danny. — Você poderia morrer.

— Estou acostumada — ela fala. — Para onde está indo?

— Vegas — responde Danny. — E você?

— Uns poucos quilômetros para o leste — ela diz. — Onde eu moro. Acho que se pode chamar de comuna.

— Não sabia que ainda existiam.

— Essa existe — ela fala. — Sou Cybil.

— Danny. — Eles apertam as mãos.

Ela se curva e tira um baseado da mochila.

— Quer ficar chapado?

A princípio, Danny acha que não, mas aí pensa: por que não? Fazia anos, desde antes de Ian nascer, que não fumava a verdinha, ou erva, ou seja lá como chamavam agora.

— Tá bom.

— Legal. — Ela acende, dá um trago e passa para ele. — Vai com calma, é forte.

Sim, é. Apenas segundos depois de dar um pega (*ainda dizem "dar um pega"?*), ele sente. Passa o baseado de volta e Cybil dá outro trago. Vai e volta três vezes até que Danny está *chapado*.

Cybil brinca com o botão do rádio.

— Eu sou meio Deadhead. Vou atrás deles por aí quando estão em turnê.

— Quem?

— O Grateful Dead — ela explica, rindo.

— Eu sou basicamente um cara do Springsteen — fala Danny.

— Trabalhador braçal, classe trabalhadora, Costa Leste...

— É por aí.

Vinte minutos depois, chegam a uma estrada de terra que vai para a direita.

— Aqui é minha saída.

— Vou levar você até lá.

— Tem certeza? — ela pergunta. — São uns cinco minutos.

— Tudo bem.

A comuna fica em um local de mineração abandonado. Pequenas construções em ruínas feitas de adobe e madeira com telhado de lata, uma torre antiga e dois grandes tanques de água feitos em madeira. Vários poços de mina, emoldurados com madeira, tinham sido escavados numa colina atrás.

Duas tendas se destacam na frente, ao lado da inevitável Kombi parada debaixo de um abrigo feito com mastros e galhos. Um segundo abrigo protege uma mesa de piquenique decrépita na qual se senta uma jovem tecendo um bracelete.

Duas pessoas saem de uma tenda. Uma é um cara branco que parece ter uns trinta e cinco anos, barba castanha longa, o cabelo em dreadlocks. A outra é uma jovem asiática com cabelo preto liso até a cintura.

Parecem desconfiados até que veem Cybil abrir a porta do carro.

— Foi um prazer conhecer você — despede-se Danny.

— Não quer ficar um pouco? — pergunta Cybil.

Danny hesita.

Cybil ri.

— Não se preocupe, não somos a família Manson. Deve estar com fome, certo?

— Um pouco.

Um pouco?, pensa Danny. *Estou com tanta larica que poderia mastigar o banco do carro.*

— Então fique e coma um pouco. — Ela abraça o homem e a mulher. Então fala: — Danny, estes são Harley e Mayling. Pessoal, esse é o Danny. Ele me deu uma carona.

— Bem-vindo, cara — cumprimenta Harley conforme Danny sai do carro. Então ele olha para Cybil. — Você pegou a...

Ela assente com a cabeça e bate na mochila.

— Tem alguma comida? — pergunta Cybil. — Estamos morrendo de fome.

Danny a segue para a cobertura de galhos onde fica a mesa de piquenique e vê um tambor de óleo cortado na metade com uma grelha em cima. Há uma grande panela sobre brasas, e Cybil serve duas tigelas.

— Chili vegetariano.

Talvez, pensa Danny, *mas tem gosto de terra*. Ele engole tudo de qualquer jeito.

Harley senta-se ao lado dele.

— Danny, qual sua história?

— Não sou um policial, se é o que estão imaginando — diz Danny.

— Então o que você é?

— Empresário.

— Um empresário apenas dirigindo pelo deserto — fala Harley.

— Interessante.

— Tomando a estrada secundária para Las Vegas — explica Danny. — Fico cansado da Quinze.

— É bem feio — comenta Harley. Ele olha bem para Danny. — Sabe, eu poderia jurar que conheço você de algum lugar. Já nos encontramos?

— Não que eu me lembre — responde Danny, pensando que o cara deve ter visto uma foto dele em um tabloide em um mercado ou algo assim.

— Deve ter sido outra vida — conclui Harley.

— Isso pode ser — fala Danny. Ele quer mudar de assunto. — Então o que vocês fazem aqui?

— "Fazem"? — pergunta Mayling. — Nós *vivemos*.

Mais duas pessoas se aproximam, Hannah e Brad, a mulher que Danny vira tecendo e outro cara jovem que parece que acabou de acordar e está se acostumando com o sol. Coletivamente, o grupo conta a Danny como eles "vivem" — fazem artesanato, fazem arte, fazem música. Uma vez por semana ou algo assim, vão a Borrego Springs e compram suprimentos, mas na maioria das vezes apenas fuçam os lixos.

— Os restaurantes desperdiçam tanta comida — diz Cybil.

Danny acha que vai vomitar o chili vegetariano, mas a maconha o ajuda a manter aquilo dentro.

— O que fazem para conseguir dinheiro?

— Não temos muito uso para ele. Na maior parte das vezes, fazemos escambo — explica Harley. Ele tem dentes encavalados e o sorriso é quase lupino. — Às vezes talvez a gente venda um pouco de maconha.

Ele estica o queixo para o sul na direção da fronteira.

Danny tenta entender qual o acordo ali, dois caras e três mulheres morando juntos.

Cybil vê e ri.

— Somos poli.

— Não tenho ideia do que é isso — diz Danny.

Ele conhece, tipo, Pollyanna, a "Polly" do Nirvana...

— Poli*amorosos* — explica Cybil.

— Monogamia é posse — afirma Mayling. — Exclusividade exclui.

Certo, pensa Danny. Ele se pergunta o que Terri teria a dizer sobre a exclusividade excluir, tipo: "A ideia é essa, tonto".

— Bem, obrigado pelo almoço — fala Danny. — Foi um prazer conhecê-los.

— Fique um pouco — diz Cybil.

— Eu deveria ir.

— Las Vegas vai estar lá — continua Cybil. — Desacelere, durma até a maconha passar. É o que eu vou fazer.

Eu estou *cansado*, pensa Danny.

Cansado, chapado, o álcool ainda tóxico em seu sistema. A necessidade de se deitar, de dormir, é poderosa. Há algo mais; essa ideia de apenas viver, deixar as responsabilidades e simplesmente viver por um tempinho.

Ele segue Cybil pelo campo. Sobravam dois anexos dos dias de mineração; um saco lister está preso em um tripé de madeira para servir de chuveiro. Danny nota luzes de Natal espalhadas pelo espaço, e então vê um gerador de propano.

— Nós o ligamos algumas noites quando queremos eletricidade — diz Cybil.

Ela para na frente de uma entrada de mina cavada no cume. Um galho de palo verde, pintado com spray dourado, serve como porta.

— Um toque pessoal — fala Cybil enquanto o puxa para o lado.

Ela se abaixa para entrar.

Danny precisa ficar de quatro para segui-la para dentro.

Está totalmente escuro.

— Espere aqui — ela pede.

Danny a escuta movendo-se, então a luz de vela aparece e ele vê os aposentos dela. Um saco de dormir, um travesseiro, uma dúzia de velas, uma caixa que serve de estante com alguns livros em brochura e umas edições velhas de capa dura. Uma pilha de fitas cassete e um Walkman.

Um bandolim.

Cybil tira as roupas, então se deita e bate no saco de dormir, em um convite.

Ele se deita ao lado dela.

— Mas estou chapada demais para querer foder — avisa Cybil.

— Tudo bem.

Ele adormece em segundos.

Harley dá um longo trago no cachimbo e então o passa para Kenny.

— Sei que conheço aquele cara. De algum lugar.

Brad diz:

— Sei quem ele é.

— Você sabe?

Harley espera que Brad elabore, mas Brad apenas suga o cachimbo e olha para o espaço.

— Quem ele é? — pergunta Harley.

— Eu vi num jornal na última vez que fomos para a cidade — responde Brad. — Ele é tipo um cara da máfia que namora uma atriz. Estão fazendo um filme juntos ou algo assim.

— Você tem um nome?

— Me dá um segundo. — Brad entra em concentração profunda. Então ele diz:

— Danny Ryan.

O nome soa familiar.

— Tem certeza?

— Tenho, por quê?

Harley já tinha escutado aquele nome. Não em alguma fantasia fodida de Hollywood, mas em suas conexões de droga.

— Vou pegar a Kombi, vou à cidade — diz Harley.

— Certo.

Harley precisa dar um telefonema.

Cybil ajoelha no saco de dormir e fuça embaixo do travesseiro.

— Danny, quer ficar chapado de *verdade*?

Ela tira um punhado de cogumelos pequenos, marrom-claros.

— Cogumelos mágicos. Alucinógenos. Meio tipo ácido, mas natural. Vamos tomar hoje à noite.

— Não, acho que não.

— Vamos — ela insiste. — Relaxe. Vai fazer você entrar na sua cabeça.

— Eu não entraria na minha cabeça — diz Danny — sem uma lanterna e uma arma.

— Estarei com você — fala Cybil. — Serei sua guia.

A mulher estende uma mão, um cogumelo apertado entre os dedos, como um padre oferecendo a hóstia na comunhão.

Introibo ad altare Dei.

Danny pega o cogumelo.

— O que eu faço com isso?

— Mastigue — ela orienta. — Aí engula.

Ele faz isso. É amargo e seu rosto se retorce. Cybil solta uma risadinha e toma um. Então lhe passa um segundo cogumelo.

— É? — pergunta Danny.

— Ah, é.

Danny pega o próximo cogumelo, mastiga e engole.

Este é meu corpo.

Peter Jr. abraça o peito com os braços e balança. Sentado contra uma árvore ao lado da Rota 1, ele não sabe o que fazer agora.

Não consegue acreditar no que *fez*.

— O que você *fez*, o que você *fez*? — ele pergunta a si mesmo enquanto balança para a frente e para trás.

Você matou sua própria mãe, ele pensa.

Ele tinha achado que Pasco viria ao seu resgate, que seu padrinho teria usado seu poder para escondê-lo, ajudá-lo até que as coisas se acalmassem. Que Pasco teria orgulho dele por matar Vinnie, e que resolveria as coisas.

Mas ele me chamou de animal, de monstro.

Talvez eu seja.

Está frio e ele treme. Vê um carro vindo na estrada, se levanta e estica o polegar.

O carro para.

Peter Jr. corre até ele.

A janela do passageiro abaixa. O cara pergunta:

— Para onde você está indo?

— Para onde você estiver indo — responde Peter Jr.

— Estou indo até Westerly.

Ele destrava a porta e Peter Jr. entra. *Westerly fica na fronteira com Connecticut*, ele pensa, *então ao menos consigo sair do estado.*

— Muito tarde da noite para estar pedindo carona — o cara diz. Cara mais velho, talvez um pescador.

— Um camarada me largou.

— Não é muito camarada.

— Não — fala Peter Jr.

Semper Fi.

O cara o deixa no centro da cidade e Peter Jr. encontra uma cabine telefônica e liga para Heather.

— A polícia esteve aqui — diz Heather. — Deus, Peter, você atirou na mamãe?

Agora é "mãe" de novo, pensa Peter.

— Não sei o que aconteceu. Ela veio para cima de mim. Não sei o que fazer, Heather.

— Também não sei.

— Você pode vir me pegar? — pergunta Peter. — Me levar para algum lugar?

— A polícia *acabou de sair.*

— Mas eles foram embora agora — fala Peter Jr. — Então, você pode vir, certo?
Silêncio.
— Heather, *por favor.*
Mais silêncio.
Então o tom de linha.
É isso, pensa Peter Jr.
Estou sozinho.
Um animal caçado sozinho na noite.

VINTE E DOIS

Escuridão.
 Não, não escuridão.
 Pretume.
 Tão preto que não se pode ver fora, só se pode ver dentro. *Dentro da minha cabeça*, pensa Danny, *dentro da cabeça fodida de Danny Ryan, uma lanterna e uma arma, uma lanterna e uma arma não vamos nos divertir?*, uma lanterna e uma arma. Ah, Danny Boy, as flautas estão chamando... o verão acabou e todas as rosas estão caindo, todas as rosas caídas aos meus pés, pétalas amassadas sob os pés, cheiro de flores mortas apodrecendo sem sol, fedor doce enojante de morte nunca sai do nariz, a memória você desenterrou Pat depois de dias morto da cova rasa dele do chão da terra flores caídas todas as rosas morrendo se eu também estiver morto como bem posso estar vocês virão e encontrarão o lugar onde estou e ajoelharão e dirão uma Ave ali por mim nós não nos ajoelhamos nós não cantamos Jimmy e eu o tiramos da terra e o enrolamos em um cobertor e colocamos atrás do carro ah Pat ah Pat ah Pat as flautas estão chamando besteira melosa irlandesa nostalgia nunca vi o velho país eu mesmo o que é para mim Ah Danny Boy lágrimas de crocodilo ah me dê um tempo ficar bêbado no Dia de São Patrício Dia de São Patrício é para amadores os profissionais ficam bêbados toda noite meu pai bêbado velho bêbado com a cabeça cheia de sopa de marisco a coisa real de Rhode Island era caldo claro não creme de vômito de bebê ou Deus me livre molho de tomate que é uma abominação ao Senhor, Cristo, estou fodido, fodido, fodido *introibo ad altare Dei* venha para o altar de Deus fodido assim lembra-se de quando Pat estava na fase "quero ser

padre" colocava uma porta de tela no armário e ouvia confissões mas você precisava inventar pecados não pecados reais porque isso seria um pecado mortal então você dizia umas merdas tipo que assassinou Lincoln ou matou o Super-Homem ou roubou o diamante Hope e Pat lhe dava como penitência três pai-nossos e cinco ave-marias um ato de contrição sincero a fase "quero ser padre" dele terminou quando ele viu as tetas de Sheila debaixo de uma blusa branca apertada então ele estava na fase "quero colocar a mão debaixo daquela blusa", mesma fase que você passou com a irmã dele Terri embora pelo amor de Deus você jamais diria isso porque ia levar um soco no nariz lembra-se daquela vez que Pat perguntou está fodendo a minha irmã você disse não exatamente ele disse que isso quer dizer você disse não exatamente só uma pegação. Terri boa menina católica boa filha não vai desistir as freiras disseram para colocar uma lista telefônica no colo de um menino se precisasse se sentar nele num carro assim você não sentia a coisa dele e os caras italianos diziam para os irlandeses você só ia precisar de um jornal e não o de domingo.

Terri pobre Terri outra flor caída diagnóstico aquela palavra imunda aquela palavra maldita que tipo de Deus pune o bom com o ruim Terri nunca fez nada ele se lembra do rosto dela quando receberam a palavra o diagnóstico os testes que sempre voltavam ruins não conseguia um respiro nenhum a químio o pinga pinga pinga aquela merda no braço dela nas veias dela no sangue dela deixou ela lá morrendo Danny escapando Danny fugindo Danny abandona a esposa ao diagnóstico inverno quando a enterraram no chão duro frio provavelmente usaram um maçarico para derreter o suficiente para cavar Deus não podia deixá-la morrer no verão quente suave é tão escuro tão preto.

Danny se arrasta de barriga para baixo, indo para a frente como se pudesse se empurrar para uma luz que não existe.

Morte.

Ele a sente em torno dele, nele. Morte, doença, o câncer que matou sua mulher, a podridão que consumiu seu pai, ele a sente na pele dele, nos ossos, *dentro* dos ossos, tutano mortal, podridão no ser, podridão no osso, nascido para o pecado, para a corrupção.

Monstros agora, os diabos e demônios de sua infância as freiras falaram sobre os lacaios de Satã espetando forcados na pele dele enquanto ela queima, queima sem cessar para sempre e para sempre amém ele vê os rostos horrendos deles agora rindo para ele as presas afiadas e sangrentas ele os ouve silvando ele diz "Ó meu Deus, com todo o meu coração eu me arrependo por Tê-lo ofendido e detesto meus pecados" e ouve "Tarde demais, idiota de merda" ele puxa a arma do cinto atira brilhos vermelhos do cano cortam a escuridão a deixam sangrenta ele vai matar todos eles mas Cybil diz Eles estão só na sua cabeça então ele para de atirar agora escuta água correndo, ondas batendo em uma praia mas não não é o oceano é um redemoinho, girando rodopiando lama e sujeira os detritos de sua vida os pecados ele vê Jardine policial sujo imundo a barba crescida na morte, as unhas longas as roupas em farrapos agora pendendo dele ele fica de pé num bote para cruzar o canal Danny reconhece agora é o velho canal, a passagem entre Goshen e Gilead e ele sabe que precisa cruzá-lo mas então de trás dele vêm os mortos correndo na direção do canal correndo sobre ele pisando nele eles a maior parte deles ali os mortos da longa guerra correndo na direção do homem da balsa do barqueiro mas Danny se recorda não há balsa no velho canal eles costumavam apenas pular e nadar deixando a corrente levá-los para as rochas do outro lado e ele pergunta a Cybil O que eles estão fazendo? Para onde estão indo? Ela diz Eles querem cruzar mas não podem porque não estão em paz e agora Danny está na beira do canal Jardine diz Você não pode cruzar, filho da puta, você não está morto Cybil diz Você precisa pagá-lo, Quanto? Danny pergunta Você me deve milhões Jardine diz Você pegou meu dinheiro você tomou minha vida e Cybil diz Você sabe os galhos dourados na frente da minha casa vou dá-los a você para levá-lo Danny entra no barco ao lado de Jardine mas agora não é Jardine é Liam porra de Liam Liam que começou tudo isso e Liam buraco imenso na cabeça olha para Danny e diz Você trepou com a minha mulher Danny diz Eu não eu nunca Liam diz No filme quero dizer você trepou com ela no filme o que é maior melhor aquele deveria ser eu sou bonito como estrela de cinema todo mundo disse não você seu vira-lata e então Danny ouve cães uivando não faz sentido cachorros ali mas eles não são cachorros são coiotes e ele segue o uivo deles.

Fora do túnel da mina para o ar livre uma festa em progresso pessoas dançando sob o luar *spirits in the night spirits in the night stand up right now*

Danny de quatro de pé como uma pessoa um ser humano não um animal rastejando na noite fica de pé e vê corpos iluminados de vermelho por uma fogueira girando com uma música música estranha flautas e violões talvez Grateful Dead talvez grato por não estar morto ele vê Cybil na frente dele chamando chamando-o para o chão do deserto a pista de dança ele a segue para longe da fogueira para a noite pura e então

Danny vê Peter Moretti cabelo preto molhado e pingando ouvi dizer que estava morto diz Danny Eles atiraram em mim na banheira acredita nisso Peter pergunta Um cara não pode mais nem tomar banho Cassie está deitada ali na banheira o cabelo dela esticado como algas flutuando na maré dois buracos nítidos na testa ela vê Danny ela diz Eu tentei te avisar ele diz Sinto muito, sinto tanto por não ter escutado ela diz Você já ouviu aquela sobre quando começou a chover sopa e os irlandeses saíram lá fora com garfos, boa, né?

Pat chega Você está tentando foder minha irmã Não essa Danny diz a outra Pat diz Minhas duas irmãs estão mortas Pat seu melhor amigo mais que um cunhado mais que um irmão Pat arrastado atrás de um carro pedaços dele nas ruas pedaços de Pat pedaços de Pat agora ele diz Jesus Danny você fodeu tudo cagou na cama eu deixei você no comando o que você deixou acontecer? Danny diz Sinto muito Pat eu fiz o meu melhor não foi o suficiente não sou você nunca fui nunca vou ser Você precisa ser Pat diz Por quê? Porque não há mais ninguém.

Somente Danny Ryan Danny Ryan Danny Ryan as flautas as flautas, Pat diz Você sabe a diferença entre você e eu, Danny? Você vai ver o sol se levantar de novo, e então ele desaparece.

Danny anda para mais longe do acampamento para o deserto sozinho longe de Cybil longe de sua guia ele vê Terri.

Não presa a tubos os fluidos drenando a morfina entrando no sangue dela mas ela está deitada na areia do jeito que costumava se deitar na praia sobre o cotovelo a mão apoiando a cabeça ela diz Você me deixou ele diz Você me pediu para pegar nosso filho e ir ela diz Certo talvez a única vez que você já fez o que eu pedi e ela ri e diz Eu disse que você queria comê-la ele pergunta Quem ela diz A mulher saindo da água, Pam, naquele dia tudo isso começou eu vi você dando uma olhada nela olhando para os peitos dela e eu soube que você queria trepar com ela e você por fim trepou ele diz que sente muito Terri diz Não, bom para você, Danny, se eu pudesse trepar com o Robert Redford eu treparia mas estou morta aqui mas bom para você juro por Deus não achei que você fosse capaz isso me deixa meio que com tesão venha aqui venha aqui e transe comigo ele diz Vamos voltar para casa ela diz Não bem aqui na praia mas quando ele vai se deitar ao lado dela sentir os pelos macios nos braços dela cheirar o perfume suave de baunilha atrás das orelhas dela só há areia e ele se levanta de novo e vai procurá-la nas estrelas parecem tão perto aqui como se você pudesse esticar o braço e pegar uma tão perto nessa noite suave no deserto ele anda mais adiante mais adiante e então ali está

Diane caminhando, vagando na areia sob o luar apagado, turvo, enevoado, os olhos dela fixos no chão Danny a segue anda atrás dela chama o nome dela mas Diane não para de andar andar para longe dele sem vê-lo ou fingindo não vê-lo Danny diz Foi minha culpa? Sinto muito, eu nunca quis te machucar daquele jeito, eu não queria ir embora, deixar você, eu precisei, para nos salvar, mas nunca pensei que você faria… o que fez nunca sonhei não se afaste de mim Diane por favor fale comigo me diga que me perdoa me diga que me odeia me diga alguma coisa fale comigo por favor Diane mas ela segue andando, ela não olha para ele, ela vai embora. Ele amou duas mulheres na vida duas mulheres que agora se foram agora se foram pétalas de rosa fora do cabo voando voando embora embora.

Danny fica de pé e chora rosto nas mãos lágrimas correndo pelos dedos encolhido ele soluça ele não consegue parar a dor saindo dele como uma onda vindo quebrando em água branca passando pelas orelhas dele água salgada em seu nariz boca a dor no seu peito pesada pesada puxando-o para baixo a onda pressionando empurrando-o para baixo deixando-o pesado as lágrimas fluem com o resto da água lágrimas quentes no oceano frio sal para sal.

As ondas correm para a praia o levam o levam para a areia Cybil está do lado dele eles ainda podem ouvir música bandolim violões bateria pratos flautas ela se move com a música ela é mais dura do que ele pensava beiradas duras ossos, músculos duros na barriga mas tão macia por dentro tão suave e úmida grudenta macia quente o pau dele incha incha e ela diz Tudo bem eu quero que você faça isso ele faz ele morre dentro dela.

Mais uivos, humanos agora, brados berros canção e música e então Cybil o chama para ir à festa celebrar a lua e as estrelas, a buceta, o pau, a merda, o mijo a terra a areia toda a vida mas ele não quer estar com pessoas Quero ver meu pai ele diz Meu pai, quero encontrar meu pai Cybil diz Você pode ver o que puder imaginar sua cabeça vai levá-lo para onde quer ir ele se levanta e cambaleia por um caminho, uma ravina subindo a colina atrás do acampamento lá há um oásis grama verde e até umas árvores ele sobe no topo da colina.

Uma fogueira agora, lá atrás no acampamento, chamas altas sobem na frente das torres, brasas girando pelo céu noturno anjos voltando para o céu purgados pelo fogo desse inferno terreno.

Não sou uma brasa, pensa Danny, *jamais me levantarei daquele modo nenhum de nós os ladrões os vigaristas, os traficantes, os agiotas, os matadores. Os perdoados voam, os não perdoados estão presos à terra, acorrentados ao chão por nossos pecados aquelas correntes pesadas nós gememos aqui nós morremos aqui.*

Ainda chapado, porém, ainda tão chapado, Danny tenta lutar para sair disso, esforça-se para sair do casulo no qual está preso e se ouve dizer O sol está se levantando agora vermelho rosado e Marty está ali, ainda olhando para o leste, diz Que porra você está fazendo com uma moça hippie, idiota, é algum tipo de comedor de granola abraçador de árvore agora? Danny vai e passa o braço em torno dele mas Marty desvia se inclinando Queria estar em Carrickfergus Danny diz Eu só queria um abraço. Você é bicha agora também? Jesus. Eles sentam-se em silêncio, olham para o deserto, vazio, quieto, até que Marty diz Que porra é essa você tomando cogumelos. Você tem um filho. Por que está sentado aqui, idiota? Você tem um filho uma família para tomar conta Danny diz Você nunca tomou conta da sua nunca tomou conta de mim Marty diz Estou tomando conta de você agora, quer ser como eu quer viver com aqueles arrependimentos aquelas tristezas aquelas dores apenas por noites em Ballygrant. Cai fora, seu bosta.

Levante-se, Danny pensa. *Levante-se levante-se Marty aquele pai de merda está certo você tem um filho precisa voltar precisa ser o pai dele não faça com ele o que seu velho fez com você tem que acabar em alguma hora precisa acabar agora você precisa acabar com isso não há outra pessoa.*

Danny fica de pé.

Anda do cume até a ravina o sol está se levantando agora ele vira as costas para ele e anda de volta para o acampamento descendo ele acha que está saindo da loucura agora mas então ele vê a pior alucinação, as piores imagens, os piores monstros os corpos nus amarrados em mastros braços esticados para cima, pulsos amarrados tornozelos presos nos mastros Brad, Hannah, Mayling. Harley, nu, o pau obsceno o rosto retorcido de raiva e terror. Cybil, seu longo corpo esguio duro nas bordas firme ao ponto de romper lágrimas correndo pelo pó no rosto os ombros sobem enquanto ela soluça e Danny sabe que ele ainda não está de volta da terra dos mortos porque na frente dele vê um homem imenso de um olho só um ciclope.

Popeye.

Danny vai até ele e pergunta:

— Você está morto?

— Pareço morto?

— Não sei.

Mas ele não está morto, está vivo e é real.

Danny vê outros homens, de pé com armas. Um semicírculo de SUVs, em arco, como as carroças nos velhos filmes de Velho Oeste. Ele reconhece o homem ao lado de Popeye, se lembra dele do *tombe*, o homem amarrado no chão.

Neto Valdez olha de volta para Danny e diz:

— Eu te falei. Você e sua família inteira. *Muerte*. E também não vai ser rápido.

Harley grita:

— Eu não! Fui eu quem ligou para vocês!

Ele se vira e se retorce.

Braços pegam Danny, ele é chutado até ficar de joelhos, prendem suas mãos atrás de suas costas.

Popeye fala com ele:

— Esta é sua família? Sua pequena família hippie?

Danny deveria ter matado todos eles.

Ele sabe disso agora.

Mas Danny Ryan não é assim.

Esse sempre foi o problema dele — ele ainda acredita em Deus. Céu e inferno e toda aquela besteira feliz.

Ele está de joelhos com uma arma apontada para a cabeça. Os outros estão amarrados, pulsos e tornozelos presos, esticados em mastros, olhando para ele com olhos suplicantes, aterrorizados.

O ar do deserto é frio no amanhecer, e Danny treme ajoelhado na areia com o sol nascendo e a lua uma memória que desbota. Um sonho. *Talvez a vida seja isso*, pensa Danny, *um sonho*.

Ou um pesadelo.

Porque até nos sonhos, Danny pensa, *você paga por seus pecados*.

Um cheiro acre corta o ar frio e limpo.

Gasolina.

Então Danny escuta:

— Você assiste enquanto nós os queimamos vivos. Então você.

Então é assim que morro, ele pensa.

Popeye sinaliza com a cabeça para Neto.

Neto pega uma grande lata de gasolina.

Cybil grita e implora "Por favor, por favor, nããão".

— Ela primeiro — ordena Popeye.

Alguém pega o queixo de Danny e puxa seu rosto para cima, forçando-o a olhar.

Ele vê os olhos de Cybil arregalados de terror.

Neto levanta a lata de gasolina.

— *Por favoooor!* — urra Cybil. — *Nãããããoo...*

Neto joga a gasolina na cabeça de Popeye.

Então ele joga um fósforo em cima dele.

Danny vê Popeye rodopiar, uma tocha giratória.

Os homens riem.

— De saco cheio dessa merda. — Neto cospe na areia. — Já vai tarde.

Ele olha para Danny.

— Não se preocupe, *pendejo*, vai ser rápido para todos vocês.

Ele saca uma pistola.

— Deixe essas pessoas em paz — diz Danny. — Elas não têm nada a ver com isso.

— Até o que dedurou você? — Neto pergunta. — Não quer vingança?

Danny balança a cabeça em uma negativa.

— Você poderia ter me matado, não matou — fala Neto. — Estamos quites.

Ele coloca a arma no coldre, dá ordens em espanhol.

Mãos desamarram Danny.

Ele cai de cara no chão.

Ouve passos, portas de carro, motores.

Quando olha para cima de novo, eles foram embora.

O sonho desaparece.

A longa noite acabou.

O dia está nascendo.

AGRADECIMENTOS

Ninguém escreve um livro sozinho.
Isso é uma ilusão.
Quando desço as escadas de manhã, acendo a luz, faço aquele primeiro e essencial bule de café e então ligo o computador, já estou em dívida com as habilidades e o trabalho de milhares de pessoas que nem conheço.

Eu conheço, porém, um grande número de pessoas sem as quais meu trabalho não apenas seria impossível, mas também não teria nem qualidade nem alegria.

Ao meu amigo e agente Shane Salerno, não consigo expressar adequadamente meu agradecimento, então um simples "obrigado" precisará ser suficiente. Nós construímos juntos uma grande trajetória, irmão.

A Deb Randall, Ryan Coleman e toda a equipe do Story Factory, saibam que sou grato a vocês.

A Liate Stehlik, da William Morrow, sua confiança e sua convicção em mim significam mais do que pode imaginar. Você deu um lar a um autor um tanto itinerante.

À minha editora, Jennifer Brehl — sem você isso não é um romance, é meramente um manuscrito, e este livro deve muito a seu gosto, discernimento, entusiasmo e apoio. Não posso agradecê-la o suficiente.

À minha revisora, Laura Cherkas, por favor aceite minha contrição por todos os meus pecados e minha gratidão por sua redenção deles. Você me salvou de vergonhas que me deixariam vermelho.

A Brian Murray, Andy LeCount, Julianna Wojcik, Kaitlin Harri, Danielle Bartlett, Jeniffer Hart, Christine Edwards, Andrew DiCecco,

Andrea Molitor, Ben Steinberg, Chantal Restivo-Alessi, Frank Albanese, Nate Lanman e Juliette Shapland, por favor aceitem meus agradecimentos por todo o trabalho duro e ótimo de vocês em meu nome.

A toda a equipe de publicidade e marketing na HarperCollins/William Morrow, eu sei que não tenho meu trabalho a não ser que vocês façam o seu, e vocês o fazem tão bem e de modo tão incansável.

A meus seguidores em redes sociais, @donwinslow no Twitter, o #DonWinslowBookClub e os soldados do #WinslowDigitalArmy, meus mais sinceros agradecimentos por andarem ao meu lado nesse caminho. Avante.

A todos os livreiros — não sei onde eu estaria sem vocês, mas não seria onde estou. Obrigado por todos os anos de apoio, hospitalidade e amizade.

A meus leitores, minha humilde gratidão pela inspiração, pelo apoio e pelo afeto que me deram ao longo da minha carreira. Vocês tornaram possível que eu fizesse o que amo para viver e, no fim das contas, isso tudo diz respeito a vocês.

Às muitas pessoas e lugares que me deram tanta amizade, diversão, comida e muito mais: David Nedwidek e Katy Allen, Pete e Linda Maslowski, Jim Basker e Angela Vallot, Teressa Palozzi, Drew Goodwin, Tony e Kathy Sousa, John e Theresa Culver, Scott e Jan Svoboda, Jim e Melinda Fuller, Ted Tarbet, Thom Walla, Mark Clodfelter, Roger Barbee, Donna Sutton, Virginia e Bob Hilton, Bill e Ruth MacEneaney, Andrew Walsh, Jeff e Rita Parker, Bruce Riordan, Jeff Weber, Don Young, Mark Rubinsky, Cameron Pierce Hughes, Rob Jones, David e Tammy Tanner, Ty e Dani Jones, Deron e Becky Bisset, "Prima" Pam Matteson, David Schniepp, Drift Surf, Quecho, Java Madness, Jim's Dock, Cap'n Jack's, The Coast Guard House, Las Olas, Peaches, The Seaview Market e Right Click — obrigado a todos.

E, é claro, a meu filho, Thomas, e à minha esposa, Jean, sem os quais... bem, vocês sabem. Vocês são mais do que sonhei um dia.

Ninguém escreve um livro sozinho.

LEIA A SEGUIR UM TRECHO DE

CIDADE EM RUÍNAS,

O PRÓXIMO E ÚLTIMO VOLUME
DA TRILOGIA DE SUCESSO
DE DON WINSLOW

PRÓLOGO

Danny Ryan observa o prédio cair.

Parece estremecer como um animal alvejado, então fica perfeitamente imóvel só por um instante, como se não conseguisse perceber sua morte, e então cai sozinho. Tudo o que resta do lugar onde um dia estivera o velho cassino é uma torre de poeira subindo pelo ar, como um truque cafona de algum número de um mágico óbvio.

"Implosão" é como eles chamam, pensa Danny.

Colapso por dentro.

Não é sempre o caso?, pensa Danny.

A maioria deles, de qualquer forma.

O câncer que tinha matado sua mulher, a depressão que destruíra seu amor, a podridão moral que levara sua alma.

Todas implosões, todas por dentro.

Ele se inclina na bengala porque sua perna ainda está fraca, ainda está dura, ainda lateja como uma recordação do...

Colapso.

Ele observa a poeira subir, uma nuvem em forma de cogumelo, um cinza-amarronzado sujo contra o céu azul limpo do deserto.

Lentamente ela se dissipa e desaparece.

Nada agora.

Como eu lutei, ele pensa, *o que eu dei para esse...*

Nada.

Esse pó.

Ele se vira e manca por sua cidade.

Sua cidade em ruínas.

PARTE UM

A FESTA DE ANIVERSÁRIO DE IAN

"Tendo concluído as exéquias de acordo com os ritos, Enéias, varão piedoso, e erigido o sepulcro... salta as velas ao vento e do porto se afasta..."

VIRGÍLIO, *ENEIDA*

UM

LAS VEGAS, NEVADA, JUNHO DE 1997

Danny está descontente.
    Olhando para a Las Vegas Strip da janela do escritório, ele se pergunta por quê.

Há menos de dez anos, ele pensa, *estava fugindo de Rhode Island em um carro velho com um filho pequeno, um pai senil e tudo que possuía enfiado no porta-malas*. Agora Danny é sócio de dois hotéis na Strip, mora numa maldita mansão, é dono de um chalé em Utah e dirige um carro novo todo ano, pago pela empresa.

Danny Ryan é um multimilionário, o que ele acha tão curioso quanto surreal. Nunca havia sonhado — inferno, ninguém que o conhecia nos velhos tempos havia sonhado — que um dia teria um patrimônio além do próximo pagamento, muito menos seria considerado um "magnata", um figurão de poder no grande jogo de poder que é Las Vegas.

Quem não acredita que a vida é engraçada, pensa Danny, *não entende a piada.*

Ele se lembra facilmente de quando tinha vinte paus no bolso da calça jeans e achava que estava rico. Agora o clipe que ele mantém em um de seus ternos feitos sob medida normalmente tem mil ou mais nele como dinheiro para o dia a dia. Danny se lembra de quando era uma grande coisa quando ele e Terri podiam pagar um restaurante chinês numa noite de sexta. Agora ele "janta" em restaurantes com estrelas

Michelin mais do que deseja, o que explica parcialmente a lombada que se desenvolve em torno de sua cintura.

Quando questionado se está prestando atenção ao peso, ele normalmente responde que sim, que está prestando atenção ao peso enquanto ele cai sobre o cinto, os cinco quilos a mais que ganhou por uma vida em sua maior parte sedentária em uma mesa.

A mãe tentou fazer com que jogasse tênis, mas ele se sente estúpido caçando uma bola apenas para bater nela e vê-la voltar logo em seguida, e ele não joga golfe porque, primeiro, acha chato pra caramba e, segundo, associa o jogo a médicos, advogados e corretores de ações, e ele não é nada disso.

O velho Danny costumava caçoar desses tipos, desdenhava daqueles empresários fracos. Ele enfiava a touca no cabelo bagunçado, colocava o velho casaco de marinheiro, pegava o almoço na sacola de papel marrom com orgulho e ressentimento, e ia trabalhar nas docas de Providence, o tipo de cara do Springsteen. Agora ele escuta *Darkness* em um sistema de som Pioneer que lhe custou cento e cinquenta dólares.

Mas ainda prefere um cheeseburger a filé de Kobe, um bom peixe com batata frita (impossível de conseguir em Las Vegas por qualquer preço) a robalo chileno. E, nas raras ocasiões em que precisa voar para algum lugar, vai de voo comercial em vez de usar o jato corporativo.

(Ele voa, no entanto, na primeira classe.)

Sua relutância em usar o Lear da empresa irrita imensamente o filho. Danny entende — que menino de dez anos não quer voar em um jato particular? Danny prometeu a Ian que nas próximas férias que tirarem, a qualquer distância, vão fazer isso. Mas ele vai se sentir culpado.

"Dan tem sopa de marisco na cabeça", seu sócio, Dom Rinaldi, dissera uma vez, querendo dizer que ele é um cara da Nova Inglaterra velho e prático... bem, *mão de vaca*... para o qual qualquer tipo de indulgência física é algo profundamente suspeito.

Danny desviou a questão. "Tente conseguir um prato decente de sopa de marisco aqui. Não aquele vômito de bebê leitoso que servem, mas sopa de marisco *de verdade* com caldo claro."

"Você emprega cinco chefs executivos", falou Dom. "Eles vão fazer sopa de marisco de prepúcio de sapos virgens peruanos se pedir a eles."

Claro, mas Danny não vai fazer isso. Quer que seus chefs passem o tempo preparando para os convidados qualquer coisa que *eles* queiram.

É de onde vem o dinheiro.

Ele se levanta, fica na frente da janela — escurecida, para combater o sol implacável de Las Vegas — e olha para o Hotel Lavinia.

O velho Lavinia, pensa Danny, o último dos hotéis da explosão de construções dos anos 1950 — uma relíquia, um remanescente, mal se sustenta. Seu apogeu tinha sido na era do Rat Pack, de mafiosos e dançarinas, de roubos na sala de contagem e dinheiro sujo.

Se aquelas paredes pudessem falar, pensa Danny, *invocariam a quinta emenda.*

Agora está no mercado.

A empresa de Danny, Tara, já é dona das duas propriedades adjacentes ao sul, incluindo aquela na qual ele está. Um grupo rival, Winegard, tem os cassinos ao norte. Quem terminar com o Lavinia vai controlar o local mais prestigioso que resta na Strip, e Las Vegas é um tipo de cidade do prestígio.

Vern Winegard tem a compra quase fechada, Danny sabe. Provavelmente é melhor assim, provavelmente não é sensato a Tara se expandir com tanta rapidez. Ainda assim, *é* o único espaço que resta na Strip, e...

Ele liga para Gloria no escritório exterior.

— Vou para a academia.

— *Precisa que eu diga o caminho?*

— Engraçado.

— *Lembra-se de que tem um almoço com o sr. Winegard e o sr. Levine?*

— Agora lembro — diz Danny, embora desejasse não lembrar. — A que horas?

— *Meio-dia e meia* — informa Gloria. — *No clube.*

Embora Danny não jogue tênis ou golfe, ele é membro do Las Vegas Country Club and Estates, porque, como a mãe o instruíra, é basicamente obrigatório para fazer negócios.

"Você precisa ser visto lá", dissera Madeleine.

"Por quê?"

"Por que é Las Vegas antiga."

"Eu *não* sou Las Vegas antiga", respondeu Danny. Estava ali há apenas seis anos e ainda é considerado "o menino novo na cidade".

"Mas eu sou", ela falou. "E, goste ou não, para fazer negócios nesta cidade, você precisa fazer com a Las Vegas antiga."

Danny ficou sócio do clube.

— E o castelo pula-pula vai ser entregue às três — diz Gloria.

— O castelo pula-pula.

— Para o aniversário de Ian? — fala Gloria. — *Você lembra que a festa de Ian é hoje à noite.*

— Eu lembro — diz Danny. — Só não sabia de um castelo pula-pula.

— *Eu fiz o pedido* — explica Gloria. — *Não se pode ter uma festa de aniversário de criança sem um castelo pula-pula.*

— Não se pode?

— *É esperado.*

Bem, então, pensa Danny, *se é esperado...* Um pensamento horrendo o atinge.

— Eu preciso montá-lo?

— *Os caras vão inflar o castelo.*

— Que caras?

— *Os caras do castelo pula-pula* — diz Gloria, ficando impaciente. — *Sério, Dan, tudo o que você precisa fazer é aparecer e ser gentil com os outros pais.*

Danny tem certeza de que isso é verdade. A cruelmente eficiente Gloria tinha se juntado à sua mãe, igualmente metódica, para planejar a festa, e as duas juntas são uma combinação apavorante. Se Gloria e Madeleine dirigissem o mundo — como acham que deveriam —, não haveria desemprego, nenhuma guerra, fome, peste ou praga, e todos sempre chegariam no horário.

Quanto a ser gentil com os convidados, Danny é sempre gentil, afável, até charmoso. Mas ele tem uma reputação justificada de sair de fininho das festas, mesmo as dele. De repente alguém nota sua ausência, e ele é encontrado em um cômodo dos fundos sozinho, ou vagando pelo lado de fora e, em mais de uma ocasião, quando uma festa tinha seguido até tarde da noite, ele simplesmente fora para a cama.

Danny odeia festas. Odeia conversinha, papo furado, canapés, ficar sem fazer nada e toda aquela merda. É difícil, porque socializar é uma grande parte do seu trabalho. Ele consegue, é bom nisso, mas é a coisa de que menos gosta.

Quando o The Shores abriu, apenas dois anos antes, depois de três anos em construção, a empresa preparou um espetáculo sofisticado de estreia, mas ninguém se recorda de ter visto Danny lá.

Ele não deu um dos vários discursos, não apareceu em nenhuma das fotografias, e começou a lenda de que Danny Ryan não comparecera nem à abertura do próprio hotel.

Ele tinha comparecido, somente ficara em segundo plano.

— Ian vai fazer nove anos — ele diz agora. — Não é muito velho para um castelo pula-pula?

— *Nunca se é muito velho* — retruca Gloria — *para um castelo pula-pula.*

Danny desliga e olha pela janela de novo.

Você mudou, ele pensa.

Não são apenas os quilos a mais, o cabelo lambido para trás à la Pat O'Reilly, os ternos da Brioni em vez dos da Sears, abotoaduras em vez de botões. Antes de Las Vegas, você só usava ternos em casamentos e funerais. (Dados os fatos duros sobre a Nova Inglaterra naqueles dias, havia mais dos últimos que dos primeiros.) *Não é apenas que tem dinheiro vivo no bolso, que pode pagar uma refeição sem se preocupar com a conta, ou que um alfaiate vá até seu escritório com uma fita métrica e "amostras".*

É o fato de que você gosta disso.

Mas há essa sensação de...

Descontentamento.

Por quê?, ele se pergunta. *Você tem mais dinheiro do que consegue gastar. É só ganância? O que foi que o cara naquele filme idiota — o nome dele era tipo algum lagarto ou coisa assim — disse, "Ganância é bom"?*

Foda-se isso.

Danny se conhece. Com todas as suas falhas, seus pecados — e eles são muitos —, ganância não é um deles. Ele costumava brincar com Terri que poderia morar no carro e ela respondia: "Divirta-se".

Então o que é? O que é que você quer?

Permanência? Estabilidade?

Coisas que você nunca teve.

Mas você as tem agora.

Ele pensa no belo hotel que construiu, The Shores.

Talvez seja beleza o que você quer. Alguma beleza nesta vida. Porque você com certeza teve a feiura.
Uma esposa morta de câncer, uma criança deixada sem mãe.
Amigos assassinados.
E as pessoas que você assassinou.
Mas você fez isso. Construiu algo belo.
Então é mais que isso, pensa Danny.
Seja honesto consigo mesmo — você quer mais dinheiro porque dinheiro é poder, e poder é segurança. E você jamais poderá ter segurança o suficiente.
Não neste mundo.

Danny almoça uma vez por mês com os dois maiores rivais.
Vern Winegard e Barry Levine.
Fora ideia de Barry, e é boa. Ele é dono de três mega-hotéis no lado leste da Strip, em frente às propriedades da Tara. Há outros donos de cassino, é claro, mas eles formam o centro de poder em Las Vegas. Assim, compartilham interesses e problemas em comum.
O maior deles agora é uma investigação federal iminente.
O Congresso acabou de aprovar uma lei criando a Comissão de Estudos dos Impactos das Apostas para investigar os efeitos da indústria de jogos de azar nos americanos.
Danny conhece os números.
Apostas são um negócio de trilhões de dólares, gerando mais de seis vezes o total de dinheiro de todas as outras formas de entretenimento combinadas. No último ano, jogadores perderam mais de dezesseis bilhões de dólares, sete bilhões bem ali em Las Vegas.
A ideia que vem ganhando força é que apostar não é apenas um hábito, ou mesmo um vício, mas uma doença, uma dependência.
Quando jogos de azar eram ilegais, eram o celeiro do crime organizado, de longe seu maior centro de lucro depois que a Lei Seca e o contrabando de bebidas alcoólicas terminaram. Fosse com os "números" vendidos a cada esquina ou as corridas de cavalo, as apostas em esportes, os jogos de pôquer, roleta e vinte e um nos fundos de alguma propriedade, a máfia acumulava vastas quantidades de dinheiro.
Os políticos viram aquilo e é claro que quiseram sua parte. Então o que um dia foi um vício privado se transformou numa virtude cívica

conforme governos estaduais e locais forçaram a entrada nas cifras com suas próprias loterias. Ainda assim, Nevada era praticamente o único lugar em quem um apostador podia legalmente participar de jogos de mesa ou apostar em esportes, então Las Vegas, Reno e Tahoe basicamente detinham o monopólio.

Com isso, as reservas de nativos americanos perceberam que tinham uma brecha e começaram a abrir seus cassinos. Estados, particularmente New Jersey com Atlantic City, começaram a fazer a mesma coisa, e os jogos de azar proliferaram.

Agora qualquer um podia simplesmente entrar num carro e ir perder o dinheiro do aluguel ou da hipoteca. Alguns reformistas sociais estão comparando jogos de azar a crack. Então agora vai haver uma investigação do Congresso.

Danny é cínico quanto aos motivos, suspeita de que seja apenas uma tentativa de enfiar o nariz no prato. O presidente Clinton já aventou a ideia de um imposto federal de 4% sobre lucros de jogos de azar.

Para Danny, o imposto não é a pior parte.

Do jeito que está, a lei dará à comissão plenos poderes de intimação para realizar interrogatórios, convocar testemunhas sob pena de falso testemunho, exigir registros e declarações de imposto de renda, investigar companhias de fachada e sócios passivos.

Como eu, pensa Danny.

A investigação poderia explodir o Grupo Tara em pedaços.

Forçar-me a sair do negócio.

Talvez até me colocar na cadeia.

Eu perderia tudo.

Essa ameaça de intimação não é apenas um aborrecimento ou outro problema — é uma questão de sobrevivência.

— Uma "doença"? — pergunta Vern. — *Câncer* é uma doença. *Poliomielite* é uma doença.

Poliomielite?, pensa Danny. *Quem se lembra da poliomielite?* Mas ele diz:

— Não podemos ser vistos lutando contra isso. Pega mal.

— Danny está certo — concorda Barry. — Precisamos fazer o que a indústria do álcool fez, as grandes companhias de tabaco...

Vern não larga o osso.

— Mostre-me uma mesa de dados que deu câncer a alguém.

— Soltamos alguns anúncios de serviço público sobre apostar com responsabilidade — sugere Barry. — Colocamos alguns panfletos dos Jogadores Anônimos nos quartos, patrocinamos alguns estudos sobre "vício em jogos".

Danny continua:

— Podemos soltar alguns *mea culpas*, jogar algum dinheiro na linha do que Barry sugeriu, certo. Mas não podemos deixar essa comissão sair numa expedição de pesca em nossos negócios. Precisamos impedir o poder de intimação. Essa é a linha divisória, de certo modo.

Ninguém discorda. Danny sabe que nenhum deles quer sua roupa suja financeira mostrada em público. Aqueles lençóis poderiam não estar totalmente limpos.

— Aqui está o problema — diz Danny. — Nós doamos dinheiro apenas para os republicanos...

— Eles estão do nosso lado — interrompe Vern.

— Certo — prossegue Danny. — Então os democratas nos veem como o inimigo. Se estiverem nesse comitê, virão atrás de nós para se vingar.

— Se Dole vencer, podemos esquecer essa merda de comissão — fala Vern. — Vai desaparecer.

— Você viu as pesquisas? — pergunta Danny. — Inferno, você consulta nossos próprios analistas de apostas? Clinton vai se reeleger, e ele é um FDP vingativo. Ele vai deixar aquele comitê enfiar telescópios nos nossos rabos. Você quer testemunhar, Vern? Quer ser uma estrela da TV matinal?

— Então você quer dar dinheiro aos nossos inimigos — diz Vern.

— Quero cercar nossas apostas — corrige Danny. — Continuar dando aos republicanos, mas dar algum dinheiro discreto aos democratas, também.

— Subornos — acusa Vern.

— Nunca passou pela minha cabeça — rebate Danny. — Estou falando de contribuições de campanha.

— Acha que consegue persuadir os democratas a aceitar nosso dinheiro? — pergunta Vern.

— Acha que consegue persuadir um cachorro a aceitar um osso? — retruca Barry. — É ano de eleição, eles estão andando por aí com as mãos estendidas. O presidente está vindo para cá em breve para algum tipo de encontro. Posso organizar um almoço. Mas ele vai querer uma garantia de contribuição antes de concordar em participar.

Danny hesita, então conta:

— Convidei o cara dele para a festa hoje à noite.

Dave Neal, uma figura importante no Partido Democrático que não tem posição oficial e portanto está livre para manobras. O que se diz é que, se você quer chegar ao presidente, poderia passar pelo Neal.

— Acha que poderia ter conversado conosco sobre isso antes? — pergunta Vern.

Não, pensa Danny, *porque vocês teriam se oposto. Era uma daquelas coisas de permissão-perdão.*

— Estou falando com vocês agora. Se não acham que eu devo fazer uma abordagem, não farei. Ele vem para a festa, ele come e bebe, ele volta para o hotel...

— Neste nível — interrompe Barry —, uma suíte de cortesia e um boquete não serão o suficiente. Esses caras vão esperar dinheiro de verdade.

— Vamos pagar — diz Danny. — Custo de fazer negócios.

Não há nenhum desacordo — os outros dois homens concordam que vão arrumar o dinheiro.

Então Vern pergunta:

— Dan, as esposas estão convidadas para essa coisa hoje à noite?

— Claro.

— Não, eu não sabia — fala Vern. — Você não precisa se preocupar com isso, idiota sortudo.

Danny nota Barry se encolher.

Era um comentário insensível, todo mundo sabe que Danny é viúvo. Mas Danny não acha que Vern quis fazer qualquer mal ou ofender — era apenas Vern sendo Vern.

Danny não tem antipatia por Vern Winegard, embora conheça muita gente que tenha. O homem tem as graças sociais de uma pedra. Ele é abrasivo e, em geral, desagradável e arrogante. Ainda assim, há algo para se gostar nele. Danny não tem certeza exatamente do quê, alguma vulnerabilidade debaixo de toda aquela pose. E embora

Winegard seja um empresário afiado, Danny nunca soube que ele tivesse trapaceado alguém.

Mas ele sente uma pequena pontada no peito. Mais uma vez, Terri não estará ali para ver o aniversário do filho.

Mas o encontro foi bom, pensa Danny, *eu consegui o que queria, aquilo de que precisava.*

Se dinheiro vai acabar com essa coisa de intimação, ótimo.

Se não, preciso encontrar outra coisa.

Ele olha para o relógio.

Ele tem o tempo exato para ir ao próximo compromisso.

Danny acorda e se depara com cachos de cabelo negro em um pescoço fino, perfume almiscarado, gotas de suor em ombros nus mesmo no ar frio do quarto com ar-condicionado.

— Você dormiu? — pergunta Eden.

— Cochilei — diz Danny. *"Cochilei" nada*, ele pensa, começando a se reanimar. *Você caiu como se estivesse morto, um sono pós-coito breve, mas profundo.* — Que horas são?

Eden levanta o pulso e olha o relógio. É engraçado, é a única coisa que ela nunca tira.

— Quatro e quinze.

— Merda.

— Quê?

— A festa de Ian.

— Achei que era só seis e meia — ela diz.

— E é — fala Danny. — Mas, você sabe, coisas a fazer.

Ela rola para ficar de frente para ele.

— Você tem o direito de sentir prazer, Danny. Até de dormir.

Sim, Danny já ouviu isso antes, de outras pessoas. É fácil dizer, é até racional, mas não leva em conta a realidade de sua vida. Ele é responsável por dois hotéis, centenas de milhões de dólares, milhares de empregados, dezenas de milhares de hóspedes. E o trabalho não é exatamente das nove às cinco — famosamente não há relógios em cassinos e os problemas acontecem 24 horas por dia, sete dias por semana.

— Você, de todas as pessoas, sabe que tiro tempo para o prazer — ele diz.

Verdade, ela pensa.

Segundas, quartas e sextas, às duas em ponto.

Na verdade, aquilo funciona para ela. Encaixa-se perfeitamente com os horários de docência, pois tem um cronograma de aulas de terça e quinta, com uma aula noturna às quartas. Introdução à Psicologia — Psicologia Geral, Psicologia 416 — Psicologia Cognitiva e Psicologia 441 — Psicologia Anormal.

Ele vê clientes no fim das tardes ou à noite, e às vezes se pergunta o que eles achariam se soubessem que ela tinha acabado de sair da cama, de uma dessas matinês. O pensamento a faz rir.

— O quê? — pergunta Danny.

— Nada.

— Você ri muito de nada? — indaga Danny. — Talvez devesse ver um médico da cabeça.

— Eu vejo — ela diz. — Exigência profissional. E "médico da cabeça" é depreciativo. Tente "terapeuta".

— Tem certeza de que não quer ir à festa? — ele pergunta.

— Tenho clientes hoje à noite. E, além disso...

Ela para de falar. Os dois sabem do acordo. É Eden quem quer manter o relacionamento deles em segredo.

"Por quê?", Danny perguntara uma vez.

"Só não quero tudo aquilo."

"Tudo aquilo?"

"Tudo que vem com ser namorada de Danny Ryan", disse Eden. "Os holofotes, a mídia... Primeiro de tudo, a notoriedade prejudicaria meu trabalho. Meus estudantes não me levariam tão a sério, nem meus clientes. Segundo, sou introvertida. Se você acha que odeia festas, Dan, eu *odeio* festas. Nos eventos da faculdade a que preciso ir, chego tarde e vou embora cedo. Terceiro, e sem ofensas, os cassinos me deprimem pra caramba. A sensação de desespero é desanimadora. Acho que não vou à Strip há dois anos."

Para dizer a verdade, é uma das coisas que o atraem nela, que ela seja exatamente o oposto da maioria das mulheres que correm atrás dele. Eden não quer o brilho, os jantares gourmet, as festas, os shows, os presentes, o glamour, a fama.

Nada daquilo.

Ela coloca aquilo de modo sucinto. "O que eu quero é ser bem tratada. Um pouco de sexo bom, um pouco de conversa boa, e estou bem."

Dan cumpre essas exigências. Ele é atencioso, sensível, com uma noção antiquada de cavalheirismo que beira o machismo paternalista, mas não ultrapassa o limite. Ele é bom na cama e é articulado pós-coito, mesmo não tendo nenhum conhecimento sobre livros.

Eden lê muito. George Eliot, as irmãs Brönte, Mary Shelley. Ultimamente está numa fixação em Jane Austen; na verdade, já reservou para as próximas férias um daqueles tours pela terra de Austen, e irá alegremente sozinha.

Ela tentou fazer Dan se interessar por literatura além dos livros de negócios.

"Você deveria ler *Gatsby*", ela dissera uma vez.

"Por quê?"

Porque é você, ela pensou, mas falou: "Só acho que você vai gostar".

Eden sabe um pouco sobre o passado dele. Qualquer um que já tenha esperado em uma fila de supermercado sabe — o caso dele com a estrela de cinema Diane Carson era pasto para os tabloides. E quando Diane Carson cometeu suicídio depois que ele a deixou, a mídia ficou maluca por um tempo.

Eles chamaram Dan de gângster, de mafioso; houve alegações de que ele tinha sido um traficante de drogas e assassino.

Nada daquilo se enquadra no homem que ela conhece.

O Dan Ryan que ela conhece é bom, gentil e afetuoso.

Mas ela é suficientemente autoconsciente, e treinada, para saber que gosta do frisson do perigo, da falta de respeitabilidade que vem com a reputação dele, seja verdade ou não. Ela foi criada em um ambiente totalmente respeitável, normal, então é claro que acharia a diferença atraente.

Eden sente um pouco de culpa por isso, sabe que está flertando com a imoralidade. E se as histórias sobre Dan forem verdadeiras? E se ao menos algumas delas tiverem base na realidade? Ainda seria certo para ela estar literalmente na cama com ele?

É uma questão aberta que ela não está disposta, nesse momento, a resolver.

O caso de Dan com Diane Carson tinha sido há seis anos, mas Eden acha que ele realmente amava aquela mulher. Até agora, há um ar de tristeza nele. Ela sabe que ele é viúvo também, então talvez seja isso.

Eles se conheceram em uma caminhada para arrecadar fundos para o câncer de mama, cada um deles se comprometendo a andar trinta quilômetros por dia por três dias. Dan pediu o patrocínio dos amigos e colegas ricos como incentivo e Deus sabe quanto dinheiro arrecadou.

Mas ele andou, ela pensou, *quando poderia facilmente ter apenas feito um cheque.*

Ela dissera isso a ele: "Você é comprometido com a causa".

"Eu sou", ele falou. "Minha esposa. Minha... *falecida* esposa."

E isso fez com que ela se sentisse uma merda.

"E você?", ele perguntou.

"Minha mãe."

"Sinto muito."

Ele fez perguntas sobre ela.

"Sou um estereótipo ambulante", disse Eden. "Uma garota judia do Upper West Side que foi para a Barnard e se tornou psicoterapeuta."

"O que uma psiquiatra de Nova York..."

"Psicóloga..."

"*Psicóloga*... está fazendo em Las Vegas?"

"A universidade me ofereceu um cargo com possibilidade de estabilidade", ela explicou. "Quando meus amigos de Nova York me fazem a mesma pergunta, digo a eles que odeio neve. E você? Qual sua história?"

"Estou no negócio de jogos."

"Em Las Vegas? Está brincando!"

Ele levantou a mão. "É verdade. A propósito, sou Dan..."

"Eu estava brincando com você", ela interrompeu. "Todo mundo sabe quem é Dan Ryan. Até eu sei, e eu nem aposto."

Isso tinha sido na caminhada do primeiro dia. Ele demorou até o dia três, depois de uns bons dezesseis quilômetros, para convidá-la para sair.

O que a surpreendeu foi como ele era ruim naquilo.

Para um homem que tinha tido um caso com uma estrela de cinema, uma das mulheres mais lindas do mundo, um dono de cassino milionário que tinha acesso a todo tipo de mulher maravilhosa, ele era incrivelmente desajeitado.

"Eu estava imaginando se... quer dizer, se você não quiser, eu entendo... sem ressentimentos... mas achei... você sabe... talvez eu pudesse levá-la para jantar ou algo assim uma hora."

"Não."

"Certo. Entendi. Sem problemas. Desculpe por..."

"Não peça desculpas", ela disse. "Eu só não quero *sair* com você. Se quiser ir até minha casa e trazer o jantar..."

"Posso pedir para um dos meus chefs..."

"Comida para viagem", ela interrompeu. "Boston Market. Adoro o bolo de carne deles."

"Boston Market", ele repetiu. "Bolo de carne."

"Estou livre na próxima quinta à noite. Você?"

"Vou ficar livre."

"E Dan", ela disse. "Isso é só entre nós, certo?"

"Já está com vergonha de mim?"

"Só não quero meu nome nas colunas de fofocas."

Eden se ateve àquilo. O jantar ocasional, ótimo, as matinês três vezes por semana, ótimo. Além daquilo, não. Ela quer uma vida sossegada. Ela quer Danny no sigilo.

"Então sou basicamente um pau amigo", dissera Danny certa tarde.

Ela riu dele. "Você não tem permissão para ser a mulher neste relacionamento. Deixe-me perguntar: o sexo é bom?"

"Ótimo."

"A companhia é boa?"

"Novamente, ótima."

"Então por que você quer estragar isso?"

"Você nunca pensa em casamento?"

"Já tive um casamento", ela respondeu. "Não gostei."

Frank era um cara bom. Fiel, gentil, mas tão carente. E a carência o deixava controlador. Ele se ressentia das noites que passava com pacientes, o tempo sozinha que queria com os livros. Queria que ela fosse a jantares demais com seus sócios do escritório de advocacia, mesas nas quais ela não tinha nada a dizer ou escutar.

O convite para Las Vegas viera na hora certa.

Um rompimento completo, uma razão para deixar tanto Frank quanto Nova York. Ela sabia que ele provavelmente estava aliviado, embora jamais fosse admiti-lo. Mas ela não era a esposa de que ele precisava.

Para sua imensa surpresa, Eden gosta de Las Vegas. Tinha pensado que seria seu local de recuperação, uma parada para se curar do casamento de cinco anos fracassado antes de mudar para um lugar com mais cultura.

Mas descobriu que gosta do sol e do calor, gosta de se deitar ao lado da piscina do seu condomínio e ler. Gosta da facilidade de viver ali em oposição à infinita competição que é Nova York — as brigas por espaço, por táxis, um assento no metrô, uma xícara de café, tudo.

Ela dirige para seu escritório no campus e tem uma vaga reservada para estacionar. mesma coisa no estacionamento coberto do edifício médico onde ela vê seus pacientes. A mesma coisa no condomínio.

É fácil.

Assim como comprar mantimentos, sempre um perrengue em Nova York, especialmente na neve e no granizo. A mesma coisa para ir à farmácia, à lavanderia, todas as tarefas mundanas que tomavam tanto tempo em Nova York.

E isso lhe permite se concentrar nas coisas importantes.

Seus alunos, seus pacientes.

Eden se importa com seus alunos — quer que eles aprendam, que tenham sucesso. Importa-se com seus pacientes — quer que eles fiquem bem, sejam felizes. Ela quer usar toda a sua inteligência, formação acadêmica e habilidades para conseguir essas coisas, e a facilidade de viver lhe dá energia para isso.

Os alunos são basicamente a mesma coisa, assim como os pacientes. As neuroses, as inseguranças, os traumas, a mesma batida firme de tambor (do coração?) da dor humana. Há alguns toques locais de Las Vegas — os viciados em jogo, a garota de programa de luxo —, mas essas são as poucas infusões do mundo dos cassinos na vida de Eden.

Bem, exceto por Dan.

Seus amigos de Nova York perguntam a ela: "E os museus? E os teatros?".

Ela diz que eles têm museus e teatros em Las Vegas e, vamos ser honestos, as dificuldades de trabalhar e viver em Nova York deixam pouco tempo para ir a exibições e peças, de qualquer modo.

"Você não está solitária?", eles perguntam.

Bem, não mais, ela pensa.

O arranjo (*você pode chamar isso de relacionamento?*, ela se pergunta. *Imagino que sim*) é perfeito. Eles dão um ao outro afeto, sexo, companhia, risos. *Mas agora ele quer que eu vá à festa de aniversário do filho? Onde todo o poder de Las Vegas estará presente? Isso que é mergulhar de cabeça... Mas, conhecendo Dan, ele provavelmente não quer de fato que eu vá, ele só não quer ferir meus sentimentos ao não me convidar.*

— Dan — ela diz —, não acho que você está me escondendo. Eu quero ser escondida.

— Entendi.

— Isso fere seus sentimentos?

— Não.

Danny tinha amado duas mulheres na vida, e as duas haviam morrido jovens.

Para a esposa dele, Terri — mãe de Ian —, o câncer de mama fora inclemente, implacável, caprichoso e cruel.

Danny a deixara em coma e moribunda no hospital.

Nunca teve a chance de dizer adeus.

A segunda mulher fora Diane.

Em uma época anterior, Diane Carson teria sido chamada de "deusa da tela de ouro" ou algo assim. Na época dela, fora uma estrela de cinema, o símbolo sexual estereotipado que todo mundo amava, mas que jamais poderia se amar.

Danny a amara.

Tinha sido seu único caso ardoroso enquanto apresentavam o amor deles para que o mundo visse, um banquete para os tabloides, os cliques dos obturadores o leitmotiv da vida deles juntos.

Era demais.

Os mundos diferentes deles os separaram, os *arrancaram* um do outro. A fama dela não podia tolerar os segredos dele, os segredos dele não podiam suportar a fama dela. Mas, no fim, foi um segredo dela, uma vergonha profunda, que os destruiu.

Danny foi embora, achando que a tinha salvado por fazer isso.

Ela teve uma overdose, o fim trágico de Hollywood.

Então, a última coisa que Danny quer agora é amor.

Mas ele sempre fora um homem de uma mulher só, não tem o desejo ou o tempo de "caçar mulher", nem do tipo profissional, e ele precisa de uma rotina.

Então as tardes com Eden funcionam.

Eden é ótima.

Linda de morrer — cabelo preto viçoso, lábios cheios, olhos deslumbrantes, um corpo saído de um velho filme *noir*. Ela é engraçada, espirituosa e cheia de charme, e na cama, bem... Um dia, pouco depois da primeira vez que foram para a cama, ela lhe ofereceu "*la spécialité de la maison*" e certamente tinha sido especial.

Agora Danny pula da cama e entra no chuveiro. Ele fica lá por talvez um minuto, então sai e se veste.

Típico de Dan, pensa Eden.

Sempre eficiente, sem perda de tempo.

— Você tem certeza sobre a festa? — ele pergunta.

— Tenho.

— Vai ter um balcão de tacos.

— Tentador.

— E um castelo pula-pula.

— Uma combinação com potencial imenso — ela diz. — Mas...

— Vou parar de amolar — fala Danny. — Segunda?

— Mas é claro.

Ele a beija e sai.

Este livro foi impresso pela Lisgrafica,
em 2024, para a HarperCollins Brasil.
O papel do miolo é pólen natural 70g/m^2,
e o da capa é cartão 250g/m^2.